वह जो यथार्थ था

वह जो यथार्थ था

अखिलेश

राधाकृष्ण

ISBN : 978-81-7119-663-0

वह जो यथार्थ था

पहला संस्करण : 2001
पहली आवृत्ति : 2015

मूल्य : ₹ 250

प्रकाशक
राधाकृष्ण प्रकाशन प्राइवेट लिमिटेड
7/31, अंसारी मार्ग, दरियागंज, नई दिल्ली-110 002
शाखाएँ : अशोक राजपथ, साइंस कॉलेज के सामने, पटना-800 006
पहली मंजिल, दरबारी बिल्डिंग, महात्मा गांधी मार्ग, इलाहाबाद-211 001
36 ए, शेक्सपियर सरणी, कोलकाता-700 017
वेबसाइट : www.radhakrishnaprakashan.com
ई-मेल : info@radhakrishnaprakashan.com

मुद्रक
बी.के. ऑफसेट
नवीन शाहदरा, दिल्ली-110 032

VAH JO YATHARTH THA
by Akhilesh

अपनी बेटियों
लावनी और शाश्वती के लिए

क्रम

वह जो यथार्थ था

एक

हर कोई अपने बचपन को याद करता है। क्या इसलिए कि बचपन बहुत आकर्षक और सुंदर होता है ? अगर ऐसा होता तो वे लोग क्यों याद करते जिनका बचपन यातनाओं से लहूलुहान था, जिन्होंने भूख और ज़िल्लत की चोटें सही थीं ? ये सब किसको प्रिय हो सकता है, पर ऐसे बचपन को भी स्मरण करने की इच्छा होती है।

तो बचपन को क्या इसलिए याद करते हैं कि हमारा वर्तमान इतना परेशान, ख़स्ताहाल और टुच्चेपन से भरा हुआ है, आहों, आँसुओं और अट्टहासों में इतना डूबा हुआ है कि हमें मुस्कुराने के लिए, निश्छलता के लिए कई वर्षों पार जाना पड़ता है ? क्या बचपन कोई पिकनिक प्लेस या पर्यटन स्थल है, जहाँ हम वर्तमान से ऊबकर या थककर या ख़फ़ा होकर मन बहलाने के लिए जाते हैं कभी-कभी ?

कुछ ऐसे भी हैं जो मानते हैं कि बचपन को याद करो, शक्ति और प्रेरणा मिलेगी। बचपन की स्मृतियाँ बड़ों को स्फूर्त और ओजस्वी बनाती हैं। यह भी कि बचपन का स्मरण हमें अपनी जड़ों से, परंपराओं, संस्कारों और मूल्यों से गहरे जोड़ता है। अपनी विरासत और स्वयं अपने को भूलने से बचाए रखनेवाली तावीज़ है—बचपन से पुनर्मिलन।

पर क्या बचपन को हम उसी तरह याद करते हैं, जैसे युवावस्था, अधेड़पन अथवा थोड़ा-बहुत पहले बीते हुए वक़्त को ? जब युवावस्था, अधेड़पन या बीते हुए वक़्त को याद करते हैं तो अक्सर उस दौर में हम अपने को देखते हैं और ढूँढ़ते हैं। हम अपने रूपाकारों और अपने साथ हुई ज़्यादतियों-आत्मीयताओं को महसूस करते हैं। हमारा संवेदन-तंत्र उन दिनों में जिन प्रभावों को ग्रहण किए होता है—जो कुछ अनुभूत किए होता है उसे जगाते हैं। यह याद चाहे सुख की

हो या दुख की, ज़्यादातर हममें खो देने का अफ़सोस भरती है। समृद्धि नहीं, ख़ालीपन का अहसास उभरता है। लगता है कि हम अंत की तरफ़ बढ़ रहे हैं। हमारा कुछ चला गया, नष्ट हो गया है...। लेकिन बचपन के साथ ऐसा नहीं होता है। बचपन को जीवित करना या बचपन में जीवित हो जाना ताज़गी और उल्लास सौंपता है। उसमें पहुँचना खो देने और अपने से बिछुड़ने का बोध नहीं देता है। बल्कि लगता है हमारे भीतर बहुत कुछ था जिसे जीवन की भाग-दौड़, आपाधापी में भूल गए थे, अब पुनः पहचान रहे हैं और प्राप्त कर रहे हैं। अपने से बिछुड़ने की जगह--अनुभव होता है कि लंबे समय से अपने से नहीं मिले थे, मिल रहे हैं। अपने से ही क्यों अनेक रंगों, ध्वनियों, व्यक्तियों, स्थानों, घटनाओं और छवियों से मेल-मिलाप कर रहे हैं...।

बचपन की याद कभी-कभी अवसाद को जन्म देती है, पर यह अवसाद यौवन की याद से जन्मे अवसाद की तरह बंजर नहीं होता है। इसमें सृजनात्मकता रहती है। यह अवसाद कुछ उस तरह होता है जैसे समुद्र के किनारे खड़े होकर दूर-दूर तक फैले समुद्र को देखने पर अनुभव होता है। या जैसे दूर किसी ऊँची इमारत पर खड़े होकर अपना घर देखने पर होता है। बचपन की याद में यौवन की तरह नहीं लगता कि वह कल था और उसके बाद मर गया। यहाँ तो वह सतत प्रवाहमान है। अमर है। वह हमारे अंदर कहीं दुबका हुआ बैठा है, छिपने का खेल कर रहा है। अभी-अभी पकड़ में आ गया है तो शरमा रहा है।

बड़े होने पर या अधेड़ अथवा वृद्ध होने पर जब कोई अपने किशोर वय या यौवन को याद करता है, तो उसे थोड़ी सी झुँझलाहट और थोड़ी सी निरर्थकता महसूस होती है। क्योंकि उसे अपना पहले का चेहरा याद रहता है जो अब बदलकर और जर्जर होकर चिढ़ा रहा होता है। आघात पर आघात पहुँचा रहा होता है। जबकि किसी की याददाश्त कितनी भी तेज़ हो, उसे बचपन का अपना चेहरा नहीं याद रहता है। इसीलिए यौवन के चेहरे से विपरीत बचपन का हमारा चेहरा हमें शर्मसार नहीं करता।

दूसरी बात, बचपन में हम चीज़ों और स्थितियों पर अपना प्रभाव छोड़ने की हैसियत में नहीं होते, बाद में कमोबेश होते हैं। इसी वजह से कोई दौर बीत चुकने के बाद लगता है कि वक़्त गवाँ दिया या अगर उस दौर का अच्छा इस्तेमाल हुआ है तो लगता है कि वह फिर क्यों नहीं वापस आता है। पछतावा भी होता है कि कोशिश नहीं की वरना ख़ुशी के वे दिन ज़्यादा लंबे और बेहतर हो सकते थे। जबकि बचपन को न आप रोकना चाहते हैं, न रुक सकता है। कोई चाह सकता है कि सदा युवा रहे। पर जहाँ तक बचपन की बात है तो बच्चा भी नहीं चाहता कि वह हमेशा बच्चा ही बना रहे...।

अभी ज़िक्र हुआ कि किसी को अपने बचपन का चेहरा ठीक-ठीक याद नहीं रहता है। बचपन के अपने कपड़े, अपनी चाल, बोलने का ढंग वग़ैरह भी कहाँ याद रहते हैं। सही-सही यह भी याद करना कठिन होता है कि बचपन की जो चीज़ें याद आ रही हैं, उनकी ध्वनियाँ और रंग क्या थे। उनके काल और स्पेस के बारे में भी ठीक-ठीक कुछ नहीं कहा जा सकता है। हम क्षीण सी कौंध या धूसर धुँधली छवियों के सहारे बचपन के बिंबों को जगाते हैं। फिर क्यों वह इतना आत्मीय, सम्मोहक, ताज़ा लगता है ? क्यों वह इतना सांद्र असर डालता है ?

हम कल ही की कई बातें भूल जाते हैं। आज और अभी की कुछ बातें अवसर पर याद नहीं आती हैं। तब क्या वजह है कि इतने साल पहले की स्मृतियाँ मिटती नहीं हैं ? एक कारण यह लगता है कि बच्चा जिन वस्तुओं, घटनाओं से तादात्म्य बनाता है, उनके बारे में उसके पास पहले से प्राप्त अधिक जानकारियाँ नहीं होती हैं। यह थोड़ा सा पुराने ज़माने तक के बच्चों की बात है, जब टी.वी. नहीं था और सूचना-तंत्र का विस्फोट नहीं हुआ था। तब के बच्चों के पास चीज़ें सीधे पहुँचती थीं। ऐसा नहीं कि उनकी तसवीरें और उनके विवरण पहले दाख़िल हो चुके हों और वे खुद बाद में उपस्थित हों। तो जैसा कि स्वाभाविक है, प्रत्यक्ष और अकस्मात् संपर्क का यह तरीक़ा स्मृति में टिकाऊ जगह बनाएगा। आख़िर पुल की मदद से नदी पार करने पर नदी उतनी नहीं याद आएगी जितनी कि नदी तैरकर पार करने पर याद आएगी। दूसरी बात, बच्चे की दुनिया में बड़ों की दुनिया की तरह चेहरों, स्थानों, वस्तुओं, रंगों, आवाज़ों का घना जंगल नहीं होता। इस घने जंगल में कोई नया चेहरा या वस्तु आसानी से गुम हो जाएगी। इस जंगल में अनेक हिंस्र हैं जो प्रायः किसी नवागत अनुभव के प्रवेश करते ही उसके टुकड़े कर डालते हैं। बच भी गया नवागत अनुभव तो वह घने जंगल में दिखता नहीं है। अंधकार और झाड़-झंखाड़ के बीच गिरी-पड़ी किसी अनुभव की इकन्नी कैसे नज़र आएगी। बच्चे के संसार में थोड़े लोग और मुट्ठी-भर अनुभव होते हैं और यदि नया कोई दाख़िल होता है बच्चा पूरी ख़ुशी और ताक़त से उसमें शरीक होता है, उसे अपने में शरीक करता है। एक अटूट-गहरा रिश्ता बनता है। जैसे कि पुराने ज़माने का मनुष्य पृथ्वी, आकाश, जल, वनस्पतियों आदि से जितना ममत्व रखता था, आज का मनुष्य नहीं रख पा रहा है। पुराने मनुष्य की तरह बच्चा बड़ों से ज़्यादा तीव्र ढंग से अपने आसपास के जगत् को ग्रहण और आत्मसात् करता है।

बचपन के अनुभवों की स्मृति स्त्री-पुरुष के पहले-पहले प्यार की तरह है, जो अद्वितीय और अविस्मरणीय होती है।

मैं अपने बचपन की कुछ यादों को क्यों लिखना चाहता हूँ ? मुझ साधारण के बचपन के बारे में किसी को जिज्ञासा क्यों होगी। कौन से सुर्ख़ाब लगे हैं मेरे बचपन में या मुझमें। वैसे अति मामूली आदमी का बचपन भी बखान योग्य हो सकता है, बशर्ते कि उसमें ऐसी सच्चाइयाँ हों, जो लोगों की तकलीफ़ें कम करने की जद्दोजहद में काम आएँ। मेरे साथ तो ऐसा भी कुछ नहीं। मेरा बचपन तो रोचक भी नहीं है। मसलन जैसा कि होता है कि घोर ग़रीबी और संघर्ष से गुज़रा बचपन, अपमान, अभाव और दुखों से लहूलुहान बचपन—अनेक पाठकों के लिए दिलचस्प होता है। मेरी समस्या है कि मेरे बचपन के पास न तो ग़रीबीजन्य पीड़ा थी, न अमीरीजन्य भोग—जो चमक-दमक और ऐश्वर्य के कारण अपने विवरणों से लोगों को सम्मोहित करता है। मैं एक निम्न मध्यवर्गीय परिवार में जन्मा था जिसकी दिक़्क़त यह थी कि न वह भूखों मर रहा था, न उसके पास षड्रस व्यंजन थे। वह मध्य की नीरस, बेरंग और बेढंगी ज़िंदगी काट रहा था। ऐसे परिवेश में उस ज़माने के बच्चे प्रायः लद्धड़, नाक चुवानेवाले और हमेशा कें...कें...करके रोनेवाले हुआ करते थे। इसी तरह रहा हूँगा।

'रहा हूँगा' इसलिए कहना पड़ रहा है कि मुझको अपने बचपन का चेहरा-मोहरा याद नहीं है। हालाँकि यह याद है कि मैं निकर पहनता था और जब मैं सात-आठ साल का रहा हूँगा तो मेरे पास एक शर्ट टेरीलीन की थी जिसका रंग संभवतः बादामी था या गुलाबी। लेकिन कपड़ों के बीच में मैं ख़ुद कैसा लगता था, बिल्कुल याद नहीं। मैं रोज़ ही घर के छोटे से आईने में अपनी शक्ल देखता था। नाई की दुकान के बड़े शीशे में भी कई बार अपने को देखा। पानी में देखा था, परछाईं में देखा था और दोस्तों की आँखों की पुतली में देखा था। मगर आज मुझे उस अपने की कोई याद नहीं है।

एक छोटे से ज़िले के छोटे से क़स्बे का वह किराए का मकान जिसमें हम थे—पुरानी बस्ती और नई बस्ती के बीच स्थित था। वहीं से पुरानी बस्ती शुरू होती थी और वहीं पर पुरानी बस्ती ख़त्म भी होती थी। वहीं से नई बस्ती शुरू होती थी और वहीं पर नई बस्ती ख़त्म होती थी।

याद नहीं आ रहा कि वह मकान कच्चा था या पक्का। शायद दोनों का मिला-जुला रूप था। कुछ हिस्से पक्के—कुछ कच्चे। मुझे पूरा घर स्मरण नहीं हो पा रहा है। केवल उसके कुछ हिस्से चमक रहे हैं। सर्वाधिक चमक रही है, मिट्टी के फ़र्शवाली वह रसोई। मिट्टी की रसोई में मिट्टी का चूल्हा था। आसपास बरतन रखे रहते थे। कुछ दूरी पर डिब्बे-कनस्तर। रोज़ ही माँ खाना बनाते समय

मुझसे कोई डिब्बा उठाकर देने को कहती, मैं दे देता। वह चिमटा, सँड़सी या और कोई बरतन माँगती, मैं दे देता। माँ निहाल हो जाती और मेरी तारीफ करती। मगर कैसी विडंबना है कि मुझे अपने द्वारा माँ को सामान देने की याद बिल्कुल नहीं है। पर माँ का माँगना और डिब्बा या बरतन पकड़ना और ख़ुश होना मेरी स्मृति में दर्ज है। कुछ वैसे ही, जैसे चूल्हे पर चढ़े बरतनों को एकदम भूल गया हूँ लेकिन चूल्हे को बिल्कुल नहीं भूला हूँ। मिट्टी का चूल्हा आगे की तरफ़ खुला होता था। ऊपर के हिस्से में पीछे की तरफ़ एक गोल कटा था। इससे चूल्हे पर एक साथ दो बरतन रखे जा सकते थे। आगेवाले हिस्से पर बड़ा बरतन। पीछेवाले पर छोटा। कई बार बरतन का चूल्हे पर संतुलन बिठाने के लिए खपड़े के टुकड़े का उचावन लगा दिया जाता था। पीछे के गोल कटे हिस्से में भी आँच ऊपर को भागती।

गुसलख़ाना भी स्मरण हो रहा है। वह मकान में घुसने पर दाहिनी तरफ़ पड़ता था। गुसलख़ाना क्या था, महज़ ईंटों की दीवार की ओट थी। वहाँ नहाने-धोने से ज़्यादा जीवंत यह है कि फूलमती नाम की महरिन बरतन माँजा करती थी। और वहाँ शायद एक घिसा हुआ पीढ़ा था। या शायद मुझे ऐसा लग ही रहा है कि वहाँ एक घिसा हुआ पीढ़ा था।

मकान में घुसने पर इस तरफ़ गुसलख़ाना था। बाईं तरफ़ रसोई थी। सामने और दाईं तरफ़ बरामदा था। बरामदों के बाद कमरा वग़ैरह था। सामने के बरामदे में रस्सी का एक सिकहर लटक रहा है जिस पर दूध का बरतन रखा है। दाईं तरफ़ के बरामदे में एक झूला टिमटिमा रहा है। उस झूले पर अपने या किसी के झूलने का दृश्य नहीं दिखाई पड़ रहा है। कमरे के नाम पर एक कुंडी चढ़ा दरवाज़ा झिलमिला रहा है। एक और कमरा भी था जिसे याद करने पर उसमें भरा हुआ अँधेरा ही याद आ रहा है।

अजीब है कि उस पुराने मकान की कुछ चीज़ें धुँधली ही सही, दिख रही हैं मगर उसमें रहनेवालों में सिर्फ़ माँ की उपस्थिति याद है। जबकि वहाँ पिता थे, मेरे बड़े भाई थे। उन दोनों का एक भी बिंब सुरक्षित नहीं बचा है। आख़िर ऐसा क्यों होता है कि कुछ बिंबों...कुछ चीज़ों की छवियाँ, उनकी अनुगूँजें बची रह जाती हैं और कुछ पूरी तरह नदारद हो जाती हैं। हम तो न चयन करते हैं न चाहते हैं कि कौन रहे और कौन नदारद हो जाए। फिर कैसे होता है इस तरह का फ़र्क़। ऐसा भी नहीं होता कि महत्त्वपूर्ण चीज़ों की—लोगों की याद बची रह जाए और मामूली चीज़ें और लोग धीरे-धीरे चेतना से मिट जाएँ या बहुत दूर चले जाएँ। क्योंकि यदि ऐसा होता तो किसी घर में गुसलख़ाना कमरों से ज़्यादा अहमियत तो नहीं रखता लेकिन वही याद रहा, कमरे नहीं। या उस मकान में मेरे एक दूर के चाचा भी रहते थे, उनकी कुछ उछल-कूद आज भी ताक-झाँक करती है लेकिन

अपने सबसे ख़ास पिता और भाई उनसे भी कम उस मकान में दिख रहे हैं। ज़ोर देने पर...स्मृति पर भुलक्कड़ी की धूल पोंछने पर बाबू और भाई याद आ रहे हैं तो उन्हीं दूर के चाचा के संदर्भ में। मसलन चाचा को डाँट लगाते बाबू और चाचा के साथ धमा-चौकड़ी करते भाई। आख़िर बचपन यह शरारत क्यों करता है कि कुछ तजुर्बों को संरक्षित करता है तो कुछ की बिल्कुल परवाह नहीं करता, चाहे वे कितने ही सलोने और ज़रूरी हों। संभवतः यह कुछ उसी तरह है कि बच्चे बहुधा अपने से अधिक फ़िक्र अपने खिलौनों की करते हैं। अपने कपड़ों से अधिक परवाह अपने खिलौने के कपड़ों की होती है। उक्त कथन आज के बच्चों के बारे में नहीं है। कम-से-कम आज के शहरी और संपन्न बच्चों के बारे में नहीं है। तब के बच्चों के बारे में है जब बच्चों के पास इतने खिलौने नहीं हुआ करते थे। कई बार माँ या दादी या नानी या भाभी उनके लिए गुड्डा-गुड़िया बना दिया करतीं और बच्चे गुड्डा-गुड़िया के लिए पुराने कपड़े से नया परिधान सिलने की ज़िद किया करते थे। यह भी देखा जाता था कि अपने बालों को उलझाए-बिखराए बिटिया अपनी गुड़िया के बालों में हरदम कंघी किया करती थी। इसी प्रकार स्थानों के बारे में भी कहा जा सकता है। बच्चों को अपने घर से अधिक चिंता अपने घरौंदों की होती। कमरों से अधिक सरोकार आँगन, छत और दुआर से होता है बच्चों का। जहाँ वे खुले आसमान के नीचे खेल सकते हैं, दौड़ सकते हैं। जहाँ उनकी गेंदें ख़ूब ऊँचाई तक उछल सकती हों और दूर तक भाग सकती हों।

घर से निकलने पर दाईं तरफ़ दस-बीस क़दम आगे बढ़ने पर एक कुआँ था। थोड़ा आगे बनी एक कोठरी में एक दर्ज़ी कपड़े सिलता रहता था। उसकी सिलाई मशीन पेरों से चलती थी। उसकी दुकान में पड़ी बड़ी सी क़ैंची अविस्मरणीय है। कपड़ों के ढेर सारे रंग-बिरंगे कतरनें-फुचड़े बिखरे रहते थे जो उस कोठरी की तरफ़ बच्चों को ललचाते थे। कोठरी की बग़ल में कोई दुकान थी कि नहीं, विश्वासपूर्वक नहीं बता सकता। इतना ही कहा जा सकता है कि सामने कोई बड़ा सा पेड़ था जिसके नीचे खटिया बिछी रहती थी। ज़ाहिर है, कई साल तक धूप, वर्षा, सभी मौसमों में लगातार वह खटिया उसी तरह नहीं बिछी रही होगी। पर मैं क्या करूँ, जब भी उस जगह के बारे में सोचता हूँ तो वह खटिया ज़रूर दिख जाती है। कहना चाहूँगा कि पेड़ के नीचे बिछी खटिया के मार्फ़त ही उस जगह को पकड़ सका हूँ। अतीत के साथ कई बार होता है कि हम प्रमुख वस्तु या चरित्र के ज़रिए गौण वस्तुओं-चरित्रों तक नहीं पहुँच पाते हैं, बल्कि कोई गौण वस्तु, कोई तुच्छ सी चीज़ हमें केंद्रीय विषय तक ले जाती है। जैसे अँधेरे में छोटी सी स्विच आपको मिल जाए तो उसे दबाते ही उजाला हो जाता है और पूरा स्थल दिखने लगता है या जैसे बेहद अनुल्लेखनीय निशानी के ज़रिए निपुण जासूस किसी उलझे हुए

केस की असलियत तक पहुँच जाता है।

कुएँ, दर्ज़ी की दुकान से कुछ क़दम और आगे जाने पर सड़क थी। दोनों तरफ़ की पटरियों के किनारे पर दुकानें बसी हुई थीं। एक कपड़े की दुकान हमारे मकान मालिक मुन्नू साव की थी। दुकान में कपड़े थे। फ़र्श पर बड़ी सी सफ़ेद चादर बिछी रहती थी। कई मसनद रखे थे। मुन्नू साव, दूसरे भी दो-तीन बैठकर कपड़े दिखाते, नापते और काटते थे। सफ़ेद चादर और मसनदें सर्वाधिक आकर्षक थीं। गर्मी में दोपहर में मुन्नू साव, उनकी दुकान के और लोग जमुहाई लेते थे और बेना झलते रहते थे। गर्मी में क़स्बे के सारे दुकानदार ख़ाली वक़्त में बेना हाँककर हवा लेते रहते थे।

मुन्नू साव का अपना घर मेरे घर के सामने था। वह मेरे घर की तुलना में काफ़ी बड़ा, पक्का और बेहतर कोटि का था। अनेक कमरे थे पर रहनेवाले भी ढेर थे। मक्खियों की तरह भिनभिनाते रहते थे वे। पुरुष, उनकी औरतें और उनके बच्चे आपस में झगड़ते रहते थे। एक-दूसरे की चुग़ली करते थे। पैसेवाला होने के बावजूद उनका घर मेरे घर से ख़राब लगता था। हर जगह गंदगी फैली रहती थी। जूठे बरतन बिखरे रहते। बरतनों के अन्न और सब्ज़ियाँ फूलकर जघन्य दृश्य उपस्थित करते थे। पूरे ख़ानदान में केवल मुन्नू साव की पत्नी भली लगती थीं। वह दुबली-पतली थीं और छोटे क़द की थीं। उनकी कमर में चाँदी की चौड़ी बैल्ट बँधी होती और तब बैल्ट को पेटी कहा जाता था। तो मुन्नू साव की पत्नी की कमर में बँधी चाँदी की पेटी में चाबियों का एक घना गुच्छा खुँसा होता था। पैरों में पायलें थीं। जब मुन्नू साव की पत्नी चलती थीं तो पायलों से छम-छम की आवाज़ बजती या केवल मुझे ऐसा लगता है।

मुन्नू साव के मकान से निकलने पर दाईं तरफ़ और मेरे घर से निकलने पर बाईं तरफ़ एक कच्ची पगडंडी गई थी जो आगे जाकर विलीन हो गई थी। आगे अनगिनत पेड़-पौधे थे। झाड़-झंखाड़ थे। वहाँ बहुत सारे चकवड़ के पेड़ थे। मुरैलों की आवाज़ें थीं जिन्हें तत्सम में मयूर या मोर कहा जाता है। कभी-कभी तो कोई मोर हमारे दरवाज़े तक आ जाता था। मुरैलों और चकवड़ के पेड़ से हमें विशेष ख़ुशी मिलती थी। मुरैलों को नाचते हुए हम दोस्त देखते थे और बातें करते थे कि मुरैला साँप को खा जाता है। हमें यह बिल्कुल नहीं पता था कि मोर राष्ट्रीय पक्षी है लेकिन मोर से हमें गहरा लगाव था। उससे भी ज़्यादा लगाव गौरैया से था। गौरैया मेरे आँगन में आती और बिखरे हुए चावल के दाने फुदक-फुदककर चुगती। मैं उसे छूना चाहता तो फुर्र से उड़ जाती। एक बार काग़ज़ पर थोड़ा सा अन्न बिखेरकर आँगन में रखा और काग़ज़ से सटाकर एक दौरी में धागा बाँधकर दूर खड़ा हो गया। आँगन में अन्न के पास उठी दौरी की लगाम मेरे हाथ में थी।

सोचा था कि गौरैया जब दाना चुगेगी तो यहाँ से डोर खींचूँगा और गौरैया दौरी के नीचे होगी। मगर गौरैया फुर्र...से उड़ गई थी। एक बार फँस गई थी पर उसे पकड़ने के लिए दौरी ज़रा सी ऊपर उठाया तो वह उड़ गई। एक बार पकड़ में आ गई थी तो मैंने उसे उड़ा दिया था...।

वैसे मुरैले की भी अपनी शान थी। हालाँकि उस लघु जंगल में हमारे जाने की वजह मुरैला नहीं चकवड़ के पेड़ थे। चकवड़ की पत्तियों को तोड़कर हम हथेली के बुध पर्वत पर रखते और उस पर दूसरे हाथ का बुध पर्वत रखकर दबाते। पत्तियाँ चटखकर दो टुकड़े हो जातीं। जो लड़का एक बार में एक साथ जितनी अधिक पत्तियाँ चटकाता, उतना ही शूरवीर समझा जाता। इसी लघु जंगल में एक पेड़ की पत्ती ऐसी थी कि चमड़ी पर घिस दो तो वह छिल जाए और ख़ून निकल आए। एक पेड़ की पत्ती ऐसी थी जिसे खाने पर खटमिट्ठा लगता था। जैसे इमली की पत्ती खाई जाती है वैसे ही उसे हम खाते थे। इसके अलावा जंगल-जलेबी यहाँ की ख़ास खाद्य सामग्री थी।

मैं स्कूल पढ़ने गया। पहले दिन जब मैं स्कूल ले जाया गया तो पेड़ों के नीचे कक्षा लगी थी। एक कटहल के पेड़ के नीचे मास्टर साहब कुर्सी पर बैठे थे। उनके सामने ज़मीन पर कुछ बच्चे। इसका यह मतलब नहीं कि स्कूल के पास बिल्डिंग नहीं थी। क़स्बे के इकलौते प्राइमरी पाठशाला की ठीक-ठाक इमारत थी और उसमें पाँचवीं कक्षा तक पढ़ाई होती थी। शायद इतने ही अध्यापक थे और इतने ही कमरे। मुमकिन है, जुलाई की उमस-भरी गर्मी से बचाव के उद्देश्य से कमरे से बाहर पेड़ों के नीचे कक्षा लगी थी। क्योंकि तब क़स्बे में बिजली तो आ गई थी किंतु बिजली के पंखे नहीं थे। यहाँ तक कि क़स्बे में सबसे बड़े हाकिम तहसीलदार के कमरे में भी बिजली का पंखा नहीं था। उन दिनों दफ़्तरों और समृद्धों के कमरों में कपड़े का बड़ासा पंखा लगा रहता था, जिसे दरवाज़े की चौखट पर बैठा आदमी रस्सी की मदद से खींचकर हवा करता था। पंखा खींचनेवाले को पंखा-कुली बोला जाता था। पर स्कूल न दफ़्तर था, न समृद्ध का कमरा। अतः वहाँ के बच्चों और अध्यापकों को हवा के लिए पेड़ों के नीचे कक्षा लगानी पड़ती थी। इसी तरह जाड़ों में धूप के लिए बाहर खुले में क्लास लगती थी। बाहर फील्ड में।

मेरे पिताजी ने पेड़ के नीचे बैठे मास्टर साहब से कुछ बातें कीं और मैं स्कूल में पढ़ने लगा था, उसी दिन उसी वक़्त से।

एक दिन की बात है, बाहर क्लास लगी थी कि मास्टर लोग बोलने लगे कि लालबहादुर शास्त्री मर गए। छुट्टी हो गई। बच्चों को क्या मालूम कि कौन थे लालबहादुर शास्त्री और क्या थी उनकी अहमियत। वे तो छुट्टी होने पर भागे

अपने घर।

स्कूल में मेरा घर पास में ही था। छुट्टी होने पर हम बच्चे शोर मचाते-चिल्लाते हुए घर जाते थे। स्कूल से घर जाने के रास्ते की एक जगह याद आ रही है...। थोड़ा ढलान उतरने पर एक पतली कच्ची सड़क थी, जो आगे जाकर खंड़जेवाली सड़क से जुड़ जाती थी और अस्पताल के सामने खुलती थी। दरअसल यह मुख्य मार्ग नहीं बल्कि शार्टकट था। कच्ची सड़क कम लंबी नहीं थी। उसके दोनों तरफ़ मिट्टी की ऊँची-ऊँची दूहें थीं जिनके किनारे-किनारे बेहया के हरे-भरे पेड़ होते थे। इन पेड़ों में उगे हुए हल्के बैंगनी रंग के अनगिनत फूलों की शोभा हमें बड़ी प्यारी थी। बेहया वृक्ष का यह काव्यात्मक उपयोग था तो व्यावहारिक उपयोग यह था कि उसकी टहनियों को तोड़कर हम मार-पीट में इस्तेमाल करते थे। हम बच्चों के बीच जब युद्ध भयानक मोड़ ले लेता तो हम बेहया की टहनियाँ फेंककर तख़्तियों के घातक अस्त्र चलाने लगते। रणभूमि हमेशा एक ही रहती—मिट्टी के दूहों के नीचे बिछी कच्ची सड़क...।

अब एक विचित्र समस्या का सामना करना पड़ रहा है। समस्या है, कालावधि के गड्डमड्ड हो जाने की। बचपन की कई ऐसी यादें हैं जो नामालूम किस समय की हैं। साल-दो साल पहले की अथवा साल-दो साल बाद की। वैसे बड़े हो जाने पर भी होता है कि हम किसी अनुभव के कालखंड को सटीक ढंग से याद नहीं कर पाते हैं। क्योंकि अनुभव एक संवेदना है जबकि कालखंड एक ब्यौरा। लेकिन वयस्क को सहूलियत होती है कि किसी दूसरे अनुभव के समस्त कालखंड की मदद से भूले हुए कालखंड को ढूँढ़ सकता है। संबंधित अनुभव का काल भासमान हो उठता है। मगर बचपन के अनुभवों में ऐसा करने में कठिनाई है। क्योंकि उस दौर के अनुभव का असर अथवा उसका बिंब इतना चटख़ और स्वायत्त होता है कि उसका समय किसी अन्य अनुभव के समय से नहीं थाहा जा सकता है। उदाहरण के लिए, मेरे प्राइमरी स्कूल की एक फ़ील्ड थी जिसमें घासें लगी हुई थीं। हमें जब यह भय सताता कि घर पर मारे या डाँटे जाएँगे तो हम फ़ील्ड की घासों की चटाई में दूब घास ढूँढ़ते। मिल जाने पर दूब की घासों को आपस में बाँधकर गाँठ लगा देते। ऐसा विश्वास था कि ऐसा टोटका करने पर हम घर पर संभावित उत्पीड़न से बच जाएँगे। यदि बच जाते थे तो अगले दिन स्कूल आकर बँधी हुई घासों को खोलकर मुक्त कर देते थे। अब यह करतब, मैं कक्षा एक में था, तब शुरू हुआ था या कक्षा दो में या उसके भी बाद, याद नहीं आ रहा है। इसी तरह तख़्ती मेरे पास शुरू में ही थी या शुरू-शुरू में स्लेट

थी—भूल गया हूँ। और ये बातें किसी दूसरे अनुभव के समय की याद से याद नहीं आ रही हैं।

कहीं इस प्रकार तो नहीं कि बच्चे के लिए समूचा बचपन ही स्वतंत्र रूप से एक कालखंड है। हो भी सकता है। क्योंकि बच्चे का काल से कहाँ सरोकार होता है। उसके लिए घड़ियाँ, कैलेंडर और डायरियाँ अपनी आकृति तथा रंगों के कारण बढ़िया-घटिया हो सकते हैं मगर वे समय बताने की अपनी योग्यता के चलते कोई अहमियत नहीं रखते। वाक़ई काल यदि घुटने टेकता है तो बचपन के सम्मुख। उसकी सत्ता को रंचमात्र स्वीकार नहीं करता बचपन। यह अस्वीकार ही तो पराजित करता है काल को बच्चे से।

इस समय मैं हिसाब-किताब लगाकर बचपन की याद के विभिन्न खंडों का समय ढूँढ़ रहा हूँ तो यह मेरी बड़े हो जाने के कारण निर्मित आवश्यकता-जिज्ञासा है। और यदि काल का निर्धारण कर ले जाऊँ तो वह बड़े होने के कारण संभव सफलता होगी। साथ ही यह भी महसूस होता है कि ज्यों ही मैं वयस्क औज़ारों से बचपन को छुऊँगा, वह ग़ायब हो जाएगा। मिट्टी हो जाएगा। जैसे कि एक क़िस्से में जादूगर, स्त्री को ढेर सारा सोना देता है और कहता है, "ऐश करो पर याद रखना जब किसी को बताओगी कि इतना सारा सोना कब, कहाँ और किससे मिला तो उसी समय सारा सोना कोयला हो जाएगा।" स्त्री का पति उसे बेरहमी से पीटकर पूछता है कि इतना सोना कहाँ से ले आई, कब लाई और किसने दिया ? पति के अत्याचार से तंग आकर स्त्री सच्चाई बता देती है और सोना कोयला में बदल जाता है।

हँसी भी उड़ाई जा सकती है कि बचपन के ज़िक्र में काल जैसे दार्शनिक विचार को उठाकर माथा-पच्ची करने की ज़रूरत भी क्या ! बच्चे ने गेंद तीन साल में उछाली या पाँच साल में...क्या फ़र्क़ पड़ता है। तो क्या वाक़ई बच्चे और काल में कोई रिश्ता नहीं ? यहाँ मैं कहना चाहूँगा कि बच्चा काल की परवाह नहीं करता। उसे भली-भाँति समझता भी नहीं। लेकिन वह खेल-खेल में ही सही, काल से टकराता-मुठभेड़ करता है। एक बच्चा जब पहली मर्तबा गेंद हवा में उछालता है तो वह अपने अब तक के समय को चीरकर नए समय में दाख़िल होता है तो दूसरी तरफ़ वह उछलती जा रही गेंद के ज़रिए स्पेस में भी अपनी ऊर्जा को प्रसारित करता है। पुनः अगली बार या कई बार ऐसा करके वह स्पेस में अपनी ऊर्जा का विस्तार करेगा लेकिन तब यह नहीं कहा जाएगा कि वह अपने अब तक के समय को चीरकर नए समय में दाख़िल हो रहा है।

काल और बच्चे के संबंध पर हिंदी के शिखर कवि केदारनाथ अग्रवाल ने एक छोटी, विख्यात और अद्वितीय कविता लिखी है :

ताल को कँपा दिया
कंकड़ से बालक ने
ताल को कँपा दिया
ताल को नहीं
अनंत काल को कँपा दिया।

दूसरा उदाहरण—बच्चे के पेड़ पर चढ़ने का। पहली बार पेड़ पर चढ़ने का। इस प्रक्रिया में वृक्ष की छालों पर बच्चे के हाथ, पाँव, उँगलियों का बल लगेगा। उसका स्पर्श होगा। वृक्ष में ऐसे कितने सारे स्पर्श भरे होंगे। वृक्ष क्या बड़ों और बच्चों की हथेलियों का स्पर्श एक ही तरह से अनुभव करता है ? आप किसी सम-वयस्क से हाथ मिलाते हैं, तो क्या वैसा लगता है जैसा किसी स्त्री या शिशु की हथेली को महसूस करने पर होता है। नहीं। एक स्त्री पेड़ पर चढ़ती है या एक बच्चा, तो पेड़ गहरे रोमांच से भर उठता है। ख़ुश हो जाता है। पेड़ ही क्यों—रेत में एक बच्चा कोई आकृति बना दे और दूसरी आकृति वयस्क बनाए। देख लीजिए, किस आकृति में रेत अधिक ख़ुश और खिली हुई दिखती है।

प्रश्न उठता है कि बच्चा पेड़ पर चढ़ता है तो क्या फ़र्क़ पड़ता है कि वह पहली बार चढ़ा कि पाँचवीं बार या तीसरी बार ! फ़र्क़ है ! क्योंकि जब बच्चा पहली बार पेड़ पर चढ़ता है तो उसके उस करतब में अनाड़ीपन की एक लय होती है—न चढ़ पाने या गिर जाने का भय होता है। कामयाब होने का विश्वास होता है। उसकी हथेलियाँ, उँगलियाँ, पैर, दिमाग़, आँखें—वह संपूर्ण का संपूर्ण पेड़ से तादात्म्य बनाता है। उसके और वृक्ष के बीच गहरी सनसनी और रोमांच मचा होता है। वह सफल हो जाने पर जो अद्वितीय ख़ुशी अनुभव करता है, वह दोबारा असंभव है।

इस प्रकार स्मृति को जगाने के लिए कालबोध की ज़रूरत साबित होती है। सामाजिक अध्ययन के नज़रिए से भी वह उपयोगी है। जैसे, अख़बारों में छपा था कि एक बच्चे ने टी.वी. के कार्यक्रम से प्रभावित होकर उसके काल्पनिक चरित्र की तरह छत से छलाँग लगा दी और मर गया। तो यह मेरे बचपन का बच्चा नहीं हो सकता। उससे पहले का बच्चा नहीं हो सकता। जैसे कि यह पद "हम मलाई बरफ़ बेचनेवाले को देखकर ख़ुश हो जाते हैं और पाँच पैसे में दो मलाई बरफ़ मिलता है" आज का नहीं हो सकता, यह लगभग तीस वर्ष पहले का है। क्योंकि आज मलाई बरफ़ नहीं मिलेगा। यदि ग़रीब-पिछड़े बच्चों के हाथ में दिखा भी तो पाँच पैसे का दो क़तई नहीं होगा।

अगर काल की पड़ताल इतनी ही बेशक़ीमती है तो लम्बा समय गुज़र जाने के कारण जो कुछ विस्मृत हो गया है, उसकी सटीक जानकारी अग्रजों से लेने में

क्या हर्ज है। जैसे--अपने बचपन की कई बातों का और उनके समय का स्मरण नहीं हो रहा है, तो माँ-पिता-चाचा से उनके बारे में जाना जा सकता है। बहुत आसान है ऐसा करना, लेकिन इससे स्मृतियों की मूल भावना—उसकी आत्मा—नष्ट हो जाएगी। क्योंकि दूसरों से जो कुछ हम तक पहुँचेगा वह स्मृति नहीं, ब्यौरा होगा। वह संवेदना के ताप से वंचित होगा। जैसे कोई बच्चा अपने पैरों चलकर लड़खड़ाता-गिरता हम तक पहुँचकर हमारी गोद में झूल जाए तो एक हार्दिक खुशी मिलेगी मगर कोई दूसरा उस बच्चे को लाकर आपको दे, तब ? या कोई बच्चे को नींद में ग़ाफ़िल रहने की दशा में आपके हवाले कर दे, तब ? निश्चय ही खुशी-आत्मीयता पहली स्थिति जैसी क़तई नहीं होगी। दरअसल दूसरों के हाथ लगाते ही स्मृति का पौधा मुरझा जाता है फिर वह निष्प्राण ही हमारे तक आएगा। एक पक्ष यह भी है कि अग्रज हमारी स्मृति को ढूँढ़ेंगे तो दरअसल वह अपनी स्मृति ढूँढ़कर लाएँगे और उसे हमारी स्मृति के रूप में हमें सौंपेंगे। यह मिलावट स्मृतियों की पवित्रता और कविता को तबाह करती है। क्योंकि किसी भी दशा में एक की स्मृति दूसरे की स्मृति का समरूप नहीं हो सकती है। वैसे भी अपनी स्मृतियों को स्वयं जगाने का कोई विकल्प नहीं होता है। जंगल में अँधेरे में कोई थोड़े से मोती इधर-उधर फेंक दिए गए हों। उन्हें तलाशना है तो कैसे ढूँढ़ेंगे ? बहुत से लोगों को लाया जाए, वे ढूँढ़कर दें या खुद गुम हुई चीज़ को तलाशने की तरकीबें सीखकर मोतियों को हासिल किया जाए। मगर सबसे ख़ूबसूरत स्थिति यह होगी कि मोती चमकें और कहें, "देखो, हम यहाँ हैं।" ऐसे ही समय के जंगल में हमारी याद के न जाने कितने मोती गुम हो गए हैं। काश ये सारे के सारे अपनी चमक बिखेर कर कहें, "देखो, हम यहाँ हैं। और हमको भी देखो, यहाँ हैं...तुम्हारे पास...तुम्हारे ही भीतर..."

मेरे स्कूल में दाख़िल होने के थोड़ा बाद का कोई वक़्त रहा होगा, हम लोग मुन्नू साव के मकान को छोड़कर किराए के दूसरे मकान में आ गए। शायद यह मेरी बहन के पैदा होने के नज़दीक का कोई समय था। बहन मुन्नू साव के मकान में जन्मी थी। उसके पैदा होने की मुझे कोई याद नहीं है। बस इतना है कि एक कमरे में माँ लेटी रहती थी। शुरू-शुरू में माँ के पास मुझे जाने से रोका गया था। बाद में माँ लेटे-लेटे मुझे बुलाती लेकिन मैं जाता नहीं था। दरवाज़े के बाहर ही ठिठका खड़ा रहता था। वहाँ से हटता भी नहीं था...

दो

...यह मकान पिछले से बेहतर था। यह पक्का था। ईंटों से बना था, हालाँकि इस पर पलस्तर नहीं हुआ था। दूसरे इस मकान में रहते हुए कुछ समय बाद बिजली भी आ गई थी। लेकिन यहाँ जगह कम थी। कमरा केवल एक था, जिसे अब याद कर रहा हूँ तो सबसे पहले और सबसे स्पष्ट वह जगह उभर रही है जहाँ तख़्त रखा था। तख़्त से चिपकी हुई दीवार से खिड़की खुलती थी। आख़िर क्यों यह जगह कमरे के सबसे ख़ास हिस्से के रूप में जीवित है। क्या इसलिए कि रोशनी में ही चीज़ें दिख पाती हैं और कमरे में सबसे ज़्यादा रोशनी खिड़की से ही आती थी और खिड़की के सर्वाधिक नज़दीक यही स्थान था। हो सकता है कि यह सच न हो।

तख़्त के बाद दूसरी तरफ़ की दीवार याद आती है। बल्कि सही यह है कि न दीवार याद रही है न उसका रंग, बल्कि वहाँ बन गया मकड़ी का एक बड़ा सा जाल याद आ रहा है जो कि ज़ाहिर है, हमेशा नहीं रहा होगा मगर स्मृति की दुनिया में ईंट की दीवार से ज़्यादा मज़बूत और दीर्घायु फूँक मार देने से काँप जानेवाला वह जाल है।

बात खिड़की के नज़दीकवाले स्थान की हो रही थी जहाँ तख़्त रखा हुआ था। मुझे एक बार मियादी बुख़ार आ गया था और मैं महीने-भर उसी तख़्त पर पड़ा रहा था। खिड़की के पहले निकली हुई जगह मेज़ का काम कर देती थी। उसी पर दवाएँ रखी थीं, उबला हुआ पानी पीने के लिए था और मुनक़्क़ा था। यह मुनक़्क़ा शायद उस समय का बी-काम्प्लेक्स था जिसे खाने का मशविरा डाक्टर देते थे। इसी तरह उस समय के डाक्टर आज के डाक्टरों की तरह सब कुछ खाने का मशविरा नहीं देते थे बल्कि अन्न से परहेज़ करने को बताते थे।

फिर भी बुख़ार हम बच्चों के लिए नियामत था। क्योंकि बच्चों के लिए यही एक ऐसा अवसर था जब खाने को फल मिलते थे। बिस्कुट मिलते थे।

कमरे के बाद बरामदा था। अजीब बात है कि मुझे इस बरामदे का कोई दृश्य, उसकी संरचना का कोई भी हिस्सा याद नहीं आ रहा है। और तो और एक ही खिड़की का कमरे की तरफ़वाला हिस्सा सजीव बना है लेकिन उधर बरामदे की तरफ़वाला हिस्सा न जाने कहाँ गुम हो गया है। इससे भी अधिक दिलचस्प यह है कि बरामदे की एक दीवार के पीछे बना पड़ोस के मकान का बरामदा स्मरण है लेकिन अपना बरामदा भूल गया हूँ...

क्या कारण है कि हम उन जगहों को भी भूल जाते हैं जहाँ हमने लंबा समय व्यतीत किया था। कभी-कभी ऐसा भी होता है कि हमें कोई जगह भूल जाती है लेकिन उस जगह का थोड़ा सा हिस्सा, एक टुकड़ा, कोई कोना याद रह जाता है। काल की बेपनाह गर्द के नीचे से भी वह टुकड़ा झाँकता रहता है।

दरअसल हम जगहों को भूलते हैं, या कहीं ऐसा तो नहीं वे ही हमसे उदासीन होकर दूर चली जाती हैं। जाते समय वे अपने वजूद का एक टुकड़ा हमारी स्मृति को बतौर निशानी दे जाती हैं। या जाते हुए उनके दुपट्टे का कोई हिस्सा हमारी स्मृति की झाड़ी में फट जाता है और उलझा रह जाता है। वह झाड़ी एक दिन बरगद का पेड़ बन जाती है। हमारी स्मृति के वट वृक्ष में असंख्य रंग-बिरंगे कपड़े लटक रहे हैं...

जगहें जब हमसे उदासीन होकर दूर जाती होंगी तो क्या वे एकदम अकस्मात् बड़ी तेज़ी से चली जाती होंगी अथवा धीरे-धीरे जा रही होती होंगी। मुमकिन है कि वे अपने प्रति हमारी लापरवाही और ख़ुदग़र्ज़ी से नाराज़-दुखी होकर धीमे क़दमों से हमसे विदा होती हों और बीच-बीच में मुड़-मुड़कर हमें इस प्रत्याशा से देखती हों कि हम उन्हें पुनः अपने पास बुला लें या ख़ुद ही उनके पास चले जाएँ। लेकिन किन्हीं दूसरी जगहों या अपने में ही मगन हम उन जगहों का जाना देखते ही नहीं। नतीजतन हमारी बेमुरौवती से चाक-चाक होकर सिसकती हुई वे दूर होती जाती हैं और अदृश्य हो जाती हैं। इस तरह देखें तो सच्चाई यह लगती है कि हम उन्हें भुलाते भी हैं और वे हमसे मुक्त भी हो जाती हैं। हालाँकि यह भी हो सकता है कि न हम उन्हें भूलते हैं, न वे हमसे दूर गई हों बल्कि हमारे पास, हमारे बहुत पास—हमारे में ही बसी हुई ठिठकी हों और समय की गर्द उन पर न पड़कर हमारी आँखों में पड़ी हो जिससे हम अपनी दोस्त स्थलियों को नहीं देख पा रहे हैं...

इस प्रसंग का एक अन्य कोण भी है...

समय के साथ-साथ हम बहुत सी चीज़ों-जगहों को भूल जाते हैं, पर कुछ

याद क्यों रह जाती है ? जो याद रह गया, क्या मेरा अपना चयन था। क्या उसमें अमर स्मृति बन जाने की योग्यताएँ थीं। क्या वे इतनी प्रिय और मधुर थीं कि मुझमें ताज़िंदगी के लिए रच-बस गईं। ऐसा नहीं लगता। आख़िर मकड़ी का जाल, खटिया, मिट्टी के फ़र्शवाली रसोई का मिट्टी का चूल्हा, गुसलख़ाने का पीढ़ा वग़ैरह में कौन सी कशिश है कि उनको ताज़िंदगी के लिए अपने में बसा लेने की इच्छा होने लगे। कहीं यूँ तो नहीं है कि बच्चों का देखना फ़ोटोग्राफ़ी है। कैमरा देखता है तो सामने के दृश्य में बहुत सारी वस्तुओं का जमघट होता है, पर फोकस किसी एक पर होता है। तसवीर अब तैयार होती है, तो उसमें भी एक चीज़ प्रधान होती है मगर रहती बहुत सी चीज़ें हैं। कई बार तसवीर को देखते समय हम चीज़ों के कबाड़ को देखते ही नहीं, प्रधान चीज़ पर ही टिक जाते हैं और बाद में वही दस्तक देती है या बाद में हम उसी के दर पर दस्तक देते हैं।

पर प्रश्न अभी भी ज्यों का त्यों है कि आख़िर क्यों बचपन ने कमरे के दृश्य में मकड़ी का जाला और रसोई के दृश्य में मिट्टी का चूल्हा, फ़ोकस दिया। उनमें क्या इतना ख़ास लगा कि उसी को दृश्य का केंद्र स्थल बनाया। एक बात हो सकती है कि बचपन की निगाह वहाँ ज़्यादा टिकती हो जहाँ भरा-भरा रहता है या जो चीज़ें विशेष रूप से जगह को भरती हैं। इस दृष्टि से देखें तो मकड़ी का जाल कमरे में एक अनोखी पेंटिंग लगेगा। मिट्टी के फ़र्शवाली लंबी रसोई में बना मिट्टी का चूल्हा जैसे कोई दुर्लभ मूर्ति की सज्जा।

तब क्यों मैं अपने दूसरेवाले मकान का बरामदा भूल गया हूँ जिसमें कि कमोबेश सामान रहे होंगे किंतु बरामदे के बगल स्थित वह आँगन जीवित है जो ख़ाली-ख़ाली था। बल्कि सच कहूँ तो सबसे ज़्यादा वह आँगन ही याद है। ऐसा क्यों ? संभवतः ख़ाली जगह का सूनापन ही उसका भराव होता है। इस नज़रिए से सोचें तो ख़ाली जगहें सबसे ज़्यादा भरी हुई होती हैं। क्या दूर-दूर तक फैला रेगिस्तान कभी ख़ाली लगता है। क्या अनंत विस्तार में फैले आकाश और समुद्र अकेले-असहाय लगते हैं। तो मेरे घर का आँगन भी कंगाल नहीं था। आजकल के घरों में आँगन नहीं होते हैं। पहले मिट्टीवाले आँगन ख़त्म हुए घरों से। फिर ईंटवाले--खड़ंजेवाले--आँगन आए और गए। और फिर पलस्तरवाले भी। इसके बाद तो घरों से आँगन की अवधारणा ही ख़त्म हो गई। सितारों भरी रात अब घरों में नहीं दिखती। बच्चों का प्रिय, उनकी गेंदों का प्रिय आँगन अदृश्य हो गया।

हमारे बचपन के दिनों में आँगन पर संकट के बादल मँडराने शुरू हो गए थे। हमारे घर के आँगन में अतिक्रमण हो गया था। एक फूस का छप्पर डाल दिया गया था। छप्पर के नीचे एक कुर्सी-मेज़ थी। मेज़ पर टेबल-लैंप रखा गया

जिसकी रोशनी में मेरे भाई पढ़ते थे। छप्पर से लगा हुआ बाहर निकलने का दरवाज़ा था। मज़ेदार बात है कि आने-जाने के लिए यह इकलौता द्वार था लेकिन मुझे दरवाज़े से घर में दाख़िल होते हुए लोग याद हैं जबकि इससे बाहर जाने की एक भी स्मृति नहीं है। यहाँ तक कि अपने पिता की भी नहीं जो रोज़ ही कई बार निकलते थे। दरवाज़े पर सबसे अधिक कोई उपस्थित हो रहा है इस वक़्त तो दूधवाला। वह एक अधेड़ व्यक्ति थे। उनके एक पैर की बीचवाली उँगली ऊपर उठी रहती थी। वह झौवा में काले तथा ललछौंह रंग के कई मटके-मटकियों में दूध रखकर लाते थे। एक मटके में दही होती थी। दूध उनका अच्छा होता था और शायद आठ आना किलो मिलता था। वह जिस दिन दूध में पानी मिलाते थे, बता देते। वह महीने में एक-दो बार कहते हुए सुने जाते कि आज दूध कुछ ख़राब होगा क्योंकि पानी मिला दिया है।

दरवाज़े से घर में दाख़िल होने पर दाईं तरफ़ छप्पर था और बाईं तरफ़ संडास था, जो एक पर्दे के पीछे छिपा रहता था। उस ज़माने में पूरे क़स्बे में एक भी फ़्लशवाला शौचालय नहीं था। मेरे घर सफ़ाई के लिए जमादारिन आती थी। क़स्बे की पुरानी बस्ती में मैला साफ़ करनेवाले जमादारों का एक पूरा मुहल्ला बसा था। सारे मैला ढोनेवाले उसी मुहल्ले में अपने मिट्टी के कच्चे घरों में रहते थे। लोग वहाँ कभी नहीं जाते थे। केवल सूप लेने कभी-कभी कोई वहाँ पहुँचता। मैं भी एक बार किसी के साथ सूप लेने वहाँ गया था। कैसी दिल्लगी है कि वे लोग अस्पृश्य माने जाते थे लेकिन घर में फटक कर अन्न साफ़ करनेवाला सूप उन्हीं से लिया जाता था। शायद यह वजह हो कि सूप का निर्माण केवल वही करते रहे हों।

...बहरहाल, बात आँगन की हो रही थी और यह कि आँगन के एक तिहाई हिस्से में छप्पर और संडास का अतिक्रमण था। शेष दो तिहाई में आँगन फैला हुआ था। इसको उल्टे ढंग से कहने पर कैसा लगेगा, कि आँगन में शेष दो तिहाई स्थान फैला हुआ था। हालाँकि यहाँ भी कुछ गतिरोध थे। जैसे कि आँगन में थोड़ा आगे जाकर अमरूद का पेड़ था। जिस पर पका अमरूद कभी नहीं देखा गया था क्योंकि कच्चे रहते ही हम सब अमरूद खा जाते थे। अमरूद के पेड़ की पत्तियाँ आँगन में गिरतीं और पीली पड़ जातीं। माँ उन्हें झाड़ू से बुहारती तो पत्तियों के साथ-साथ ज़मीन भी बुहार उठती। तब ऐसा लगने लगता जैसे आँगन कुछ और बड़ा हो गया है, पेड़ कुछ और ऊँचा हो गया है।

अमरूद के पेड़ के पीछे एक क्यारी थी। क्यारी मेरे भाई साहब की कर्मभूमि थी। इसमें सब्ज़ियाँ उगाई जाती थीं। उसमें उगी हरी-हरी पत्तियाँ मुझे याद हैं। वे प्याज़ की पत्तियाँ रही होंगी या लहसुन की। शायद प्याज़ की, क्योंकि प्याज़

की पत्तियाँ ज़्यादा हरी, मांसल और मुलायम होती हैं। हम कभी-कभी प्याज़ की किसी पत्ती को तोड़कर पिपिहरी की तरह बजाते।

यह रही मेरे घर की भौगोलिक स्थिति। पर भौगोलिक स्थिति कहना है तो कुछ अन्य बातें भी जोड़नी पड़ेंगी। जैसे उक्त मकान, क़स्बे की तहसील और रामलीलावाले बाग़ के बीच में स्थित था।

मेरे घर से निकलने पर सीधे एक पगडंडी गई थी जो तहसील पर जाकर ख़त्म होती थी। यदा-कदा माँ मुझे धुले कपड़े पहनाकर, काजल लगाकर और अच्छी तरह कंघी करके पिता के पास तहसील भेजती। पिता के पास जाने पर चाय, बिस्कुट या दालमोठ मिलता। ये चीज़ें उन दिनों नियामत थीं। तहसील जाने पर पिता कभी-कभी मुझे दस पैसे देते थे जिसे मुँह में रखकर बजाता हुआ उसी पगडंडी से मैं वापस घर आ जाता। घर आने पर माँ तुरंत पूछती, "क्या-क्या खाया ?"

पगडंडी पकड़कर घर आते समय एक आरा मशीन पड़ती थी जहाँ लकड़ी का टाल भी था। हमारे घर के चूल्हे के लिए वहीं से लकड़ियाँ आती थीं। पिता कह देते और दुकान का कोई आदमी सिर पर लकड़ियाँ लादकर आता और हमारे दरवाज़े पर गिरा देता। वहाँ से लकड़ियों को एक-दो की संख्या में उठाकर हम दोनों भाई और बहन भीतर ले जाते। लकड़ियाँ अमूमन गीली रहती थीं। माँ को चूल्हा फूँकते हुए आँख मिचमिचाते हुए देखा जा सकता था। माँ चूल्हा फूँकती, आग थोड़ी जल जाती पर जल्दी ही वह बुझने लगती। माँ फिर चूल्हा फूँकती। माँ की आँखों में धुआँ भर जाता था और धुएँ में माँ की आँखें गर्म हो जातीं। चूल्हे की राख उड़कर चेहरे पर चिपक उठती। कुछ राख उसके बालों में गिरती। धुएँ से उसकी आँखें गीली हो जाती थीं। वैसे क्या ऐसा नहीं हो सकता है कि माँ सचमुच रोती रही हो।

घर में मेहमानों का जमघट लगा रहता था। हमारा गाँव क़स्बे से छह मील पर था। तहसील के काम से आनेवाले गाँव के लोग हमारे ही घर पर रुकते, खाते और बातें करते। कभी-कभी मेरे घर का दुआर साइकिल स्टैंड बन जाता था। कभी-कभी रात में मेरे घर का आँगन साइकिलों से भर जाता था। सब मेहमान सो जाते थे और साइकिलें औघाती रहती थीं। तब माँ बरतन माँज रही होती थी या चूल्हा लीप रही होती थी जिसमें सुबह वह पुनः गीली लकड़ियाँ जला सके। गीली लकड़ियों को हम अवधी में कहते थे, "लकड़िया ओद बाटै।"

बाद में भाई लकड़ियाँ लाने लगे। वह पिता की तरह आर्डर नहीं दे देते थे। वह टाल पर जाकर सूखी लकड़ियों की परख करते थे। अब चूल्हे में आग खुलकर खिलती। रोटियाँ फूलकर डिब्बा हो जातीं। माँ भी ख़ुशी से फूलती। ख़ुशी से

खिलती। ऐसा सूखी लकड़ियों के कारण था कि भाई के कारण था ?

एक दिन हमारे घर में बुरादेवाली अँगीठी आ गई। बुरादा आरा मशीन से बोरे में भरकर आता था। मुझे अँगीठी भरना बहुत रुचिकर था। अँगीठी के बीच में एक गोल खंभा रखा जाता था। उसके चारों तरफ ठूँस-ठूँसकर बुरादा भरना होता। बाद में वह गोल खंभा ज़ोर लगाकर खींचना पड़ता। उसके निकल जाने पर अँगीठी में ऊपर से नीचे तक नन्हे से कुएँ जैसी जगह बन जाती। अँगीठी में नीचे की तरफ़ एक बिल बना होता। कोई कागज़ जलाकर उसमें डालते और आग बुरादे को पकड़ लेती। बुरादा आग बनने लगता। वह आग नन्हे कुएँ के रास्ते ऊपर उठती।

बुरादेवाली अँगीठी की ख़ासियत थी कि खाना बन जाने के बाद इसके बुरादे को लकड़ियों और कोयलों की तरह सुरक्षित नहीं बचाया जा सकता था। यह जलती रहती थी। यह पूरी जलने के बाद ही बुझती थी। इसकी यह प्रवृत्ति जाड़े में आनंददायिनी थी। तापते रहिए और इस अहसास से बचे भी रहिए कि ईंधन का अपव्यय कर रहे हैं। दूसरी बात अँगीठी सचल थी। दोनों हैंडिलों को पकड़कर जलती हुई अँगीठी को एक स्थान से दूसरे स्थान पर ले जाना संभव था। अँगीठी घर में पूजनीय जादुई यंत्र की तरह थी। वह आराम और शान दोनों की प्रतीक थी। लेकिन इसकी अग्नि जल चुकने के बाद राख नहीं बन पाती थी, मलबा बनती थी जिसका कोई उपयोग नहीं था। यह मलबा बहुत कुरूप था। जबकि चूल्हे की लकड़ियाँ जब अग्नि पैदा करतीं तो वह अग्नि ख़त्म होते-होते राख को जन्म दे देती थी। राख जिसे हम बोलचाल में राख कहते थे, अग्नि का पराग कण थी जो अग्नि से झरी हुई थी। चूल्हे की राख अँगीठी के मलबे की तरह कुरूप नहीं सुंदर थी। चूल्हा यदि बढ़िया हो और लकड़ियाँ ख़ूब सूखी तो राख ज़्यादा बनेगी। सुंदर और सलोनी राख। हालाँकि बहुत ज़्यादा राख, लकड़ियों से भी ज़्यादा राख उपलों के जलने पर बनती है। उपलों को हमारे यहाँ कंडा कहा जाता था। और आज भी कहा जाता है।

अँगीठी के बुरादे का मलबा कुरूप होता था, बल्कि निरुपयोगी भी होता था, पर राख के क्या कहने...। उसे पौधों पर छिटका दो तो उन्हें कीड़ों से बचाए, रोगों से बचाए। वह नन्हे पौधों का दिठौना था, जो बुरी नज़रों से उनकी हिफ़ाज़त करता था। राख खाद में मिलकर पौधों की जड़ों तक में भी पहुँच जाती है अक्सर।

राख से लोग हाथ माँजा करते थे, घर के बरतनों को राख से मलकर चमकाया जाता था। बटुली और पतीली की पेंदी में राख का लेवा लगा दिया जाता था और तब बरतनों पर कालिख के हमले को अपने सीने पर सहती वह।

घर के आँगन की क्यारी के पौधों पर भाई राख छिड़कते...

घर में आँगन में छोटे-छोटे पौधे थे और अमरूद का पेड़ था लेकिन घर के बग़ल में स्थित रामलीला वाले बाग़ में तो पेड़ ही पेड़ थे। बाग़ के मंदिरवाले छोर पर एक बड़ा सा चबूतरा बना था, इसी पर रामलीला होती थी। मैं रामलीला का दीवाना था। घर में जैसे ही हारमोनियम और ढोलक की आवाज़ें आतीं, मैं बोरा लेकर ताबड़-तोड़ बाग़ की तरफ़ भागता रामलीला देखने।

रामलीला दशहरे के मौसम में होती थी। ऐन दशहरे के दिन इसी बाग़ में मेला लगता था। छोटी-छोटी दुकानों से भरा रहता था बाग़। पिपिहरी, बाँसुरी, काग़ज़ी साँप वग़ैरह बेचनेवाले भी चलती-फिरती दुकानों के रूप में होते थे। शेष दुकानें ज़मीन पर चादर बिछाकर सजाई रहती थीं। विशेष आकर्षण लकड़ी का बना झूला होता था जिसके विभिन्न खटोलों में स्त्री-पुरुष-बच्चे बैठे होते और दो आदमी अपने हाथों की ताक़त से झूले में सनसनाती गति पैदा करते। मेले में गाँवों से भी काफ़ी लोग आते थे। वे झूला चलानेवालों को 'मनई' कहते थे। वे इस तरह बोलते, "हे मनई, ज़रा ठीक से बैठ लेने दो।" तमाम दुकानों और चेहरों से मेला भरा होता था। हमें मेला देखने के लिए घर से पैसे मिलते थे। शायद एक रुपया या दो रुपया। हमारे कुछ पैसे बच जाते थे।

इसी बाग़ में रावण जलता था। मेघनाद जलता था। हमारा डिज़नीलैंड हुआ करता था यह बाग़। लेकिन हमारा डिज़नीलैंड दशहरे के बाद वीरान हो जाता था। हाँ, उसके बाद यहाँ हमारे आकर्षण की दो चीज़ें थीं। एक चीज़ थी लुहार की भट्ठी। भट्ठी की धौंकनी चलती तो फूलती-पिचकती थी। जैसे-जैसे धौंकनी चलती, लुहार की भट्ठी की आग तेज़ होती जाती और उसमें रखा लोहा लाल होता जाता। तप्त लोहे पर लुहार का हथौड़ा पड़ता था...। इसमें धौंकनी का फूलना-पिचकना सबसे रोचक था। इस प्रसंग में कहना होगा कि बाग़ में ही किनारे एक नई दुकान खुली थी वेल्डिंग की। वहाँ कारीगर एक पाइप से तेज़ रोशनी निकालता था और टूटे लोहे को जोड़ देता था। कहते हैं कि वह रोशनी गैस से निकलती थी। हम उस रोशनी को काफ़ी कौतुक से देखा करते थे। हमारी दिलचस्पी के दूसरे केंद्र लकड़ी का काम करनेवाले शूद्र थे। वे पाँच-छह थे। सब के सब बौने थे। वे एक लंबी सी मेज़ पर लकड़ी रखकर रंदा चलाते थे। पालिश करते थे। ज़ाहिर है, और भी कारीगरी करते रहे होंगे, पर मेरे भीतर रंदा चलाने, आरी चलाने और पालिश करने के बिंब ही बचे हैं। वे भाई बौने थे। उन्हें देखना, उनके पास होना रोमांचक था। उनके पिता के बारे में मुझे मालूम नहीं था, पर संभवतः वह भी बौने रहे होंगे। क्योंकि उनकी माँ और बहन 'चिंता' तो सहज क़द की थीं।

चिंता का मेरे घर में दाख़िला था। वे मेरे ख़याल से तब चौदह-पंद्रह या सोलह

साल की रही होगी। वह मेरी बहन को बहुत प्यार करती थी। अपने घर ले जाती थी। बहन को भी शायद उसकी संगत में खुशी होती थी। मैं भी एक बार उसके घर गया था। उसका घर केवल एक कोठरी था। उसी कोठरी में इतने सारे लोग रहते होंगे। इतने सारे बौने भाई, चिंता और उसकी माँ। पिता के बारे में मालूम नहीं। कहीं उन्हीं बौने लोगों में कोई उनका पिता तो नहीं था, जिसे मैंने सबसे बड़ा भाई समझा हो। जहाँ तक याद आ रहा है कि उन बौनों की पत्नियाँ नहीं थीं। या हो सकता है कि पत्नियाँ रही हों लेकिन जब मैं चिंता के घर गया था, उस समय मौजूद न रही हों। वे काम पर गई हों। खेतों में मेहनत कर रही हों या मज़दूरी कर रही हों। या किसी की पत्नी खाना लेकर बाग़ में आ रही हो और किसी की बोझा ढो रही हो और किसी की ट्यूबवेल पर कपड़े साफ़ कर रही हो। यहाँ मुझे नहीं याद है, बल्कि सच्चाई यह है कि मुझको पहले भी पता नहीं था कि बौने भाई जिस लकड़ी की दुकान पर काम करते थे, वह उन्हीं की थी या वे नौकर थे वहाँ। अगर उन्हीं की रही होगी तो ज़ाहिर है कि वे सारे के सारे एक कोठरी में ही नहीं रहते होंगे। बल्कि हुआ यह होगा कि महज़ एक कोठरी ही मेरी स्मृति में जीवित रह पाई।

तो रामलीला वाले बाग़ के एक किनारे पर बौने भाइयों की दुकान थी। दूसरी तरफ़ रामलीला का मंच था। दशहरे के मौसम के बाद भी इस बाग़ में चहल-पहल रहती थी। क़स्बे में राजनीतिक सभाएँ इसी बाग़ में होती थीं। दो सभाओं की मुझे याद है। एक में चरण सिंह बोले थे। उस सभा का मंच मेरे घर से निकलकर बाग़ में पहुँचा तो सामनेवाले छोर पर था। उस छोर पर छोटे-छोटे मकान थे।

चरण सिंह की सभा में मुझे याद है कि एक डॉ. कैलाश भी थे जिन्होंने बाद में चुनाव भी लड़ा था और हार गए थे। हो सकता है कि वह भी चुनावी सभा ही रही हो और उस बार भी डॉ. कैलाश चुनाव लड़कर हारे-जीते हों।

दूसरी सभा तो ऐन रामलीला के मंच पर ही हुई थी। लेकिन किसी विधि-विधान के सहारे मंच को ऊँचा बनाया गया था। अब वह मचान हो गया था। उस पर जगजीवन राम थे और दूसरे प्रमुख नेता थे, दिल्ली में मंत्री और क़स्बे के नेता बाबू केदारनाथ सिंह। मेरे पास उस सभा के ब्यौरे नहीं हैं। उस समय ब्यौरे-भाषणों की समझ कहाँ से हो सकती थी। जिन बातों ने छाप छोड़ी वह यह कि जगजीवनराम ख़ूब काले और मोटे थे। उनके कान में घने बाल थे। दूसरी बात जिसकी क़स्बे में मेरे बड़े-बुजुर्गों के बीच बड़ी चर्चा थी कि बाबू केदारनाथ सिंह ने जगजीवनराम का चरण स्पर्श किया था। एक क्षत्रिय ने एक चमार के पैर छू लिये।

यह वह दौर था कि जब दो बैलों की जोड़ी, दीपक, हँसिया-हथौड़ा और

बरगद, शायद कंधे पर हल धरे किसान आदि चुनाव चिह्न हुआ करते थे। मुझे धुँधला सा याद आ रहा है कि हँसिया-हथौड़ावालों की भी एक सभा बाग़ में हुई थी। उस सभा में लाल-लाल झंडियों और साइकिलों का बिंब मुझमें बचा है। हालाँकि उसके भी रंग काफ़ी कुछ उड़ गए हैं।

पर यह पूरा प्रसंग मंदिर के ज़िक्र के बिना अधूरा है। रामलीला का मंच जहाँ था उसके थोड़ा और बाद मंदिर का पिछवाड़ा था। मंदिर का एक द्वार बग़ल में था और मुख्य द्वार सड़क पर था। इस मंदिर से अधिक मुझे इसके पुजारी याद हैं, जो झारखंड बाबा के नाम से विख्यात थे। इकहरे बदन के और ख़ूब लंबे झारखंड बाबा हमेशा सिर घुटाए रहते थे। उनके बारे में कहा जाता था कि बहुत गुस्सैल-झगड़ालू थे और गुस्सा होने पर वह सम्मुख खड़े प्रतिद्वंद्वी की खोपड़ी को अपनी खोपड़ी से लहूलुहान कर देते थे। उनके इस अभिनव युद्ध कौशल को और उनके प्रचंड क्रोध को मैंने भी कई बार देखा था। मैं मंदिर बहुत जाता था पर मैंने कभी उनको पूजा करते नहीं देखा। वस्तुतः मंदिर उनका क़िला था, जिसके आसपास वह शत्रु के सिर पर अपने सिर से प्रहार करते थे।

मंदिर के गर्भगृह की मुझे बेहद याद आ रही है। वहाँ बीच के हिस्से में राम-सीता की मूर्तियाँ थीं। अग़ल-बग़ल के खानों में भी कुछ मूर्तियाँ थीं जिनकी हल्की याद भी नहीं रह गई है किंतु राम-सीता की मूर्तियाँ आज भी एकदम सजीव हैं। मैंने कई भव्य और अच्छे मंदिर देखे हैं लेकिन जितनी प्यारी और मोहनी स्मृति उन दोनों मूर्तियों की मुझमें बसी है, वैसी किसी अन्य की नहीं। गर्भगृह से सटा हुआ बरामदा था, जिसकी चिकनी फ़र्श उस समय मुझे संसार का महान् वैभव लगती थी। उस बरामदे में शाम को कीर्तन होता था। उसी में शामिल होने के लिए मैं मंदिर आता था। ऐसा नहीं कि भक्त प्रह्लाद बनने की दिशा में मैं अग्रसर था। मेरे घर में भी धार्मिक कर्मकांड का कोई ख़ास स्थान नहीं था। मैं यदि यहाँ आने के लिए लालायित रहता था तो महज़ इसलिए कि इस मंदिर में मोहिनी मूर्तियाँ थीं, चिकनी फ़र्श थी और कीर्तन होता था। क्या बढ़िया कीर्तन गाते थे विष्णु लाला। वह क़स्बे की तहसील से सटे हुए रानीपुर गाँव के थे और उनके गले में जो 'कंठ' होता है वह बाहर की तरफ़ बहुत निकला हुआ था। वह ढोलक भी बजाते थे और गाते भी थे। इच्छा होती थी कि बस सुनते ही रहें उनका कीर्तन। शेष लोग झूम-झूमकर उनका साथ देते हुए गाते थे। बाद में उन्हें एक बार होली के अवसर पर फाग गाते हुए मैंने सुना था। और एक बार एक शादी की महफ़िल में एक रंडी से गायकी में मुक़ाबला करते हुए मैंने सुना था। पर इन सबके चलते मेरा उनसे कभी मोहभंग नहीं हुआ।

मंदिर के मामले में एक बात करनी ज़रूरी है। मंदिर में दाख़िल होइए तो

सामने गर्भगृह था और दाईं तरफ़ रिहायशी कमरे थे। मुमकिन है, एक हैंडपंप भी लगा था। बाईं तरफ़ वाले हिस्से में कुछ सीढ़ियाँ उतरने पर मंदिर का अन्य प्रखंड था। इसमें कुछ पराक्रमी देवी-देवताओं की अपेक्षाकृत बड़ी मूर्तियाँ थीं। हनुमानजी की मूर्ति की याद है। मेरे भाई मुझे यहाँ डराने के लिए आते थे। उनकी अजीब आदत थी, वह देवताओं से मुझे डराते थे। मसलन घर में शीशे में मढ़ी कुछ देवताओं की तसवीरें पूजाघर में लगी थीं। इन तसवीरों के पीछे दफ़्ती लगी थी, जो पुरानी पड़ जाने के कारण नरम हो गई थी। मेरे भाई शंकरजी की तसवीर के पीछे से दफ़्ती दबाते तो तसवीर में शंकरजी के साँप हिलने लगते थे। वाक़ई मैं बुरी तरह डर जाता था। मुझे धमकाना होता तो वह मुझे पूजाघर की तरफ़ खींचते। ज़्यादा नाराज़ होते तो मंदिर में हनुमानजी के सामने ले जाकर खड़ा कर देते। वह स्वयं हनुमानजी के शरीर से लिसलिसा रंग उँगली से निकालकर मत्थे पर लगा लेते और हा...हू...की आवाज़ करके मुझे भयभीत करते। पर एक-दो साल की इस यातना के बाद मैं अभ्यस्त और निर्भय हो गया था और मैं अपनी छोटी बहन पर वही तरकीब भिड़ाता था। भाई की जगह मैं होता था और मेरी जगह मेरी छोटी बहन। मैं डराता, कह दूँ हनुमानजी से कि तुम्हें मारना शुरू करें। ठीक यही कथन मेरे बड़े भाई मुझसे कहते थे। मैं थर-थर काँपने लगता था। आधी कँपकँपी तो मुझे हनुमानजी की मूर्ति देखते ही आ जाती थी। हालाँकि हनुमान जी उन दिनों मेरे प्रिय देवता थे और फ़ोटो में वह मुझे बड़ा प्रभावित भी करते थे लेकिन पता नहीं क्या वजह थी कि देवताओं की फ़ोटो हों या मूर्तियाँ, उनके स्पंदित होने, सजीव हो जाने की कल्पना से मैं ख़ौफ़ से भर उठता था। इस मायने में भूत और ईश्वर मुझे एक समान ख़ौफ़नाक लगते थे। मज़ेदार बात यह है कि मैं उन दिनों अक्सर इस बात की तीव्र आकांक्षा से भर उठता था कि भगवान मुझे वरदान दे दें, किंतु किसी एकांत या सुनसान में भगवान को देखना मुझे गँवारा न था। ख़ासतौर पर शंकरजी, हनुमान जी, दुर्गा माँ, काली माँ आदि को। हाँ, राम-सीता की जो मूर्तियाँ मंदिर के गर्भगृह में थीं, वे मुझे कभी नहीं डराती थीं।

क्यों होता था इस तरह ? हो सकता है कि ये मूर्तियाँ राम-सीता की मूर्तियों से बड़ी होने के कारण डराती रही हों। लेकिन यदि यह पूरी तरह सच होता तो मैं शीशे में शंकरजी की फ़ोटो को छूने से क्यों डरता था। विशेष रूप से तब, जब भाई फ़ोटो के पीछे लगी दफ़्ती को हिलाते-डुलाते और शीशे के भीतर शंकरजी का कोई हिस्सा फड़क उठता। यह तसवीर तो राम-सीता की मूर्तियों से भी छोटी थी, फिर मैं क्यों डरता था। क्या मुझे शंकरजी के साँपों से, गले में लटके नरमुंडों, खप्पर, लाल जीभ के कारण काली से, बेढंगे डील-डौल के कारण

हनुमान से डर लगता था। लेकिन फिर मैं नेहरूजी से क्यों डर गया था...

एक बार मैं इलाहाबाद स्थित आनंद भवन में गया था। वहाँ ऊपर के कुछ कमरों में नेहरूजी से जुड़ी तमाम चीज़ों का संग्रहालय था। एक बड़े कमरे में ज़्यादा चीजें थीं, इसमें दर्शक भी काफ़ी थे। अचानक मेरी निगाह अपने ठीक सामने की दीवार पर पड़ी, वहाँ नेहरूजी की अत्यंत विशाल श्वेत-श्याम तसवीर लगी थी। अचानक घबराकर मैं अर्द्ध संज्ञा में आ गया। मुझे लगा, इस कमरे में—संसार में कुछ नहीं है—बस केवल नेहरूजी ही हैं। मुझे चक्कर-सा आने लगा। मैं महसूस कर रहा था कि मैं नेहरूजी से आच्छादित हो गया हूँ...। नेहरूजी न अलौकिक व्यक्ति थे और न उनको लेकर चमत्कारी दंत कथाएँ थीं लेकिन मैं चकराने लगा। मैं वाक़ई डर गया था। कहीं डर की वजह जड़ तसवीर के जीवित हो जाने की आशंका तो नहीं थी। देवी काली को तो उनके विकराल रूप में सजीव देखने की कल्पना भी डरावनी थी। मगर नेहरूजी की तसवीर देखकर मैंने उसके जीवित हो जाने की कल्पना नहीं की थी फिर क्यों भयभीत हुआ था ? शायद इसलिए कि नेहरूजी की तसवीर ही इतनी जीवित-सी लगी थी कि लगा था कि वह अभी हाथ बढ़ाकर मुझे पकड़ न लें।

यदि जड़ के जीवित हो जाने की कल्पना ख़ौफ़ पैदा करती है तो फिर दीवार, मेज़ के सजीव हो जाने की कल्पना क्यों नहीं डराती है ? इसलिए कि दीवार, मेज़ या पेड़-पौधे ज़िंदा हो जाने पर भी वही बने रहेंगे। ज़्यादा से ज़्यादा यह फ़र्क़ आएगा कि वे बातें करने लगेंगे। मगर वे हमारी पिटाई करने की जुर्रत नहीं करेंगे। पिटाई करेंगे भी तो क्रूर संवाद बोल-बोलकर आतंकित करनेवाली आवाज़ें नहीं निकालेंगे। ऐसा करने भी लगें तो कम-से-कम उनके चेहरे पर गुस्सा, नफ़रत का भाव नहीं दिखेगा। एक मेज़ भला कैसे गुस्से से आगबबूला हो सकती है। दीवार के तो आँखें नहीं हैं फिर वे क्रोध से जलने कैसे लगेंगी ? पेड़ के भीतर नफ़रत की चिनगारी जली तो वह ख़ुद ही भस्म हो जाएगा।

ज़ाहिर है ईश्वर से डर का कोई एक कारण नहीं रहा होगा। कई अंतर्क्रियाओं से निर्मित हुआ होगा वह डर। पर एक कारण पर चर्चा ज़रूरी लग रही है। वह कारण है—अदृश्य रंगों और अनसुनी ध्वनियों की अनुभूति। जब मैं मूर्तियों-तसवीरों के सामने सुनसान में होता था तो डरने के पहले या डरने के समय मुझे लगता था कि किसी अपरिचित से रंग या ढेर सारे अपरिचित रंगों के बीच मेरी आँखें घिर गई हैं। ग़ौरतलब है कि यह रंग न तो सामने खड़ी आकृति में होता था, न ही मेरे अपने भीतर होता था। ऐसा था कि जैसे मेरे और आकृति के बीच से निकला हो वह। वैसे उसे ठीक-ठीक रंग नहीं कहा जा सकता। जैसे गर्मी में उमस पड़ती है तो उमस कोई रंग नहीं होता है लेकिन लगता है कि कमरे में चिपचिपा-सा,

मंथर गति में, बदबूदार कोई रंग है।

इसी प्रकार उस सुनसान में मैं कोई अनोखी धुन नहीं सुनता था लेकिन मुझे देवताओं की मूर्ति के सामने महसूस होता था कि कोई ध्वनि बज रही है। जैसे गाढ़े बुख़ार के दिनों में अक्सर झींगुर की-सी आवाज़ कानों में बजती सुनाई देती है। जबकि वह बजती नहीं होती है। मैं सोचता हूँ कि वह ध्वनि कहीं मेरे भीतर ही तो नहीं बजती थी। क्या वह डर का स्वाभाविक संगीत था। कभी-कभी मुझको ऐसा अनुभव होता है कि हमारी आत्मा हमारे प्रत्येक मनोवेग पर संगीत से जुगलबंदी करती है। हर अनुभूति का एक ख़ास संगीत होता है, जो हमारे भीतर ही बजता है और भीतर ही भीतर सुनाई देता है। अगर हम सुनें तो।

इस प्रसंग को अब समाप्त करना बेहतर होगा। क्योंकि काफ़ी जद्दोजहद के बाद भी समस्या अभी बनी हुई है कि ईश्वर की आकृति डरावनी क्यों लगी ? वैसे क्या गारंटी कि आगे बात बढ़ाने पर समस्या का समाधान मिल ही जाएगा। फिर हम डर या साहस, हर्ष या विषाद की वजहों को खोजने निकले नहीं हैं यहाँ। यहाँ हमारा काम डर-साहस, हर्ष-विषाद आदि की खोज करना है। वे वक़्त के टीले में या मलबे में दबे हुए हैं। उत्खनन करके उन्हें निकालना है। उन पर लगी गंदगी को झाड़-पोंछकर उन्हें चमकाना है और देखना है...।

सचमुच उन सबको जिन्हें भूल गया था, अब देख रहा हूँ। बचपन के दिनों के घर, रामलीला वाले बाग़, जगजीवन राम की सभा, बौने भाई, लुहार, पटवार...कुछ भी तो याद नहीं रह गया था मुझे। अब उन्हें पुनः देख रहा हूँ। पर उनके असली रूप में देखने जैसा नहीं है यह देखना। यह देखना कुछ इस तरह का है कि जैसे मेरे भीतर ही एक बाग़ है जिसमें ढेर सारे वृक्ष हैं। मेरे भीतर ही एक रामलीला हो रही है या मंच से जगजीवन राम भाषण कर रहे हैं। या एक क्यारी बन गई है जिसमें प्याज़ की हरी-हरी पत्तियाँ उगी हुई हैं। चीजें बाहर से विस्थापित होकर हमारे भीतर जब बसती हैं तो बदल जाती हैं थोड़ी सी। जैसे वे पहले रूखी-सूखी हों किंतु स्मृति के नगर में पनाह पाने पर वे पवित्र जल से नहा उठी हों और हरी-भरी स्वच्छ और नूतन हो चली हों। जैसे कोई कुँवारी, विवाहिता बनकर जगमगा उठी हो।

जैसे कला में होता है, उसमें शामिल विवरण, हादसे और चेहरे यथार्थ होते हुए भी हू-ब-हू यथार्थ नहीं होते हैं। यही चीज़ उस यथार्थ को अधिक यथार्थ और शानदार बनाती है। ऐसे ही स्मृति भी किसी भी सूरत में जीते-जागते अनुभव सरीखी नहीं हो सकती है। वह अधिक प्रभावकारी, अमिट, भावपूर्ण और सुंदर हो सकती है, पर जीता-जागता अनुभव नहीं होती है। यह तो प्रायः होता है कि

आपकी स्मृति में जो वस्तुएँ हैं, वे अपनी सही जगह भूल जाती हैं। वे आपकी चेतना में इधर-उधर भटकती हैं—मँडराती रहती हैं किंतु अपना मूल स्थान नहीं पहचान पाती हैं। कभी-कभी तो वे एकदम अपनी जगह पर खड़ी होती हैं लेकिन फिर भी नहीं कह सकती हैं कि हाँ यही उनकी अपनी ज़मीन है...। जैसे रामलीलावाले बाग़ के क़रीबवाले मकान के कमरे, आँगन, क्यारी, अमरूद के पेड़ आदि के बारे में ज़िक्र कर चुका हूँ मगर कोशिश पर भी याद नहीं पड़ता कि उस घर में रसोई कहाँ थी। इसी तरह मुझे उस घर की छत पर पहुँचानेवाली सीढ़ियाँ नहीं दिख रही हैं। कहाँ थीं सीढ़ियाँ ? जबकि वे थीं और उन्हीं के सहारे हम छत पर जाते थे।

आख़िर मेरी स्मृति के घर की रसोई और सीढ़ियाँ निकलकर कहाँ चली गईं। किस कोने में वे छुपी-दुबकी बैठी हैं ? कहाँ ढूँढ़ूँ उन्हें। अगर रसोई न मिली तो खाना कैसे खाऊँगा और सीढ़ियाँ न मिलीं तो छत पर कैसे जाऊँगा ? स्मृतियों में यही सुविधा है कि सीढ़ियाँ न मिलें न सही लेकिन आप छत पर पहुँच सकते हैं। आप सीढ़ियों को ढूँढ़ते हुए छत पर पहुँच सकते हैं। कई बार यह भी होता है कि आप छत पर पहुँचकर वहाँ सीढ़ियाँ ढूँढ़ने लगते हैं...

तीन

बड़ा होकर मैं सीढ़ियाँ ढूँढ़ रहा था जो कि नहीं मिल रही थीं। सीढ़ियाँ अभी भी नहीं मिल रही हैं जबकि छत मिल गई है। यह सुनने में अजीब लग सकता है मगर सच, कि उस ज़माने में छत मेरे लिए मोहक स्थल नहीं थी, क्योंकि मेरे घर में आँगन था। शायद आज लोगों को छतें अधिक इसलिए प्यारी लगती हैं, क्योंकि घरों में आँगन नहीं होते हैं। मेरे घर में आँगन था इसलिए छत मुझे खींचती नहीं थी। मुझे महसूस होता है कि छत की तुलना में आँगन से आसमान कहीं अधिक सुंदर दिखता है। रात में छत से आसमान देखो तो लगता है कि अपना वजूद और अपना आसपास ख़त्म हो गया है, सिर्फ़ आसमान बचा है। जबकि आँगन से देखो तो ऐसी अनुभूति होती है कि आप हैं, और आसमान है, आपके आसपास का भी अस्तित्व है। छत से आसमान बहुत दूर लगता है। जबकि आँगन से आसमान नज़दीक लगता है। कभी-कभी तो ऐसा भी होता है जैसे आप आसमान में ही हैं या कभी-कभी ज़्यादा रात हो जाने पर आसमान आँगन में एक पेड़ बनकर उग आता है जिस पर तारों के फूल खिले हैं।

छतें शायद युवा होने पर खींचती हैं, किशोरों को प्रिय होती हैं या उन बच्चों को, जो पतंगबाज़ी के शौकीन होते हैं। जबकि मैं पतंग उड़ाना जानता ही नहीं था, न ही पतंग उड़ाने की उत्कट इच्छा रहती थी। ज़ाहिर है कि यदि इच्छा रहती तो उड़ाना सीख भी लेता। हाँ, उड़ती हुई पतंगें देखना अच्छा लगता था लेकिन उड़ती हुई पतंगें छत की तुलना में सड़क पर खड़े होकर देखने पर अधिक सुंदर लगतीं। छत के लिए मेरे मन में इतनी अवज्ञा का कारण यह भी हो सकता है कि मैं छत पर अकेले जाता नहीं था या जाने नहीं दिया जाता था क्योंकि छत

पर कभी-कभी बंदर आ जाते थे।

बहरहाल इन सबके बावजूद छत, छत होती है और कमरों से बेहतर होती है। मेरे घर की छत भी कमरे से अच्छी ही थी। कुछ मायनों में आँगन भी छत की बराबरी नहीं कर सकता है। ख़ासतौर पर जाड़ों में छत पर जो धूप मिलती है, वह आँगन में कहाँ मयस्सर ! जाड़े के मौसम में मैं आँगन में नहाता और छत पर पहुँचकर धूप में उकड़ूँ बैठकर दाँत किटकिटाता। बंदरों का ख़तरा रहता तो मैं घर के बाहर धूप में खड़ा होकर काँपता।

मुमकिन है छत मुझे अधिक प्रिय होती, यदि मेरा मकान ऊँचा होता। मैं छत पर खड़ा होता और मुझे अपना पूरा क़स्बा दिखाई देता। छत से मैं अपने क़स्बे की वे जगहें भी देख सकता, वे कोने-अँतरे पता कर पाता जो रोज़मर्रा मुझे दिखते नहीं थे। लेकिन मेरी छत तो नीची थी। उस पर खड़ा होकर मैं वही चीज़ें देख पाता था जो रोज़ कई-कई बार देखता था। बल्कि रोज़ जितना विस्तार मेरी आँखें नाप लेती थीं, उससे कहीं कम विस्तार छत पर मिलता था। मसलन छत के ऊँची न होने के कारण मुझको छत से अपना स्कूल नहीं दिखता था। मुझे वह घर भी नहीं दिखता था जहाँ पहले हम सब रहते थे।

छत से जिन दो चीज़ों को हम बेहतर तरीक़े से देख सकते थे वे थीं—दुर्बली का होटल और आइसक्रीम की फ़ैक्ट्री। दुर्बली का होटल मेरे घर से सटा हुआ था। मुख्य सड़क पर जाने के लिए इस होटल के सामने से होकर गुज़रना पड़ता था। यदि मैं सुबह या शाम गुज़रता तो वहाँ कटी हुई सब्ज़ियाँ देखता, पर दोपहर या रात में वहाँ एक छप्पर के नीचे बेंच और लंबी मेज़ों पर खाना खा रहे लोग दिखाई देते थे। इन खाते हुए लोगों को मैं बड़ी ललक से देखता था। मेरी बड़ी हसरत थी उन दिनों कि मैं भी इसी तरह दुर्बली के होटल में बेंच पर बैठकर मेज़ पर थाली रखकर खाऊँ। मेरी यह तमन्ना तब अधिक हिलोरें लेने लगती थी जब मैं छत पर होता था। हमारी छत से दुर्बली होटल का अंतःवास एकदम स्पष्ट दिखता था। वहाँ से ढेरों की तादाद में, खाना खाते लोगों को मैं देखता था। वह एक रमणीक दृश्यावलि थी जिसे मैं आज तक भूला नहीं हूँ। यह कुछ उस तरह है जैसे अब एक से बढ़कर एक फ़ैशन देखने को मिलते हैं, फ़िल्मों में सितारे भी अदाएँ दिखाते हैं लेकिन मुझे विपिन चाचा की जिस चीज़ ने मोहा था, उसके आगे उपर्युक्त सभी फीके हैं। विपिन चाचा एक दिन मेरे घर साइकिल से आए थे। उनकी साइकिल में सामने बत्ती लगी थी। डंडे पर एक छोटी सी गद्‌दी थी जिसके चारों तरफ़ रंगीन फुनगे लटक रहे थे। उस समय यह सब अद्‌भुत रूप से ख़ूबसूरत लगा था। इससे भी बड़ी बात यह थी कि विपिन चाचा पाजामे की मोहरी मोड़कर उसमें एक क्लिप फँसा देते

थे, तब साइकिल पर चढ़ते थे। यह मेरे लिए सर्वथा अधुनातन फ़ैशन था। मैं चमत्कृत इसे देखता रहता था। इसी प्रकार विपिन चाचा एक छोटा सा पंप रखते थे जिससे वह जब चाहते साइकिल में हवा भरने लगते। यह भी मेरे लिए हैरतअंगेज़ था।

एक अन्य चीज़ के बारे में अपने आकर्षण को बतलाने से नहीं रोक पा रहा हूँ। जब दुर्बली होटल के सामने से गुज़रकर मुख्य सड़क पर पहुँचता था तो दुकानें मिलती थीं। दोनों पटरियों पर दुकानों की पंक्ति बनी थी। पर पटवार की दुकान मुझे सर्वाधिक पसंद थी। यह एक गुमटी में थी। गुमटी में रंग-बिरंगे सामान थे। क़स्बे की समस्त दुकानों के सामानों में जितने रंग रहे होंगे, उन सबसे भी ज़्यादा रंग-बिरंगी थी यह छोटी सी दुकान। फ़ीते, आलता, सिंदूर, सिंदूर की डिबिया, चोटियाँ, नाख़ून पालिश, मोतियों की मालाएँ, शीशे, कंघी, कंगन, बाले, झुमके, स्नो, क्रीम वग़ैरह न जाने कितनी-कितनी वस्तुएँ। मेरा मन करता था कि मैं इस दुकान का दुकानदार हो जाऊँ। वहाँ एक लड़का याद पड़ रहा है। उसका नाम मिश्रीलाल था, वह दुकान पर बैठता था कभी-कभी। मुझे उससे अपार ईर्ष्या होती थी लेकिन जब वह मुझसे बात कर लेता था तो मैं उससे अपने संपर्क होने को लेकर गर्व से भर उठता था। इसी पटवार की दुकान पर अनंत चतुर्दशी के अवसर पर पचासों अनंता लटके होते थे। पीले-पीले अनंता अत्यंत मनोहारी छटा बिखेरते थे। ऐसे ही रक्षा बंधन के मौक़े पर बहुरंगी राखियों की शोभा देखते ही बनती थी।

इस दुकान के थोड़ा आगे बढ़ने पर एक धोबी का घर था। एक बार मुझे कपड़ों पर इस्तिरी कराने के लिए भेजा गया। अमूमन इस्तिरी कराने नहीं जाना पड़ता था। क्योंकि घर में धोबी लगा था। और यदि ज़रूरत पड़ती तो मेरे बड़े भाई बिन पेंदी के लोटे में या बटुली में चूल्हे की आग भर लेते और उसी से कपड़ा प्रेस कर डालते थे। फिर भी यदा-कदा इस्तिरी के लिए धोबी के घर जाना ही पड़ता था। मगर उस बार जब गया तो अभिभूत था। हमेशा होता था कि धोबी लोहेवाले प्रेस से इस्तिरी करता था जिसमें कोयले जलते रहते थे और कभी-कभी कोयला सुलगाने के लिए धोबी पंखा से हवा करता था। लेकिन उस दिन मेरे अभिभूत होने का कारण था कि बिजली से चलनेवाले प्रेस से धोबी कपड़ों पर इस्तिरी कर रहा था। मैं उस धोबी के प्रति आदर से भर उठा था। घर आकर मैंने बताया था कि ये कपड़े बिजली के प्रेस से इस्तिरी किए गए हैं। बाद में न जाने क्या हुआ था कि वह धोबी फिर कोयलेवाले प्रेस से काम करने लगा था। वैसे बिजलीवाले प्रेस की बात छोड़ दी जाए तो भी धोबियों के घर बचपन में मुझे बहुत प्यारे लगते थे। उनकी अँधेरी कोठरियाँ गंदे कपड़ों के गट्ठरों से

भरी रहती थीं जो बेहद रोमांचक लगती थीं। उन पर लोटने-पोटने, कूदने-फाँदने का मौक़ा मिलने पर कौन बालक अपने भाग्य की सराहना नहीं करेगा।

धोबी का घर मेरी छत से पीछे था पर मेरी छत से दिखता नहीं था। मेरी छत के पीछे के हिस्से की ज़मीन पर झाड़-झंखाड़ था और उससे क़रीब गज़ भर की दूरी पर एक ख़ूब लंबी-चौड़ी दीवार थी, जिस पर याद पड़ता है कि नीले रंग में बैद्यनाथ या डाबर की दवाओं का कोई विज्ञापन था। इस दीवारवाले भवन का सामना सड़क पर था और इसी भवन में अथवा इससे थोड़ा अधिक आगे चलकर धोबी और पटवार की दुकानें थीं जो मुझे बेहद प्रिय थीं लेकिन अफ़सोस कि वे नज़दीक होते हुए भी मेरी छत से नहीं दिखाई देती थीं।

हाँ, आइसक्रीम की फ़ैक्टरी का कुछ हिस्सा ज़रूर मेरी छत से दिखता था। मैं नीचे झाँकता तो वहाँ कुछ ड्रम या कोई दूसरे कबाड़ दिखते। आइसक्रीम जिसे हम मलाई-बरफ़ कहा करते थे मैंने सीधे फ़ैक्टरी से लेकर कभी नहीं खाई थी। हाँ, एक बार मेरे बड़े भाई घर से दूध लेकर गए थे और फ़ैक्टरी से उसका आइसक्रीम बनवाकर लाए थे तो वह हमने ज़रूर खाई थी। यह आइसक्रीम बड़ी स्वादिष्ट थी, मलाई-बरफ़ से बहुत ज़्यादा स्वादिष्ट। लेकिन मलाई-बरफ़ की अपनी शान थी। हम पूरा इंटरवल एक मलाई-बरफ़ के सहारे काट देते थे। पर हमारे घर के दूध-मेवे और फ़ैक्टरी की यांत्रिकी के मिले-जुले प्रयासों से निर्मित आइसक्रीम भी अपने ढंग की थी। अद्‌भुत स्वाद लगा था हमें उसका। हम बहुत दिनों तक उसका स्वाद लिये फिरते रहे थे।

एक प्रश्न अक्सर परेशान करता है कि रूप, रस, गंध, स्पर्श और ध्वनि ये इंद्रिय बोध के जो भिन्न-भिन्न पाँच रूप हैं, अपने प्रभाव में एक जैसे क्यों नहीं हैं ? यदि हम दूरी की दृष्टि से देखें तो पाते हैं कि रूप हमसे सबसे दूर होता है। यानी कि वस्तुओं का आकार, शिल्प, रंग और रेखाएँ हमारी देखनेवाली इंद्रिय आँखों से दूर पर होती हैं। यानी कि वे हमारे भीतर नहीं दाख़िल होती हैं। इसके बाद ध्वनि है। संगीत जैसी विशिष्ट ध्वनियों को छोड़ दें तो ज़्यादातर ध्वनियों को कान मुहब्बत से ग्रहण नहीं करते हैं। ध्वनियाँ अप्रत्याशित रूप से उभरती हैं और वे लुढ़कती-पुढ़कती, दूर-क़रीब से आती-टकराती बिना हमारे चाहे ही हममें दर्ज हो उठती हैं। इसके बाद होगा स्पर्श। स्पर्श रूप और ध्वनि से अधिक निकट होता है। हमारी स्पर्शेंद्रिय से सीधा तादात्म्य होता है। फिर बारी आती है रस अर्थात् स्वाद और गंध की, जिन्हें हम अपनी पूरी काया में—बहुत भीतर तक महसूस करते हैं। लेकिन क्या वजह हो सकती है कि जिस रस और गंध का हम सबसे सांद्र, सबसे निकटतापूर्ण, सर्वाधिक आत्यंतिक बोध करते हैं, वे सबसे ज्यादा भंगुर होते हैं। उनकी स्मृतियाँ मात्र एक तथ्य के रूप

में बची रह गईं तो बची रह गईं, अन्यथा वे गुम ही हो जाती हैं। जबकि रूप हमसे हमारी इंद्रियों से सर्वाधिक दूरी पर होता है, बल्कि उसे हम अपनी देखने की इंद्रिय आँखों के बहुत क़रीब ला दें तो वह दिखे ही न, लेकिन यह दूर खड़ा रूप अपने असर और स्थायित्व में अद्वितीय होता है। कभी-कभी, किन्हीं मामलों में वह अमरता की स्थिति प्राप्त कर लेता है।

किसी वस्तु की याद हमारे भीतर कितने समय तक जीवित बनी रह सकती है ? हमारे अंत तक वह सक्रिय रह सकती है। हम ख़त्म न हों तो यादें हमारे साथ रहें। सच कहा जाए तो मनुष्य का अंत एक साथ निभानेवाली उसकी जीवन-भर की दोस्त उसकी यादें ही होती हैं। जीवन-भर का ही क्यों...मरने के बाद भी यदि आत्मा होती होगी तो उसमें भी यादें बसर करती होंगी। कई बार अख़बारों में पढ़ते हैं कि फलाँ व्यक्ति ने अपने पिछले किसी जन्म के बारे में बताना शुरू कर दिया है। यदि यह बात घपला या गोलमाल न होकर हक़ीक़त है तो कहा जा सकता है कि पिछले जन्म की यादें उसकी पिछले जन्म की काया के मिट्टी में मिल जाने के बाद भी मरी नहीं और वह आत्मा के साथ चिपकी हुई इस जन्म में भी चली आईं।

यादों को अमरता किसने दी ? गंध, रस और स्पर्श ने कम और उससे ज़्यादा ध्वनि ने और सबसे ज़्यादा रूप ने। इस बात को मैं बचपन से बसी अपनी एक याद की मार्फ़त बयान करना चाहता हूँ। मैं अपने गाँव गया था। गाँव में एक पंपिंग सेट लगा था जो ज़ाहिर है खेतों की सिंचाई के लिए था, लोग नहाने-धोने के लिए भी उसका उपयोग करते थे। मैं गाँव जाने पर उसमें नहाने पहुँच जाया करता था। उसकी मोटी धार, उसका इंजन, उसकी नालियाँ, खेत में पहुँच रहा पानी, सब मुझे याद है लेकिन मेरे भीतर जो सबसे जीवंत है, वह है पंपिंग सेट की आवाज़। एक चिमनी से निकलती हुई पुक-पुक की आवाज़ तीन दशक बीत चुकने के बाद भी गूँजती है कभी-कभी कानों में। कई बार तो ऐसा भी होता है कि उस आवाज़ की मार्फ़त ही गाँव मेरे भीतर खुलता है। अजीब लगता है कि पंपिंग सेट पर मैं नहाने गया था यानी कि जल का स्पर्श मेरे उद्देश्य का प्रमुख बोध था लेकिन उस समय का स्पर्श मैं विस्मृत कर चुका हूँ लेकिन वह ध्वनि जो बिना मेरे चाहे, बिना मेरी कोशिश के मुझसे टकरा गई थी अजर हो गई है। ऐसा भी लगता है कि यह ठीक है कि रूप का असर सबसे चटख़ और अमिट होता है लेकिन कभी-कभी ध्वनि रूप को भी पछाड़ देती है। अपने प्रभाव में। ख़ासतौर पर ऐसी ध्वनि जिसका स्रोत अदृश्य रहा हो। जैसे रात के पहर गाँव में झींगुर की आवाज़। जिन ध्वनियों के स्रोत सामने होते हैं, वे भी यदि ध्वनि-प्रधान होती हैं तो रूप से कमतर नहीं रहती हैं। जैसे बाँसुरी, ढोल

आदि सारे वाद्य यंत्र। इसमें रूप और ध्वनि एक साथ तथा एक समान प्रभाव उभारते हैं। या मुँडेर पर बैठे कौवे की काँव-काँव का बिंब स्मरण करने पर कौवा और उसकी काँव-काँव दोनों हाज़िर हो जाते हैं। जबकि गंध, रस और स्पर्श के संग ऐसा नहीं है। आप आम को उसके रूप के कारण जितना अनुभव कर रहे हैं क्या उतनी ही सघनता के साथ उसकी गंध, उसका स्वाद और उसका स्पर्श आपको याद आ रहा है ?

मेरे बचपन का स्कूल। उस समय की स्मृति में स्कूल के नाम पर चंद चीज़ें सजीव हैं। स्कूल की इमारत के इस तरफ़ पेड़ था तो दूसरी तरफ़ फ़ील्ड थी। मेरे ख़याल से जाड़े का सीज़न रहा होगा, और धूप के लोभ में मास्टर साहब बच्चों को लेकर फ़ील्ड में आ जाते थे। कभी-कभी फ़ील्ड में ही थोड़ी-थोड़ी दूरी पर कई कक्षाएँ लगी रहती थीं। तो हमारी कक्षा में मास्टर साहब कुर्सी पर बैठे रहते थे। उनके बग़ल में लकड़ी का एक यंत्र खड़ा था जिसमें लोहे की पतली छड़ें लगी थीं और छड़ों में गोलियाँ फँसी थीं। गोलियों की संख्या सौ रही होगी। एक लड़का यंत्र किनारे खड़ा होता और एक गोली दूसरी तरफ़ लाकर चिल्लाता, "दो दहाई एक इकाई, बीस एक इक्कीस।" शेष बच्चे बाद में इसी बात को सामूहिक रूप से चिल्लाते। यह एक से आरंभ होकर सौ तक चलता था।

एक दृश्य इमारत में लगी कक्षा का है। इसमें मुझे कुछ याद नहीं है सिवा इसके कि एक कमरे में मास्टर साहब हैं और इधर-उधर बिखरे बच्चे हैं। इसके अलावा यदि कुछ था तो मिनमिन की ढेर सारी आवाज़ें।

ग़ौर करने लायक़ है कि जब मैं बहुत छोटा था तब के वे दृश्य अधिक याद हैं जो अपेक्षाकृत खुली जगह में देखे गए थे। तो क्या स्मृति और स्पेस में कोई अंतर्संबंध होता है ? इसकी पड़ताल हो सकती है। लगे हाथ मैं यह सोच रहा हूँ कि कहीं ऐसा तो नहीं बचपन को हरा रंग या हरे रंग से बना रंग धानी जैसा रंग बहुत प्रिय होता है और जिन दृश्यों, चीज़ों में इस हरे रंग का वज़ूद होता है, वे ज़रूर याद रह जाती हों। जैसे फ़ील्ड में हरी घासें थीं। पहले दृश्य में हरा-भरा पेड़ था। यहीं पर एक दूसरा प्रश्न जन्म लेता है कि कोई अनुभव स्मृति के रूप में सुरक्षित कैसे होता है ? क्योंकि व्यक्ति एक ही होता है और वही समस्त अनुभवों का भोक्ता होता है फिर क्यों कोई अनुभव स्मृति बनकर दीर्घायु को प्राप्त होता और कोई अल्पजीवी, तो कोई जन्मते ही ख़त्म हो जाता है। कहा जा सकता है कि जिस बिंब की जितनी ही अधिक तीव्र और सांद्र अनुभूति होती है उसके उसी अनुपात में प्रबल स्मृति बनने की संभावना रहती है। यहाँ मेरी दिक़्क़त है

कि मुझे याद है बचपन में देखी नीलगाय या मेरे रामलीला मैदान के पास वाले मकान के पास का कटहल का वृक्ष या चकवड़ के पेड़ लेकिन मैं अनेक महत्त्वपूर्ण अनुभवों-दृश्यों को भूल चुका हूँ। उनकी याद से वंचित हूँ।

दूसरी बात, स्मृतियाँ क्या हैं ? हमारे भीतर स्मृतियाँ संचित-सुरक्षित रहती हैं, यानी कि ज़िंदगी के समस्त अनुभवों में से कुछ हमारे भीतर बस जाते हैं और शेष को हम दुनिया के मेले में छोड़ देते हैं। या ऐसा तो नहीं कि हमारे भीतर अपनी ज़िंदगी के समस्त तजुर्बे हमेशा के लिए रह जाते हैं। वे सब एक विशाल कबाड़ के रूप में होते हैं और हम उसमें से जिसको ढूँढ़ निकालते हैं—स्मृति कहने लगते हैं। बहरहाल इतना तय है कि अनुभवों का जो भोक्ता होता है उसे स्मरण करनेवाला वह नहीं होता है। बचपन को जब आज मैं याद कर रहा हूँ तो मैं बच्चा नहीं हूँ। मैं क़तई वह नहीं हूँ जो इन स्मृतियों को अनुभव के रूप में महसूस करने के वक़्त था। फिर कैसे कहा जा सकता है कि स्मृतियों के स्मरण की प्रक्रिया स्वतंत्र और अनायास है। जैसे कि आज मुझे हरा रंग पसंद है लेकिन हो सकता है कि बचपन में मुझे हरा रंग न लुभाता रहा हो। इसलिए आज मुझे पुरानी हरी चीज़ों की याद ज़्यादा आती है तो वह आज के कारण है। यानी कि बड़ा होने पर समूचा बचपन हमारे भीतर मौजूद रहता है मगर हम अपनी सामर्थ्य, रुचियों, ज़रूरतों और मनःस्थिति आदि के आधार पर उसका कोई एक तंतु या उसके कुछ थोड़े से तंतुओं को याद करते हैं। तभी तो होता है कि बड़े होने पर जब हम पर जैसी गुज़रती है तब उसी की मुताबिक़ स्मृतियों की छाँह में पनाह लेते हैं। ऐसा मान लेने पर कितना ख़तरनाक दृश्य उभरता है कि धरती के असंख्य बचपन अपने ही बड़ों की गिरफ़्त में फँसे फड़फड़ा रहे हैं।

स्कूल जाते समय एक हाथ में तख़्ती रहती थी और दूसरे में झोला। यह झोला आजकल के स्कूली बच्चों के बैग की तरह बाज़ार से नहीं ख़रीदा गया था। बल्कि घर की पुरानी फटी पतलून या चादर के टुकड़े से निर्मित हुआ था। झोले में चंद किताबें रहती थीं। झोले आजकल के बैग जैसे वज़नी और फूले हुए नहीं होते थे। वे हल्के और पिचके थे। एक तो इसलिए उसमें किताबें बहुत कम होती थीं। दूसरे टिफ़िन नहीं रहते थे। तीसरे कापियाँ नहीं रहती थीं। दरअसल हमारी तख़्ती ही हमारी कापियाँ थीं। गणित, हिंदी की कापियाँ तख़्ती ही थी। शेष कोई विषय पाठ्यक्रम में था नहीं। हाँ, शायद कक्षा पाँच में कोई एक विषय और आ गया था। क्या था कुछ याद नहीं। लेकिन अभी तो चर्चा तब की हो रही है

जब मैं पाँच से नीचे की किसी कक्षा में था।

तख़्ती हमारी असली पहचान थी। बच्चे इसको बेपनाह प्यार करते थे। कोशिश होती कि तख़्ती चमाचम रहे। काली तख़्ती को चमकाने के लिए उसकी ख़ासी सुश्रूषा की जाती थी। ज्ञान की प्रतीक यह तख़्ती झगड़ा होने पर शस्त्र में रूपांतरित हो उठती थी। यह शास्त्र और शस्त्र दोनों थी। तख़्ती से हुए हमले से तख़्ती ही हमारी रक्षा करती थी। काली आभामय तख़्ती पर हमें लाइनें खींचनी होती थीं। उन्हीं लाइनों से अक्षर टँके रहते थे। छोटी-बड़ी इ, ए और ओ की मात्राएँ लाइनों के ऊपर जाती थीं। तख़्ती पर लाइनें खींचने के लिए हम खड़िया के घोल का इस्तेमाल करते थे। खड़िया के घोल को हम दुद्धी कहते थे। एक दवात में पानी में खड़िया को पीसकर डाल दिया जाता था। फिर ढक्कन बंदकर ज़ोर से हिलाया जाता था। खड़िया और पानी मिलकर दूध जैसे बनते। इसी घोल में एक तागा डालकर थोड़ी देर पड़ा रहने दिया जाता। और जब तागा अच्छी तरह भीग उठता तो उसे निकालकर तानकर तख़्ती पर रखते। एक सिरे को हाथ पकड़े रहता और दूसरे को पैर के अँगूठे से दबाकर दाएँ हाथ से तख़्ती पर पड़े तागे को बीच से हल्का उठाकर तानते फिर छोड़ देते। तागा हटाने पर वहाँ सुंदर लाइन पारी हुई होती थी। कभी-कभी हाथ का संतुलन गड़बड़ाने से तागा ज़ोर से खिंचता और लाइन के आसपास छींटें पड़ जाते थे। यह विद्यार्थी के लिए आत्मग्लानि का विषय था। कुछ बेहतर आर्थिक स्थितिवाले एक-दो बच्चे ऐसी तख़्ती लेकर आए जिस पर पालिश की हुई थी और लाइनें पेठ कर दी गई थीं। लेकिन अजीब था कि इससे उनका रुतबा बढ़ने की जगह घट गया। अन्य लोगों ने उसे बड़ी हिक़ारत से देखा। जो अप्रतिम आनंद खुद अपनी तख़्ती चमकाने और लाइनें पारने में था, वह इस रेडीमेड चमक और लाइनों में कहाँ। हम अपनी तख़्तियों पर दवात रखकर उसके किसी किनारे से तख़्ती को रगड़ते। अनेक बार। सौ-दो सौ-पाँच सौ बार। दर्पण-सी तख़्ती चमचमाने लगती इतनी कि अपना चेहरा दिखाई पड़ने लगता था। तो तख़्ती को घिसते-घोटते समय हम बच्चों में इतनी तन्मयता, बेखुदी और जुनून रहता था कि क्या कहने। इस सरोकार का मुक़ाबला यदि हो सकता था तो दुद्धी गाढ़ा करने से। हम पाँव के दोनों पंजों के बीच अपनी दुद्धीवाली दवात रख लेते और उसमें पड़े द्रव को सेंठे की कलम से मथते। जैसे लस्सी बनाने के लिए दही मथी जाती है। मथकर हम पानी और खड़िया को एकमय करते थे। फिर उससे तख़्ती पारते थे अथवा सेंठे की क़लम से लिखते थे। सेंठे को नरकुल भी कहा जाता है। तो दुद्धी मथते समय बच्चे कुछ टोटका भी करते थे और टोटका से बचने का उपक्रम भी करते थे। मंत्र की शक्ल में कुछ बुदबुदाकर बच्चा प्रार्थना करता था कि दूसरे बच्चे की दवात का गाढ़ापन उसके में आ जाए। इसकी

आहट पाते ही दूसरा बच्चा अपनी दवात के नीचे थूक देता था और उसी थूक पर दवात रखकर आश्वस्त हो जाता था। इसका मतलब था कि अब तुम चाहे जो करो कुछ होनेवाला नहीं। दवात तो अब समझो सात तालों के भीतर सुरक्षित हो गई है। इसी प्रकार ज्ञानवर्द्धन का एक टोटका था। एक नामालूम किस चीज़ का पेड़ था, ज़ाहिर है कुछ नाम होता होगा मगर विद्यार्थी उसे विद्या माता का पेड़ कहते थे। उसकी किसी एक टहनी के छोटे से अंश को अपनी किताबों के बीच रख लेते थे। ऐसा विश्वास था कि इससे विद्या बढ़ती है।

कक्षा में बैठ जाने के बाद सबसे ज़्यादा फ़िक्र रहती थी, अपने जूते-चप्पलों की। वजह यह थी कि हम ज़मीन पर बिछे टाट पर बैठते थे। अतः चप्पल दरवाज़े पर उतार कर बैठना होता था। इसलिए यह चिंता होनी स्वाभाविक थी कि चप्पलें चोरी न हो जाएँ। लेकिन यह चिंता भी रहती थी कि छुट्टी होने पर घर जाते समय चप्पल पहनना भूल न जाऊँ। क्योंकि घर पर हम ज़्यादातर नंगे पैर रहते थे यानी कि चलते समय पैरों में चप्पल या जूता डाल लेने का हमारा अभ्यास नहीं था। हालाँकि यह फ़िक्र सारे बच्चों की नहीं थी। क्योंकि कई ऐसे थे जिनके पास चप्पल-जूते थे ही नहीं। ज़्यादातर ऐसे थे।

स्कूल क़स्बे में प्राइमरी पाठशाला के रूप में अकेला था। इसलिए अमीर-ग़रीब, सेठ-फ़क़ीर, तहसीलदार-चपरासी, जिसका भी लड़का हो, यहाँ पढ़ता था या पढ़ने के लिए विवश था। लड़कियों के लिए प्राइमरी पाठशाला थोड़ी ही दूर पर अन्यत्र थी। वह स्कूल हमारे स्कूल से सौ मीटर की दूरी पर था और साफ़-साफ़ दिखता था। मुझको वहाँ की एक ही चीज़ याद है कि उस स्कूल में फ़ील्ड नहीं थी। यह भी दिलचस्प है कि कभी-कभी हम किसी चीज़ को उसके किसी अभाव के कारण याद रख लेते हैं। जैसे लड़कियों के स्कूल का स्थापत्य, लड़कियाँ, पेड़-प्रकृति, कुछ भी नहीं याद है। यदि याद है तो यह कि लड़कियों के खेलने, धूप खाने के लिए कोई फ़ील्ड नहीं थी। एक विचित्र-सा फ़ितूर न जाने कब मेरे दिमाग़ में घुस गया था जो अभी तक क़ायम है। वह यह कि बचपन में मैंने एक क़िस्सा सुना था कि ब्रह्मा, विष्णु, महेश तीनों ही सती अनुसूया की परीक्षा लेने गए थे और सेवा-सत्कार कराने के बाद तीनों ने सती से इच्छा प्रकट की कि वह उन्हें अपनी गोद में बैठाएँ। सती ने अपने परम तेज से ब्रह्मा, विष्णु और महेश को दूध पीते बच्चों में बदल दिया। थोड़ी देर बाद तीनों पालने में झूल रहे थे। न जाने क्यों मेरे दिमाग़ में जब यह कथा घुमड़ती तो लगता कि पालना लड़कियों के उस स्कूल के प्रवेश-द्वार के शुरुआती हिस्से में बाईं तरफ़ अथवा दाईं तरफ़ बँधा था। आप सौ फ़ीसदी यक़ीन करिए, वह कोई रूपक, फ़ैंटेसी, सांकेतिकता या कलात्मक व्यंजनात्मकता नहीं है। यह एकदम अभिधा है और इसी रूप में ग्रहण करिए।

मैं बहुत कोशिश करने के बाद भी नहीं समझ सका हूँ कि आख़िर इस फ़ितूर की क्या वजह हो सकती है।

लड़कियों के स्कूल के पूर्व चर्चा हो रही थी कि हमारी प्राइमरी पाठशाला में अमीर-ग़रीब सभी तरह के बच्चे साथ-साथ पढ़ते थे। हक़ीक़त यह है कि अध्यापकों में भले कोई वर्ग दृष्टि रही हो कम-से-कम विद्यार्थियों में नहीं थी। मेरे ख़याल से पाँच अध्यापकों में से एक-दो ज़रूर ऐसे थे जिनमें समतावादी दृष्टिकोण था। तभी तो मेरी एक कक्षा का मानीटर भगवान दास था, जो जाति से चमार था। भगवान दास पढ़ने में पूरी क्लास में अव्वल था। उसका शरीर और उसकी तख़्ती दोनों ही चमक में अव्वल थे। उसका जिस्म भी अद्वितीय था। शरीर से भी वह संभवतः सर्वाधिक बलिष्ठ था।

भगवान दास की विडंबना थी कि कक्षा चार में एक बार ऐसा हुआ कि कई दिनों तक वह नहीं आया। कहा गया कि बीमार है। या और कुछ। लेकिन भगवान दास फिर कभी नहीं आया स्कूल। मेरे वहाँ पढ़ने तक तो नहीं ही आया। ऐसा था कि शायद उसके पिता ने कहा था कि पढ़ने-लिखने की कोई ज़रूरत नहीं है। काम-धाम में हाथ बँटाए।

मेरी भी हार्दिक इच्छा थी कि मैं मानीटर बनूँ। किंतु मैं कभी मानीटर नहीं बन सका। कारण यह था कि मुझमें निर्भयता नहीं थी। मुझमें ऐसा पराक्रम नहीं था कि कक्षा के शेष बच्चे ख़ौफ़ खाएँ।

यही नहीं, सच है कि उन दिनों की मेरी अनेक ऐसी इच्छाएँ थीं जो अतृप्त और अपूर्ण रह गईं। उनमें से दस को निम्नलिखित पंक्तियों में प्रस्तुत कर रहा हूँ :

(1) कक्षा तीन में तकली में रुई कातना सिखाया गया था। प्रत्येक विद्यार्थी के पास तकली रहती थी। तकली दाएँ हाथ की उँगलियों से नचाकर उसको तर्जनी और अँगूठे के घेरे में ले लिया जाता। अत्यंत फुर्ती से होती थी यह क्रिया। अब तकली नाच रही है। बाएँ हाथ से रुई तकली के ऊपरी हिस्से के कटाव में फँसी है और हाथ ऊपर उठता जा रहा है। रुई सूत बनती जा रही है फिर तकली के नीचे के हिस्से में सूत को लपेट दिया जाता था। इतना हुनर मुझमें था, पर एक तो मेरे सूत अच्छे नहीं होते थे, दूसरे ज़्यादा नहीं हो पाते थे। यानी कि तकली के नीचे के हिस्से में सूत बहुत कम ऊँचाई तक पहुँच पाते थे और सूत की मोटी घुंडी तो मैं कभी बना ही नहीं सका। यह कसक लंबे समय तक मुझमें बरक़रार रही।

(2) मैं बेहतरीन लट्टू नचाना चाहता था। मैं नाचते हुए लट्टू को तत्परता से उँगली या हथेली के संधि स्थल से हथेली पर चढ़ाकर देर तक नचाए जाने की विधि सीखना चाहता था। मेरी कामना थी कि मैं प्रतिद्वंद्वी खिलाड़ी के लट्टू पर इतना तेज़ वार करूँ कि मेरे लट्टू की कील उसके लट्टू को दो फाड़

कर दे लेकिन इस प्रकार का अवसर कभी हाथ नहीं आया। कुछ लड़के मिट्टी के घड़े पर लट्टू नचा लेते थे। नाचते हुए लट्टू को किसी के सिर पर रखकर नाचते रहने देते थे। हथेली पर रखे लट्टू को उतारकर पुनः ज़मीन पर इस प्रकार रख देते थे कि वह नाचता रहता था। ये लड़के मेरे आदर्श थे जिनके पदचिह्नों पर मैं चाहते हुए भी नहीं चल पाया।

(३) मैं गोलियाँ (कंचे) और कौड़िल्ले के खेल का उस्ताद होना चाहता था लेकिन फिसड्डी था। क़स्बे के लड़कों के बीच फ़ैशन था कि कौड़िल्ले या कंचे से गागर भरी जाए। लोग कंचे जीतकर लाते और घर की गगरी में डाल देते। मैं अमूमन हारता। अततः मैं कंचे ख़रीदकर लाता था और अपनी गगरी में रख देता था।

(4) कक्षाएँ शुरू होने से पूर्व प्रार्थना होती थी। जिसमें राष्ट्रगान तो सामूहिक होता था किंतु प्रार्थना और नारे लगाने की अलग पद्धति थी। इसमें दो बच्चे सामने अध्यापकों के निकट खड़े होते। वे कोई पंक्ति गाते और हम शेष बच्चे उसे दुहराते। प्रार्थना के बोल थे, "हे प्रभो अन्नदाता ज्ञान हमको दीजिए, लीजिए हमको शरण में हम सदाचारी बनें, धर्म रक्षक, कर्म रक्षक वीर व्रतधारी बनें।" इस पूरी प्रार्थना को मैं सब बच्चों के साथ गाता। इसके अलावा अंत में वे दोनों बच्चे चिल्लाते, "अन्न जहाँ का।" हम चिल्लाते, "हमने खाया।" वे कहते, "वस्त्र जहाँ का।" हम कहते, "हमने पहना" अब इसी तरह थोड़ी देर बाद वे दोनों पूछते, "इसकी रक्षा कौन करेगा," हम बताते, "हम करेंगे।" मेरी बड़ी हसरत थी कि मैं इन दो बालकों में से एक बनूँ किंतु दिल की हसरत दिल में ही रह गई।

(5) मैं चाहता था कि रोटी या दूसरा कोई खाद्य पदार्थ अपने हाथ में लेकर गाय को खिलाऊँ लेकिन सर्वदा डरा कि कहीं गाय रोटी के साथ मेरा हाथ भी न खा ले।

(6) मैं पेड़ की ऊँची डाल पर चढ़कर उसे ख़ूब हिलाने के लिए ललकता था लेकिन पेड़ पर चढ़ने से डरता था और चढ़ पाने का तरीक़ा भी नहीं जानता था।

(7) ढेला मारकर फल तोड़ने की। मगर मेरा निशाना सधा हुआ नहीं था। वैसे असली समस्या, मेरे द्वारा चलाया गया ढेला अपेक्षित ऊँचाई तक पहुँच ही नहीं पाता था।

(8) स्कूल के सामने सड़क पर एक दुकान लगती थी। वह चूरन की पुड़िया बेचता था। चूरन स्वादिष्ट होता था और पुड़िया खोलने पर खिलौना निकलता था छोटा सा। हाथी, घोड़ा, कुर्सी, मछली, तलवार वग़ैरह में एक कोई एक खिलौना पुड़िया में रहता था। मुझे भी मिलता था। इस प्रकरण में सर्वाधिक हताशा का क्षण वह होता था जब एक से अधिक पुड़िया ख़रीदी किसी ने और

सभी में एक ही खिलौना निकल गया।

इसी पुड़ियावाले के पास अख़बार जितने रंग-बिरंगे पन्ने पर ढेर सारी पुड़िया चिपकी रहती थीं। यह क़िस्मत का खेल था जिसे खेलने के लिए दुकानदार को दो पैसा या पाँच पैसा (ठीक से याद नहीं) देना पड़ता था। बदले में चिपकी हुई पुड़िया में से मनचाही एक पुड़िया उचाट लेने (उखाड़ लेने) को मिलती थी। पुड़िया खुलने पर उसमें इनाम निकल सकता था। एक पैसा, पाँच पैसा या दस पैसा या चार आना या एक रुपया। मेरी उत्कट आकांक्षा थी कि चवन्नी निकले, रुपया निकले मगर कभी भी मेरी दो पैसे से अधिक की लाटरी नहीं निकली। ज़्यादातर तो कुछ भी नहीं निकलता था।

(9) रामलीला और नौटंकी के कलाकारों से दोस्ती करने की चाह थी, पर मैं उनसे मेलजोल नहीं बना सका था। रामलीला के कलाकारों के ठहरने की व्यवस्था मंदिर में होती थी। मैं एक-दो बार तड़के सुबह मंदिर पहुँचकर राम वग़ैरह को देखता। पाता कि राम लुंगी पहने दातौन कर रहे हैं। कुंभकरण पट्टेदार जाँघिया पहने अपना लोटा चमका रहे हैं। एक बार किसी कलाकार ने मुझसे चाय का गिलास ख़ाली करने के बाद रख आने के लिए कहा था तो मैं खुशी और स्फूर्ति से भर उठा था मगर उनसे इससे अधिक की निकटता मेरी कोशिशों के बावजूद न हो सकी।

(10) मैं कबड्डी का उत्कृष्ट खिलाड़ी बनना चाहता था किंतु परीक्षा के वक़्त सदैव फिसड्डी प्रमाणित हुआ। इसी तरह कुड़ी (लंबी कूद) में आला स्थान का आकांक्षी था किंतु क्षमता में शून्य था।

उपर्युक्त कुछ हल्की-फुल्की बातों को छोड़ दें तो ताज्जुब है कि मैं अपने बचपन की 'भावनाओं' को याद नहीं कर पा रहा हूँ। हैरान हूँ कि बचपन की अनगिनत चीज़ें, हाज़िर हो रही हैं। अनेक मनुष्य, जगहें, घटनाएँ, वस्तुएँ स्मृति में सजीव हो रही हैं लेकिन डरा देनेवाला सच है कि मैं उन दिनों की अपनी भावनाओं, सोच, हर्ष, दुख के संवेगों को बिल्कुल नहीं याद कर पा रहा हूँ, जबकि मनुष्य, जगहें, चीज़ें दूर थीं और मेरी भावनाएँ-संवेग तो मेरे भीतर ही थे। वे कब और कैसे लापता हो गए, समझ में नहीं आ रहा है। क्या इसका यह अर्थ हो सकता है कि भौतिक जगत् का सत्य हमारे आत्म जगत् के सत्य से ज़्यादा बली होता है। यूँ भी कहा जा सकता है कि बिना भौतिक आलंबन के कोई भी संवेदना या मनःस्थिति लंबे वक़्त तक नहीं बनी रह सकती। वस्तुतः किसी भी घटना या यथार्थ में जब तक संवेदना मौजूद होती है वह वर्तमान बना रहता है। संवेदना के चुकते ही वह स्मृति में चला जाता है। जैसे किसी आत्मीय की मृत्यु पर हम दुखी होकर रोते हैं, शोक करते हैं। हमारे ऐसा करने का मतलब है कि उसकी मृत्यु अभी जीवित है। पर जब हमारा रोना-शोक बंद हो गया

तो समझो कि उसकी मृत्यु भी मर चुकी है या मरने-मरने को है। कई बार उल्टा भी हो जाता है कि हमारे संवेगों का होना न होना यथार्थ के जीवित रहने या स्मृति में चले जाने का कारण बन जाता है। आत्मीय की मृत्यु के बाद उसके शव के अंतिम संस्कार के बाद भी हमारी संवेदना उसकी मृत्यु को वर्तमान बनाए रख सकती है। मगर यह उसी तरह है कि जैसे रासायनिक साधनों से किसी शव को सड़ने से बचाया गया। किसी शव को संवेगों के रसायन से ज़्यादा दिनों तक आँख के सामने रखने पर शव में नहीं किंतु भीतर ही सड़ाँध पैदा होने लगती है...।

यथार्थ का अनुभव होता है...स्मृति नहीं। यथार्थ के बिछुड़ जाने पर ही उसकी स्मृति बनती है। इसलिए स्मृति का अनुभव यथार्थ के अनुभव से सर्वथा भिन्न रहता है। एक मार्मिक यथार्थ जिस हँसी की सृष्टि करेगा, उस कामिक यथार्थ की स्मृति वैसे हास्य की सृष्टि नहीं कर सकती है। यही बात हम प्रसन्नता, दुख, व्याकुलता, रोमांस आदि समस्त संवेगों के बारे में कर सकते हैं। यह भी एक वजह हो सकती है कि किसी स्मृति के जगने पर या स्मृति में पहुँचने पर हम उदास हो जाते हैं। अपार प्रसन्नता या उत्साह या नटखटपन भी स्मृति के रूप में सामने आकर अवसाद पैदा करते हैं। यहाँ तक कि हम बचपन को याद करते हुए जब कभी-कभी हँस पड़ते हैं, तो भी कहीं हमारे भीतर अवसाद भर उठता है जो कि हँस चुकने के बाद–हँसी के चुक जाने के बाद अधिक शिद्दत से महसूस होता है।

अनुभव और स्मृति के बीच पार्थक्य तत्त्व है–समय। मुहावरा है, समय सब कुछ भुला देता है। लेकिन समय क्या वाक़ई सब कुछ को भुला देता है ? सच्चाई यह है कि वह अनुभव को अनुभव के भोक्ता से स्वतंत्र कर देता है। दूसरे शब्दों में अनुभव अपने भोक्ता से मुक्त होकर स्वायत्त हो जाता है और स्मृति में तब्दील हो जाता है। इस तरह जो विस्मृति है, वह मनुष्य और उसके अनुभवों की एक-दूसरे की गुलामी से आज़ादी है। लेकिन विस्मृति का अर्थ अनुभव की हस्ती का मिट जाना नहीं है। वह केवल अनुभव और अनुभव करनेवाले का स्वतंत्र हो जाना है। दोनों एक-दूसरे से मिलने न मिलने के लिए स्वतंत्र हैं।

अनुभव का स्मृति में रूपांतरण यथार्थ का कला में रूपांतरण है। अनुभव जब स्मृति के रूप में प्रकट होता है तो वह यथार्थ नहीं, एक सृजन होता है। वह साहित्य की तरह ही एक कला-रूप होता है। साहित्य भी क्या है ...अपने-पराए के यथार्थ की स्मृति ही तो है। बात विवादास्पद लग सकती है फिर भी कहा जा सकता है जिस रचना में स्मृति का तत्त्व जितना प्रबल और निष्कलुष होता है, वह उतनी ही प्रभावशाली होती है, इसीलिए हर श्रेष्ठ रचना चाहे वह घोर कामिक ही क्यों न हो, अपने अंतिम प्रभाव में कमोबेश अवसाद ज़रूर पैदा करती है।

चार

कस्बे में मनोरंजन का कोई नियमित इंतज़ाम नहीं था। यदा-कदा था, मनोरंजन। रामलीला मनोरंजन का सबसे बड़ा स्रोत थी। उसके बारे में निश्चित था कि हर साल होनी है और दशहरे के आसपास होनी है। मनोरंजन के अन्य ज़रिए थे—नौटंकी, जादू, कठपुतली का नाच आदि। कठपुतली का नाच भी रामलीलावाले बाग़ में होता था। लेकिन नौटंकी वहाँ नहीं होती थी। जादू भी रामलीला के बाग़ में नहीं हुआ था। नौटंकी, जादू जैसे आयोजनों की जगहें अन्यत्र थीं। आख़िर ये बाग़ में क्यों नहीं होते थे। बाग़ में रामलीला होती थी, बाग़ में मेला लगता था, बाग़ में राजनीतिक सभाएँ होती थीं, कठपुतलियाँ नृत्य करती थीं, फिर नौटंकी और जादू क्यों नहीं होते थे। ऐसा तो नहीं, मुफ़्त में दाख़िलेवाले आयोजन बाग़ में होते थे और टिकटवाले दूसरी जगहों पर। टिकटवाले कार्यक्रमों के लिए जो बाड़ बनाई जाती थी, उसे बाग़ के पेड़ बनने न दे रहे हों। वृक्ष कहते हों कि सभी को—बेटिकटवालों—ग़रीबों को भी मनोरंजन का हक़ है। जो भी रहा हो, पर नौटंकी और जादू बाग़ में नहीं होते थे। इसी तरह बाग़ में तत्कालीन प्रधानमंत्री इंदिरा गाँधी की सभा नहीं हुई थी। तब उनकी पार्टी का चुनाव चिह्न दो बैलों की जोड़ी था और उनकी सभा मिडिल स्कूल के फ़ील्ड में हुई थी। पूरे क़स्बे में बल्लियाँ ही बल्लियाँ लगी हुई थीं। ऐसी अपरंपार भीड़ न कभी रामलीला में हुई न नौटंकी में। विश्वासपूर्वक कहा जा सकता है कि नौटंकी में मुफ़्त दाख़िला होता तब भी इतनी भीड़ न होती। इर्द-गिर्द के अनेक गाँवों से लोग आए थे, भीड़ में शामिल होने के लिए। दिलचस्प यह है कि बच्चे भी ख़ूब सारे थे। मैं भी शरीक था। बेपनाह जनसमूह था। जिसे कहते हैं कि तिल रखने की भी ख़ाली जगह नहीं थी फ़ील्ड में। यदि

अभिधा में अर्थ लेना हो तो कहा जा सकता है कि गुड़ की भेली रखने भर की ख़ाली जगह नहीं थी। उस भीड़ में यदि गुड़ की हज़ारों भेलियाँ उछाल दी जातीं तो वे ज़मीन पर न गिरतीं। वे किसी के कंधे पर, किसी की बाँह पर, कोई-कोई किन्हीं दो गरदनों के बीच फँस जाती। गुड़ तक ग़नीमत थी, ख़रबूज़ या और नहीं तो तरबूज़ का तो वहाँ ज़मीन पर आश्रय पाना असंभव था। वैसे लगता तो यह था कि मध्यम आकार का आलू भी वहाँ अटक जाता। मैं भी वहाँ गया हुआ था और भीड़ में फँस चुका था। मैं बैठा हुआ था और मुझसे आगे मेरे से ऊँचे क़द के इतने जन थे कि मैं सामने देख नहीं पा रहा था। दूसरी बात, लोगों में यह चर्चा चल पड़ी कि इंदिरा गाँधी चार घंटे बाद आएँगी। रात का वक़्त था, मुझे डर लग रहा था और मुझे नींद आ रही थी। मैं अपने घर जाना चाहता था। खड़ा हुआ तो चारों तरफ़ आदमी ही आदमी देखकर चकरा गया था।

मैं क्यों गया था उस सभा में। मुझे तब न राजनीति की समझ थी, न इंदिरा गाँधी की। मैं क्या वहाँ मनोरंजन के चक्कर में चला गया था ? या दूसरे बच्चों से ज़्यादा सामाजिक दिखने की टुटपुँजिया महत्त्वाकांक्षा मुझे सभा-स्थल खींच ले गई थी। लेकिन क्या खुद को दूसरों से श्रेष्ठ दिखलाना भी क्षुद्र कोटि का ही सही, मनोरंजन नहीं है।

मेरे क़स्बे में मनोरंजन के कुछ अन्य साधन थे, जो प्रायः तहसील के समीप सुलभ होते थे। इनमें चुनिंदा थे—साँप दिखाना, साँप और नेवले की लड़ाई इसका मुख्य आकर्षण था। दूसरा, चादर से ढँके हुए आदमी द्वारा दर्शकों की क़मीज़ के बटनों की संख्या और नोट का नंबर तक बता देना। भूत, वर्तमान, भविष्य, परीक्षा में पास-फेल, मुक़दमे में हार-जीत सभी कुछ बताता था वह आदमी। लेकिन इन कार्यक्रमों का मुख्य करतब मनोरंजन नहीं था। ये कमाल दिखाने के बाद अपने माल की बिक्री करते। दूसरे शब्दों में इनके लिए मनोरंजन अपना सामान बेचने का उपाय था। जैसे आजकल टी.वी. पर प्रस्तुत मनोरंजक कार्यक्रम वस्तुतः वस्तु-विशेष की बिक्री बढ़ाने के उपाय होते हैं। जैसे कि सौंदर्य प्रतियोगिताएँ भी सामान बेचने की पद्धति हैं।

क़स्बे में मनोरंजन की दूसरी धारा थी, जगह-जगह, मुहल्लों में घूम-घूमकर मनोरंजन करने की। जैसे कि नट का खेल, बंदर अथवा भालू का नाच।

अन्य भी कई प्रकार के मनोरंजन थे किंतु जो आनंद रामलीला में था, वह और कहाँ। रामलीला रोज़ कई घंटे होती थी और कई दिन होती थी लेकिन एक पैसा नहीं देना पड़ता था और न ही रामलीला किसी सामान की बिक्री का उपाय थी। जबकि दशहरे का मेला तक सामानों की बिक्री का बंदोबस्त करनेवाला मनोरंजन था।

यूँ लोगों में नौटंकी के प्रति ललक रामलीला से कम नहीं रहती थी। पर ज़ाहिर है रामलीला और नौटंकी में कई भिन्नताएँ थीं। एक तो यही कि नौटंकी में टिकट लगता था जबकि रामलीला मुफ़्त थी। दो, रामलीला में महिला चरित्र पुरुष पात्र निभाते थे और नौटंकी में महिलाओं का चरित्र महिलाएँ ही निभातीं। रामलीला में दर्शक अभिनेताओं के अभिनय पर इनाम देते थे जबकि नौटंकी में नर्तकी के नाच पर। इनाम दिए जाने पर मंच से दानदाता का नाम बताने के बाद उद्घोषक चिल्लाता था, 'बोल सियावर रामचंद्र की' और दर्शक वृंद कहते 'जय'। नौटंकी में इनाम पाकर नर्तकी बोलती, "शुक्रिया अदा करती हूँ।" वह प्रत्येक शब्द के बाद पाज़ रखती थी और कथन पूरा करने के बाद अपने पूरे शरीर को झनझना देती थी। तीन, रामलीला में वाद्ययंत्र–हारमोनियम, ढोलक और मँजीरा थे और नौटंकी में नगाड़े की प्रमुखता थी।

वैसे नौटंकी का चलन शादी-ब्याह के अवसर पर भी होता। बाराती या घराती के सौजन्य से रात-भर नौटंकी का शो होता था और यह मुफ़्त का मनोरंजन था। ऐसे मनोरंजन गाँव में ज़्यादा सुलभ होते थे। क़स्बे में कम और क़स्बे में जरूरी तो नहीं था कि किसके घर शादी है और किस शादी में नौटंकी होगी, सभी को पता है। इसके अलावा यह नौटंकी टिकटवाली नौटंकी की तुलना में स्तरहीन होती थी। ज़्यादातर इसमें महिला चरित्र पुरुष ही अभिनीत करते थे। बहरहाल गाँव के लोगों के लिए तो यही नौटंकी बेशक़ीमती थी।

मैं जिस नौटंकी की बात कर रहा हूँ वह रामनाथ कंपनी थी। मेरे क़स्बे में मथुरा और कानपुर की नौटंकी कंपनियों का बड़ा रुतबा था। रामनाथ कंपनी भी इन्हीं दो शहरों में से थी। दो शो मैंने भी देखे थे। एक में सुल्ताना डाकू और दूसरे में गंगा यमुना। नौटंकी में सबसे ज़्यादा आकर्षण नर्तकियों का होता था। सबसे ज़्यादा इनाम भी उन्हीं को मिलते। बड़े तो बड़े बच्चों को भी मंच पर नर्तकियों की उपस्थिति अच्छी लगती थी। मुझे भी। मेरी बड़ी उत्कट इच्छा होती थी कि नर्तकी को पास से देखूँ, उसे छू लूँ, वह मेरे सिर को सहलाए, उसके पल्लू से मैं अपना चेहरा ढँक लूँ। दरअसल यह सुंदरता का सार्वकालिक प्रभाव था। थीं भी वे कितनी दम-दम करती सुंदर। मेरे क़स्बे में सुंदर स्त्रियाँ कहाँ थीं। जो सुन्दर थीं उनके आकर्षण को ग़रीबी, लापरवाही, अभाव और उम्र ने खलास कर दिया था। जो सुन्दर बची रह गई थीं, उनके पास सुंदरता को प्रकट करने के लिए पैसे न थे। आख़िर हीरे को भी प्रकट करने के लिए विधि-विधान करना पड़ता है। सोने पर भी मिट्टी पड़ जाए तो वह क्या दिखेगा। या स्वर्ण को सुंदर दिखने के लिए आभूषण बनना पड़ता है। तो मेरे क़स्बे की तो तवायफ भी उनके आगे कुछ न थी। क़स्बे में एक तवायफ़ थी–प्रेमा, हो सकता है और

रही हों। चौड़ा चेहरा था। पान खाए रहती थी, लंबी थी। प्रेमा पहले पुरानी बस्ती में रहती थी, बाद में बस अड्डे के पास एक पक्के मकान में रहने लगी थी। पक्के मकान पर सीमेंट नहीं हुआ था। ईंट ही ईंट दिखती थी। एक बार उस घर के बाहर के दरवाज़े पर नन्हा सा लड़का शीशे के गिलास में चाय पी रहा था। चाय ख़त्म होने पर उसने कुल्हड़ की तरह गिलास फेंक दिया था। उसने गिलास को भूल से कुल्हड़ समझ लिया हो, ऐसा नहीं लगता था। यह भी नहीं होना चाहिए कि वह रोज़ कुल्हड़ में चाय पीता रहा हो और आज गिलास में चाय मिली हो, तो अपने अभ्यास के कारण उसने गिलास को भी फेंक दिया था। लगता है कि उसने कभी किसी को कुल्हड़ में चाय पीते हुए और चाय ख़त्म कर उसे उछालकर फेंकते हुए देखा था तो उसे बहुत मोहक लगा था, उसने सोचा होगा कि एक दिन वह भी ऐसा करेगा लेकिन उस नन्हे बच्चे को जब इतने दिनों तक मौक़ा नहीं मिला तो आज वह गिलास को कुल्हड़ मानकर चाय पी रहा था।

विचित्र बात है कि प्रेमा की शक्ल मुझे अच्छी तरह याद है। याददाश्त की दुनिया में मेरे तईं एक वैचित्र्य यह भी है कि बचपन में देखी स्त्रियों की शक्लें मुझमें पुरुषों की तुलना में कम सुरक्षित हैं। मसलन मेरे घर रोज़ दो वक़्त आनेवाली महरिन फूलमती की अम्मा का चेहरा नहीं स्मरण है, फूलमती का तो बिल्कुल भी नहीं। जबकि फूलमती की माँ के दो बेटों के चेहरे झलक रहे हैं। इतना ही नहीं, फूलमती की माँ का चेहरा नहीं याद है, पर उसका मिट्टी का घर याद है और मिट्टी के घर के सामने का लिपा-पुता दरवाज़ा याद है। यहाँ दरवाज़ा का मतलब किवाड़ नहीं है। घरों के सामने की जगह को भी दरवाज़ा कहा जाता था जिसको कि लान बोलते हैं और जिसकी हमारे यहाँ शुद्ध संज्ञा 'दुआ' थी। यहाँ विचारणीय बिंदु है कि ऐसा क्यों होता है कि हम मनुष्यों के चेहरे जल्दी भूल जाते हैं किंतु मकानों-जगहों की स्मृति अपेक्षाकृत चिरायु होती है। क्या माना जाए कि जड़ पदार्थों में चेतन से ज़्यादा छाप छोड़ने का बल है। शायद ऐसा नहीं होता है। चेतना में जड़ पदार्थों के अधिक स्थायित्व का कारण दूसरा ही लगता है। जैसे कि फूलमती की माँ की शक्ल की दूसरी स्त्रियाँ नहीं हैं, न मैंने देखीं। यानी कि फूलमती की अम्मा से संपर्क ख़त्म हो जाने के बाद मैंने दोबारा फूलमती की अम्मा को या ऐसी सूरत की स्त्री को नहीं देखा। जबकि उसका जो मिट्टी का कच्चा घर था। घर के सामने जो लिपा-पुता दुआर था, वैसा मैं बाद में भी कई जगह देखता रहा हूँ। आज इतने वर्षों बाद अगर मुझे फूलमती की अम्मा के न दिखने के बावजूद उसका जो घर दिख रहा है तो हो सकता है कि उसमें उस घर की तरह के कई घरों का थोड़ा-थोड़ा अंश हो।

यदि जड़ की स्मृति चेतन की तुलना में चिरायु होने का बल ज़्यादा रखती तो क्यों अपने सबसे पुरानेवाले मकान में कहीं ज़्यादा सजीव स्मृति उस गौरैया की है, जो आँगन में फैले गेहूँ पर फुदक रही थी। वह गौरैया मैं बिल्कुल नहीं भूला हूँ। इसमें भी वही बात है कि उसी तरह की गौरैया मैं बाद में भी बहुत और आज भी देखता आ रहा हूँ। इंसान की शक्ल की याद अल्पजीवी होने के लिए अभिशप्त है। शाप नहीं, वरदान है इंसान को। जब हम किसी इंसान से रूबरू होते हैं तो वह न केवल अपनी शक्ल के साथ प्रस्तुत होता है, बल्कि वह अपनी चाल, ढाल, पोशाक, दिमाग़, हँसी, रुदन आदि के साथ होता है। किसी व्यक्ति की पहचान में समाज—समाज के लोगों और उसके मध्य की पूरी अंतर्क्रिया होती है जो काफ़ी कुछ उसकी अपनी होती है। अपनी असंख्य मौलिक विलक्षणताओं से तैयार होती है किसी व्यक्ति की छाप। इसीलिए या तो उसे हम याद करते हैं या भूल जाते हैं। जबकि गौरैया में नहीं होता ऐसा। गौरैया अपनी ख़ुशियों और आँसुओं, अपनी अतीत और भविष्य की उम्मीदों के साथ तो हमारे भीतर नहीं बसती। अतः दूसरी गौरैया से वह बहुत भिन्न नहीं होती। दूसरी या तीसरी या हज़ारवीं गौरैया भी पहली गौरैया होती है। लेकिन फूलमती की अम्मा तो ऐसे नहीं हो सकती है। उसे या हम याद रख सकते हैं या भूल जाते हैं। दूसरी, तीसरी या हज़ारवीं स्त्री नहीं हो सकती फूलमती की अम्मा।

यहाँ एक रोचक मोड़ उपस्थित होता है। क्या सारी गौरैया वाक़ई एक जैसी होती हैं ? आसमान में उड़ रहे परिंदों के झुंड के सारे पक्षी समान होते हैं ? क्या नदी-तालाब की मछलियों में भिन्नता नहीं होती है। बेशक होती है। जैसे किसी शब्द का कोई पर्यायवाची नहीं होता है यानी कि पृथ्वी, वसुंधरा, रत्नगर्भा एक ही अर्थ को ध्वनित करनेवाले शब्द नहीं हैं। शब्दों के सृजन की वजह, ध्वनियाँ, प्रयोग, सभी अलग-अलग होते हैं और वे अपने ही ढंग से असर पैदा करते हैं। हालाँकि मोटे तौर पर, शब्दों से प्रेम न करनेवाला इन्हें पर्यायवाची या एक अर्थ के शब्द मानकर व्यवहृत करता है। उसी प्रकार जब हम कहते हैं कि पहली गौरैया, दूसरी, तीसरी या हज़ारवीं गौरैया की तरह होती है तो इसका मतलब कि हम गौरैया को प्यार नहीं करते। अगर प्यार करें तो पाएँगे कि संसार में कोई भी किसी का हमशक्ल नहीं होता। गौरैया तो चेतन है, क्या गेहूँ की दो बालियाँ, सरसों में कोई दो फूल या नीम की दो पत्तियाँ तक हमशक्ल होती हैं ? सृष्टि की हर चीज़ की अपनी अस्मिता है, अपनी रंगत और अपनी छाप है। लेकिन उक्त कथन ईश्वर और प्रकृति द्वारा रची गई चीज़ों के बारे में कहा जा सकता है। मनुष्य और मशीनों की रचनाएँ बहुधा हमशक्ल हैं। किसी कंपनी के एक

मॉडल के सारे टी.वी. सेट, टेपरिकार्डर, मिक्सी, फ्रिज़, कारें एक ही तरह तो होंगे। एक कान का बुंदा, बाली अथवा झुमका दूसरे वाले जैसा ही होगा। और अब तो मौलिकंता विरोधी समय है। हीरो होंडा पर सवार सारे युवक एक जैसे नहीं लगते ? एक जैसी फ़िल्में, एक जैसे धारावाहिक, एक जैसे घर, एक जैसी बोलने की शैली, एक जैसी ही हँसी, मुस्कुराहट, शोक, प्यार और दुश्मनियाँ। क्रूरताएँ और कृपाएँ भी मिलती-जुलतीं। ऐसे वक़्त के लोग, शहरी नागरिक कैसे किसी प्राणी को उसकी अपनी शख़्सियत के साथ पहचान सकते हैं। क्या बाहर कॉलबैल दबाने से भीतर की स्त्री भाँप सकती है कि बाहर खड़ा व्यक्ति उसका पति है कि बेटा या पुत्री या उसके सास-ससुर। नहीं, लेकिन कुंडीवाले घरों पर स्त्रियाँ भीतर से ही जान लेती हैं बाहरवाले की पहचान। घंटी की आवाज़ और कुंडी की आवाज़ दोनों ही ध्वनियाँ उत्पन्न करती हैं, दोनों ही मनुष्य का स्पर्श पाती हैं मगर घंटी जहाँ एक ही तरह की ध्वनि उत्पन्न करती है वहाँ कुंडी अनेकानेक। घंटी में दो तार जुड़ गए तो वह बजती ही रहेगी फिर उसके शोर से बचने के लिए मिस्त्री बुलाना पड़ेगा या आप स्वयं मिस्त्रीगीरी जानते हों या फिर घंटी को तोड़ना पड़ेगा, पर कुंडी जो कभी नहीं ख़राब होती है। फिर अगर आप हुनरमंद हों तो कुंडी को अवसरानुसार वाद्य-यंत्र के रूप में इस्तेमाल कर सकते हैं। घंटी क्या यह काम कर सकती है। कुंडी दरवाज़े के बाहर भी लगी होती है और घर के भीतर भी। घंटी को घर के भीतर कौन लगाता है। कुंडी में ताला लगाया जाता है, घंटी में ताला कैसे कहाँ लग सकता है ? वैसे अंतर तो अभी भी कई बचे हैं जैसे कि कुंडी कभी ख़राब नहीं होती, युगों तक बजती है। इमारतें ढह जाती हैं, पर उनकी कुंडियाँ उसी तरह कड़क बनी रहती हैं। घंटी की उम्र कितनी होती है ? मर्त्य घंटी पर पानी की बौछारें पड़ गईं तो कोई ठीक नहीं उसको तगड़ा ज़ुकाम हो जाए। कुंडी से करंट लगने का डर नहीं रहता है। करंट की बात पर याद आया कि घर में बिजली न रहने पर घंटी बज नहीं सकती। बाहर कोई घंटी दबा रहा है, उसको क्या पता कि बिजली नहीं है। कई बार के बाद जब दरवाज़ा नहीं खुलता तो वह सोचता है कि हो सकता है, बिजली न हो। तब वह दरवाज़े पर कुंडी ढूँढ़ता है।

कुंडी से कभी-कभी लोग अपनी गाय, बकरी या कुत्ता बाँध देते हैं, क्या घंटी में इन्हें बाँधा जा सकता है !

बात कहाँ से कहाँ खिंच गई। ज़िक्र यह हो रहा था कि याददाश्त की दुनिया में बचपन में देखी गई स्त्रियों की शक्लें मेरे तईं पुरुषों की तुलना में कम सुरक्षित हैं फिर क्यों प्रेमा तवायफ़ का चेहरा आज भी जीवंत है। यह मानना तो ग़लत होगा कि प्रेमा इसलिए याद रही है कि वह एक बुरी औरत

थी और बुराइयों की याद अधिक टिकाऊ होती है। क्योंकि जब मैंने प्रेमा को देखा था तो मुझे रंडी शब्द का अर्थ नहीं मालूम था। बल्कि तब मेरे लिए बुराई के प्रतीक मेरे एक फूफा थे, जो ज़ोर से मेरा कान ऐंठ देते थे।

सच्चाई यह है कि पुरुषों की तुलना में स्त्रियों की याद की जड़ें ज़्यादा गहरी-सुदीर्घ होती हैं। फिर मेरे साथ उल्टा क्यों हुआ कि मुझे स्त्रियों की शक्लें कम स्मरण रहीं। इसके दो कारण दिखते हैं। एक तो यह कि बचपन को सरपरस्ती की ज़रूरत होती है और मेरे समाज में पुरुषों को ही सरपरस्त पाया जाता है। यह भी कि याद बनने में सामाजिक क्रिया-व्यापार की महत्त्वपूर्ण भूमिका रहती है। बचपन में, मैं जो जगत् देखता था उसमें स्त्रियाँ बहुत कम दिखती थीं। जगह-जगह पुरुष ही थे। कचहरी, ब्लाक, स्कूल, दुकानें सभी जगह पुरुष ही दिखते। स्त्रियाँ—महरिनों, कुँजड़िनों, धोबिनों, जमादारिनों के रूप में यत्र-तत्र दिख जाती थीं। सबसे अधिक वह अस्पताल में दिखती थीं, बीमार और निचुड़ी हुई। मैं तो बच्चा था बड़े भी कहाँ ऐसी स्त्रियों को स्मृति बनाते हैं। कहने का तात्पर्य कि स्त्रियों की मेरे समाज में कोई भूमिका नहीं थी। उनको कोई अधिकार नहीं था, तो फिर उनकी शक्लें क्योंकर बची रहतीं चेतना में।

दूसरी बात, स्त्रियाँ इसलिए अधिक स्मरण रहती हैं कि वे सुंदर होती हैं—पुरुषों से कई गुना ज़्यादा सुंदर। पर बचपन में जो मेरा क़स्बा था, उसमें सुंदर स्त्रियाँ कहाँ थीं। बाहर जो दिखती थीं वे मैली-कुचैली, जर्जर-जीर्ण थीं, मेहनतकश थीं, वे कहीं लोगों के दिमाग़ में दर्ज हो पाती हैं ? घरों के भीतर जो स्त्रियाँ दिखती थीं वे निम्न मध्यवर्गीय थीं। चूल्हा फूँकतीं, बरतन माँजतीं, खाना पकातीं, बच्चे खिलातीं, मसाले और पिसान में सनी गंदी और पिटी हुई थीं। उक्त परिदृश्य में प्रेमा एक ऐसी स्त्री थी, जो इनके जैसी नहीं थी। वह सुंदर थी। प्रेमा की सुंदरता बची रह गई थी। वह अच्छी साड़ी-ब्लाउज़ पहनती थी। वह पूरे क़स्बे की अकेली औरत थी जो मोज़ा और सैंडिल पहनती थी तथा हाथ में घड़ी लगाती थी। वह रुपए वक्ष में खोंसती थी। जबकि अन्य स्त्रियों के पास अमूमन रुपए होते ही नहीं थे। बहुत हुआ तो चवन्नी-अठन्नी, बीस पैसे के सिक्के हो जाते जिन्हें वह अपनी धोती के पल्ले के टोंगे में बाँध रखती थीं। हाँ, वह बाहर निकलती थीं, ज़ाहिर है कभी-कभार निकलती थीं तो पास एक रुमाल रखती थीं, जिसके टोंगे में एक या दो रुपए का नोट बँधा रहता था। पूरे क़स्बे में परिचित स्त्रियों में केवल पुराने वाले मकान मालिक मुन्नू साह की बीवी के पास ज़्यादा रुपए एक साथ मैंने देखे थे। यानी कि सौ। वह उसे अपनी कमर में बाँध रखती थी। कभी-कभी ऐसा होता था कि कोई स्त्री नहाने

के बाद अपनी धोती के टोंगे को खोलकर सिक्का या सिक्के निकालना भूल जाती थी। जब उसे याद आता था तो हड़बड़ाकर आँगन की अलगनी पर फैली साड़ी की तरफ़ झपटती थी। टोंगे को बँधा हुआ पाकर वह अपूर्व ख़ुशी से भर जाती थी। वह टोंगे को खोलकर सिक्का अपनी धारण की हुई धोती में बाँध लेती थी। अब वह लौटने के लिए चलती थी तो मस्ती और तृप्ति से भरी होती थी। ये दोनों ही तत्त्व उसके जीवन में दुर्लभ रहते थे। कहीं स्त्री इन्हें प्राप्त करने के लिए ही तो पैसे खोलना भूल नहीं जाती थी। अवचेतन में छुपी हुई कोई ऐसी गुत्थी शायद उससे ऐसा कराती हो। वैसे यह महज़ एक अनुमान है। ज़्यादा संभावना यही है कि वह बस भूल ही जाती थी। आख़िर स्त्रियाँ स्नान करने के पूर्व अपनी टिकुली स्नानगृह की दीवार पर चिपका देती हैं। कई बार स्नान के बाद वह उसे माथे पर लगाना भूल जाती हैं। अक्सर देखा जाता है कि स्त्रियाँ बहुत कुछ याद रखने के बावजूद बहुत सारा भूल जाया करती हैं। कई का मानना है कि स्त्रियाँ कुछ भी नहीं भूलतीं, वे भूलने का अभिनय करती हैं। जैसे वह अपना उत्पीड़न, दमन और अपमान, उपेक्षा वग़ैरह कुछ भी नहीं भूलतीं। पतियों की बेवफ़ाई और उनसे हुई पिटाई कुछ भी नहीं भूलतीं, भूलने का अभिनय करती हैं। पर अंधकार और अकेले में क्या अभिनय हो सकता है ? संसार का मँजा से मँजा अभिनेता भी अंधकार और अकेले में कहाँ अभिनय करता है। इसीलिए स्त्रियाँ अंधकार और अकेले में भूलने का अभिनय नहीं कर पातीं। वे रोती हैं और आँसुओं में नहाती हैं। आप अंधकार के बाद स्त्री की बाँहों, तकिए, दीवारों और स्त्री के घुटनों को ग़ौर से देखें तो निश्चय ही आपको आँसू या आँसुओं का नमक मिलेगा।

ये स्त्रियाँ कैसे सुंदर दिखतीं। इनके अपने बक्से को खोला जाता तो हो सकता है कि उसमें कोई एक महकउवा साबुन मिलता, नेल पालिश की शीशी, क्रीम की शीशी, पाउडर का डिब्बा या प्लास्टिकवाला गुलाब का फूल जैसा कुछ मिलता। इन वस्तुओं या इनमें से कुछ वस्तुओं को स्त्रियाँ कई साल से छिपाकर रखे रहती थीं लेकिन इस्तेमाल नहीं करती थीं। जब इन्हें बक्से में रखा जाता था तो बक्से की मालकिन सोचती होगी कि एक दिन आराम से वह नहाएगी। महकते साबुन को अपने शरीर पर लगाकर सुगंधित हो जाएगी। वह अपनी गंदी एड़ियाँ रगड़कर चमकाएगी। नाखून पालिश लगाएगी। पाउडर लगाकर अधिक उजली हो जाएगी और फिर छककर प्यार करेगी। लेकिन ऐसा अवसर कभी नहीं आता। वह थककर मर जाती है एक दिन, और उसकी वस्तुएँ बिना इस्तेमाल हुए वैसी की वैसी बक्से में छिपी पड़ी रहीं। साबुन की एक बट्टी आठ या दस या बारह साल बाद चलती रही फिर भी साबूत बची रही। ठीक है कि

साबुन शरीर पर घिसा नहीं गया लेकिन साबुन लगाने की इच्छा अनेकानेक साल घिसती रही। यह स्त्री ही है कि बुरी तरह घिसी और घिसट जाने के बावजूद उसकी इच्छा बची रहती है।

स्त्रियों के इस संसार में प्रेमा अलग क़िस्म की थी। प्रेमा के संसार में ये स्त्रियाँ निश्चय ही रही होंगी। परिवार का स्वप्न उसने ज़रूर देखा होगा, अतः हर हाल में ये स्त्रियाँ उसके सपनों में रही होंगी या यूँ कहा जा सकता है कि ये स्त्रियाँ उसका सपना रही होंगी। लेकिन कहीं ऐसा तो नहीं कि एक प्रेमा हर स्त्री के सपने में हो...प्रेमा हर स्त्री का सपना हो। अगर प्रेमा पैसे के लिए देह-व्यापार को छोड़ दे तो क्या लगता नहीं कि प्रेमा किसी भी स्त्री की तमन्ना बन सकती है। स्त्री प्रेमा तो नहीं बनती लेकिन इस बात का अध्ययन दिलचस्प होगा कि कितनी स्त्रियाँ जीवन में कितनी बार कल्पना और कामना में प्रेमा का रूप धारण करती हैं।

इसी प्रेमा की चमक फ़ीकी पड़ जाती थी, जब क़स्बे में मथुरा या कानपुर की नौटंकी कंपनी आती थी। जैसा कि रामनाथ नौटंकी कंपनी थी। सबसे सुंदर स्त्रियाँ कंपनी की नर्तकियाँ होती थीं, जिनकी खूबसूरती पर जवान, बूढ़े, बच्चे और गृहिणियाँ—सभी फ़िदा थे। नौटंकी के खेल के दौरान ग़ज़ब की शान होती थी उनकी। उनमें जो नायिका का रोल करती, उसके प्रभाव का तो क्या जलवा था। लेकिन नौटंकी ख़त्म होने के बाद सभी बुरी औरत में बदल दी जाती थीं। लेकिन उनका जादू फिर भी नहीं उतरता था। ख़ास तौर पर पुरुषों पर से।

नौटंकी स्थल से थोड़ी दूरी पर पंद्रह-बीस पेड़ोंवाला एक छोटा बाग़ था, वहीं नौटंकीवालों ने अपना डेरा बनाया था। बाग़ में ढेर सारी छोलदारियाँ लगी हुई थीं। इसी में वे रहते थे। इसी में कुछ में नर्तकियाँ, तवायफ़ें, रंडियाँ या अभिनेत्रियाँ, जो भी सही हो, रह रही थीं। इनकी छोलदारियों के आसपास वयस्कों के मँडराने का औचित्य तो स्पष्ट था, पर नासमझ बच्चे क्यों वहाँ मँडराना चाहते थे? मैं तो आठ-नौ वर्ष का रहा हूँगा, क्यों उधर हसरत से देखता था? या इसी अवस्था के मेरे अन्य दोस्त भी उधर क्यों हसरत से देखते थे? इसकी एक व्याख्या तो यह हो सकती है कि सही है कि हम जैविक रूप से सेक्स के लिए कच्चे थे। फिर यदि हमारी हसरतों का कारण सेक्स होता तो क्या हम अपने से दो गुना—तीन गुना अधिक अवस्था का पार्टनर ढूँढ़ते। अगर यही बात होती तो क़स्बे के कुछ एक घरों के पास हम डोलते-फिरते ज़रूर नज़र आते। कम-से-कम नौटंकी कंपनी के क़स्बे से चले जाने के बाद। किंतु ऐसा नहीं था। तब आख़िर क्या वजह थी? इस तरह भी सोचा जा सकता है कि ठीक है हमारी उम्र सेक्स के लायक़ नहीं थी लेकिन व्यावहारिक जगत् से जो

हमें 'ज्ञान' मिलता था उसमें सेक्स की चाशनी काफ़ी कुछ रहती थी। मगर वह बच्चों के लिए गालियों तक ही महदूद थी। उनके अर्थ और प्रयोग से हम पूर्णतया अनभिज्ञ थे। वस्तुतः उन मटमैले रंग की छोलदारियों के इर्द-गिर्द मँडराना सुंदरता के प्रति मनुष्य की स्वाभाविक आसक्ति के चलते था। नौटंकी में जो पुरुष पात्र होते थे, उन्हें दिन में देखकर हम ख़ासे निराश होते थे। पता चलता था कि चक्रवर्ती सम्राट् तहमद-बनियान पहने, कान में बीड़ी खोंसे पीठ खुजला रहा है। इन्हें देखकर घिन आती थी। जबकि नर्तकियाँ अमूमन कम दिखती थीं। इसलिए उन्हें देखने की इच्छा अधिक उत्कट हो जाती थी। वे कभी कंघी करती हुई मिलतीं, कभी दो-तीन आपस में बात करते हुए हँस रही होतीं। उनका नन्हा तौलिया हमें कितना प्यारा लगता था। अजीब लगेगा किंतु सच है कि जब वे पान खा रही होती थीं या ताश खेल रही होती थीं तो देखते ही बनता था। वे तब नौटंकी के समय से कम ख़ूबसूरत नहीं लगती थीं। लेकिन उन्हीं की तरह पुरुष अभिनेताओं को जब हम खाते अथवा ताश खेलते देखते तो गहरी जुगुप्सा पैदा होती।

इस बात पर ग़ौर करना चाहिए कि नर्तकियों की छोलदारियों के आसपास भटकना और उनके प्रति आकर्षण भी मनोरंजन था कि नहीं। रात में नौटंकी देखना मनोरंजन था तो फिर यह कैसे मनोरंजन नहीं था ? मेरे ख़याल से यह मनोरंजन नहीं था। क्योंकि मनोरंजन में हम तटस्थ भोक्ता होते हैं। किसी मनोरंजन की गुणवत्ता इस बात से घटती-बढ़ती है कि वह तटस्थ भोक्ता को कितना ज़्यादा अपने में शामिल कर लेता है। यानी कि मनोरंजन भोक्ता की तटस्थता का जितना ज़्यादा संहार करता है उतना ही उच्च कोटि का होता है। लेकिन छोलदारियोंवाले प्रसंग में मैं या मेरे साथी तटस्थ भोक्ता कहाँ थे। हम तो स्वयं खेल में शामिल थे। हम दूसरों का मनोरंजन भले करते रहे हों लेकिन हमें जो प्राप्त हो रहा था, वह मनोरंजन नहीं था, ठीक है लेकिन वह क्या था। वह सर्जक का—कलाकार का आनंद भी नहीं था। क्योंकि सर्जक या कलाकार के सामने यह तय होता है कि वह कुछ रच रहा है—प्रस्तुत कर रहा है। उसकी कला के कुछ ग्राहक हैं। सबसे बड़ी बात, उसे अभिव्यक्ति के आनंद और यातना की अनुभूति होती है। मगर कहाँ था ऐसा हमारे साथ। कौन सा आनंद और कौन सी यातना ? हम सनसनी और इच्छाओं से भरे होते थे। सृजन, कला आदि के बारे में कौन सोचता था। यदि ऐसा कहना ही हो तो कहूँगा कि हम शब्दों के स्वर थे। हम न कुम्हार थे, न बरतन, न मिट्टी, हम चाक थे। हम हवा के दबाव से वृक्षों से पैदा होनेवाले स्वयंभू संगीत थे। हमें मनोरंजन कहाँ होता था। हमें तो इन सबका कुछ अता-पता ही नहीं था। सोचने की बात यह है कि

हमारी हरकतों और हमें देखकर नर्तकियों को कैसा लगता था ? क्या उनका मनोरंजन होता था ? अगर वे हमारी करतूतों से चिढ़ती रही होंगी तो ज़ाहिर है कि उनका मनोरंजन नहीं होता रहा होगा। तब तो वह स्वयं भी खेल में शामिल हो गई थीं।

प्रश्न कौंधता है कि बच्चों के लिए खेल क्या मनोरंजन का साधन है ? इस सवाल को विस्तार भी दिया जा सकता है कि क्या खेल अपने खिलाड़ी को मनोरंजन प्रदान करता है ? हालाँकि पेशेवर खिलाड़ी और बच्चों के खेलने में फ़र्क़ है। एक खिलाड़ी जब खेलता है तो उसके पास प्रशिक्षकों से प्राप्त कौशल, अभ्यास के साथ यश, इनाम, लोकप्रियता, पैसा, नौकरी आदि की उम्मीदें होती हैं। ख़राब खेलने पर टीम से निकाले जाने का भय और अच्छा खेलने पर अधिक बड़े स्तर का मैच खेलने की आशा बँधी होती है। जबकि नौ-दस साल तक का बच्चा जब खेलता है, तब उसके साथ ये सब बातें वाबस्ता नहीं होती हैं। ध्यान रहे कि वह आज का प्रतियोगी ज़माना नहीं था। दूसरी बात, वह छोटा सा क़स्बा था जहाँ के बच्चों में एक-दूसरे को नीचा दिखाने का घमासान नहीं था। न ही बच्चों के अभिभावक उन्हें क्षेत्र विशेष में उच्चकोटि का बनाने के लिए प्रशिक्षकों के पास भेजते थे। तो उस समय के बच्चों के लिए खेल क्या मनोरंजन था ? मुझे लगता है कि नहीं, बच्चों का खेल से मनोरंजन नहीं होता। देखनेवाले का मनोरंजन होता है। फिर बच्चे क्यों खेलते हैं...खेलने के लिए लालायित और व्यग्र क्यों होते हैं ?

खेल बच्चों की मुक्ति है। खेलते हुए बच्चे मुक्ति उत्सव मनाते हैं। खेलते हुए बच्चे बड़ों की गुलामी और अनुशासन के दमन से आज़ाद हो जाते हैं। वहाँ मैदान में उनका रेफ़री या अंपायर भी बच्चा ही होगा। अमूमन इनकी उन्हें ज़रूरत नहीं पड़ती। कोई बनता भी है तो अंपायर या रेफ़री न होकर उसकी पैरोडी होता है, इसलिए वह निर्णय कम, नक़ल ज्यादा करता है और हँसाता है। दरअसल वह एक तरह से स्वयं खेल रहा होता है। वह खेल का न्यायाधीश न होकर खिलाड़ी होता है। जैसे नाटकों में, रामलीला में विदूषक मूल कथा से संबंधित नहीं होता है लेकिन नाटक का एक हिस्सा ही होता है।

खेलते हुए बच्चों को देखना क्या मनोरंजन है ? क्या वह रामलीला, सर्कस, जादू, सिनेमा, दंगल की तरह मनोरंजक है ? बड़े लोगों का खेल निश्चय ही मनोरंजन है। लेकिन बच्चों का खेल मनोरंजन नहीं आनंद है। जो अनुभूति नदी, झरना, पहाड़, वृक्षों, फूलों को देखकर होती है, कुछ उसी तरह का आनंद मिलता है। हालाँकि संसार में कोई भी आनंद समानार्थी नहीं होता है। मसलन हम कहते हैं कला का आनंद। मगर क्या संगीत और चित्रकला या वास्तु-कला या दीगर

कला एक ही ढंग का आनंद देते हैं। थोड़ा सा मिलता-जुलता किंतु फ़र्क़ तो होता ही है। इसको भी छोड़ें, जब हम कहते हैं संगीत का आनंद, तो क्या वीणा या वायलिन या मृदंग या तबला का वादन एक ही तरह का आस्वाद देते हैं? या जब कहते हैं कि तबला वादन का आनंद, तो एक फ़र्क तो उसे बजानेवाले संगीतज्ञ के फ़र्क़ होने से पैदा हो जाता है, दूसरा क्या तबले का दायाँ और बायाँ की धमक एक ही ढंग से विभोर करती है ? नहीं, वैसे ही बच्चों को खेलते हुए देखने का आनंद प्रकृति को देखने के आनंद जैसा है मगर ठीक-ठीक उसी तरह नहीं है। प्रकृति का आनंद मुक्ति का आनंद नहीं है बल्कि वह गुलामी से अवकाश है। इसके विपरीत बच्चों को खेलते हुए देखना मुक्ति के उत्सव की दावत में शामिल होना है।

लेकिन खेलते हुए बच्चों को थोड़ा दूर से देखना चाहिए। इस तरह देखना चाहिए कि उन्हें पता न चले कि कोई उन्हें खेलते हुए देख रहा है। वैसे भी किसी चीज़ को एक निश्चित दूरी से ज़्यादा क़रीब से देखने पर उसकी शक्ल कहाँ ठीक से दिखती है।

बड़ों की कठोरता और दबंगई के जुए को उतार फेंककर खेल रहे बच्चे अपना आनंदोत्सव मनाते हैं। जैसे आदिम समाज के मनुष्य या आदिवासी अपना आनंदोत्सव नृत्य और संगीत के माध्यम से मनाते हैं। बच्चों के खेल को भी ग़ौर से परखें तो आदिम संगीत की तरह अनुभव होगा। आदिवासियों का नृत्य और गायन बच्चों के खेल की तरह बेखुद, मस्त और हार्दिक होता है।

बच्चों के खेल के प्रसंग में याद आती हैं स्त्रियाँ। गुलामी के रौद्र पत्थर के नीचे दबी-पिसी स्त्रियों का आनंदोत्सव कब होता है ? यहाँ याद दिलाना ज़रूरी है कि बिना मुक्ति के आनंदोत्सव नहीं हो सकता है। तो स्त्रियाँ कब मुक्त महसूस करती हैं और आनंद भी अनुभव करती हैं? और भी मौके होंगे, लेकिन इस नज़रिए से उल्लेखनीय है, जब ढेर सारी स्त्रियाँ पुरुषों की गंध और हाज़िरी से दूर इकट्ठा होकर नृत्य-संगीत का आयोजन करती हैं। इस कार्यक्रम में कभी-कभी कोई प्रहसन, कोई नाटिका भी अभिनीत की जाती है। उक्त संगमन में स्त्रियों की खिलखिलाहट, उनका शोर-शराबा, उनकी चुहल और छेड़खानियाँ मुक्तिनाद होती हैं। औरतों के जमघट से एक स्त्री उठती है और नाचने लगती है। थोड़ी देर नाचकर वह फिर जमघट में बैठ जाती है। एक दूसरी स्त्री उठती है, नाचने लगती है। वहीं, अगले किसी पल ढेर सारी—सभी की सभी—स्त्रियाँ खड़ी होकर नृत्य करने लगती हैं। जैसे हवा चलने पर बाग़ के सारे पेड़-पल्लव झूमने लगते हैं।

अपने आनंदोत्सव में स्त्रियाँ गालियाँ भी बकती हैं, अश्लील लतीफ़े भी

सुनाती हैं। बेसाख्ता हँसने से भी नहीं डरती हैं। क्या आधुनिक किटी पार्टियों को भी स्त्रियों के आनंदोत्सव के रूप में शुमार किया जाना चाहिए ? कैसे ऐसा किया जा सकता है। क्योंकि किटी पार्टियों में 'स्वतःस्फूर्ति' नहीं होती। दूसरी बात किटी पार्टियों की महिलाएँ ऐसा कुछ नया नहीं करतीं जिसे करने को उनका मन चाह रहा था और जिसे वे नहीं कर पा रही थीं। वे चाहती हैं कि वे इस तरह वक़्त बिताएँ जैसे मर्द बिताते हैं। इसी बिंदु पर वे गुलामी से पीछा छुड़ाने के चक्कर में पैसा ख़र्च करके गुलामी करती हैं। उन्हें चाट-चटनी का स्वाद, मौज-मज़ा तो हासिल हो सकता है लेकिन आनंद और आज़ादी नहीं।

दो चीज़ें समझ में आ रही हैं कि एक तो जीवन में आनंद के लिए मुक्ति ज़रूरी है। जो जितने ही बंधन में होता है, उसके हिस्से में आनंद उतना ही थोड़ा होता है। कितना दुर्भाग्यपूर्ण है कि कई स्त्रियों का जीवन पूरा हो जाता है या ख़त्म हो जाता है लेकिन वे आनंद की स्वाभाविक अनुभूति से वंचित रहती हैं। हमारे कथन का आशय यह नहीं है कि सारे मर्दों की ज़िंदगी आनंद से लबालब रहती है। बल्कि कहने का आशय यही है कि जो जितना अधिक बंधक होगा उतना ही वंचित होगा। गुलामी मानसिक भी हो सकती है। दूसरों की नक़ल के सहारे आनंद पाने का करतब भी गुलामी है जो कि नवधनाढ्य समुदाय को दबोचे हुए है। किटी पार्टियाँ, पिकनिक मनाने जाकर वहाँ फ़ोटो खिंचाना सरीखी रूढ़ियाँ मिसाल हैं। वस्तुतः जब आप अपनी स्वतःस्फूर्त इच्छा के चलते शामिल होते हैं तभी सहज आनंद हासिल होगा।

दूसरी चीज़ समान साथ है। जैसे कि खेलते हुए बच्चों के बीच बड़ों की हाज़िरी उनकी खुशी को कुम्हला देती है। इसी तरह स्त्रियों के बीच कोई पुरुष प्रकट हो जाए तो उनके आनंदोत्सव का पारा नीचे गिर जाएगा।

कई बार अकेले की भी आज़ादी और आनंद ख़ास होते हैं। जैसे कल्पना करिए कि एक घर में पति आफ़िस चला जाता है, बच्चे स्कूल चले जाते हैं तो अकेली स्त्री की हँसी, उसका स्नान, उसकी गति अपेक्षाकृत आज़ाद नहीं हो जाती ? कई बार एक एकांत घर में टेपरिकार्ड में कैसेट बजाकर या रेडियो बजाकर अकेले ही नृत्य करने लगती है और कभी- कभी बड़ी देर तक नाचती है तो वह भी उसकी आज़ादी और आनंद की एक स्थिति है।

अपने छुटपन में, मैं काग़ज़ की चरखी को सामने रखकर तेज़ दौड़ता था। सामने की हवा आकर चरखी पर पड़ती थी तो वह नाचने लगती थी, नाचती जाती थी। जितना ही तेज़ मैं दौड़ता था वह उतनी ही तेज़ नाचती। मैं जितनी ही देर दौड़ता, वह उतना ही अधिक वक़्त नाचती थी। अपने दौड़ने और फिरकी के नाचने की अवधि मेरे लिए अद्‌भुत रोमांचकारी, सनसनीख़ेज़, आनंदमय होती थी।

इसी तरह साइकिल को स्टैंड पर खड़ी कर पैंडिल के जरिए साइकिल के पीछे के पहिए को जोर से नचाना अकेले का खेल था। मुँह में पैसा रखकर या पिपिहरी बजाते हुए मगन-मगन चलते जाना, चलते-चलते अपनी चप्पल निकालकर सामने फेंक देना फिर वहाँ तक पहुँचकर पहन लेना और उसे फिर सामने उछाल देना...ये सब भी तो मनोरंजन और आनंद के अद्वितीय उपक्रम थे।

लेकिन क्या दलितों का भी आनंदोत्सव होता है ? बच्चों और स्त्रियों को तो आनंद के अवसर यदा-कदा मिल जाते हैं लेकिन दलितों के जीवन में आनंद के अवसर नहीं। उनके पास न आज़ादी है, न आनंद। कहा जा सकता है कि उनकी अपनी जातीय-बिरादरी के सामूहिक उत्सव होते हैं, जब पशु-मांस पकाया जाता है, चहल-पहल होती है, शराब पी जाती है, मौज-मस्ती होती है, हुल्लड़ होता है। लेकिन हक़ीक़त यह है कि इसे आनंद का अवसर नहीं कहा जा सकता। ऐसा मौक़ा देखने को मिले तो आप पाएँगे कि वहाँ उपस्थित लोगों के चेहरे पर आनंद की आभा, अलौकिकता, बेखुदी और रोमांच नहीं मौजूद रहते हैं, वहाँ तो उत्सव के उरूज पर पहुँच जाने पर भी लोगों के चेहरे पर थकावट, पिटाई और जर्जरता विद्यमान रहती है, सुस्वादु भोजन का लालच विराजमान रहता है। यह कैसी खुशी है ? यह उनके जीवन की यातना, अभाव, विडंबना की ही एक मार्मिक दृश्यावलि है। जिस ज़िंदगी में इतनी ग़रीबी और भूख हो कि गोश्त की दावत चरम उपलब्धि लगे, उस जीवन की कारुणिकता का अंदाज़ा लगाया जा सकता है।

वे सभी शराब में निमग्न होना चाहते हैं। डूब जाना चाहते हैं। कटोरे-दो कटोरे शराब के लिए झगड़ा कर बैठते हैं। बहुत अधिक शराब पीकर अक्सर वे झगड़ा, शोर, चिल्ल-पों करने लगते हैं। लुढ़क पड़ते हैं। आज़ादी और आनंद का आभास देने वाली ये अभिव्यक्तियाँ वस्तुतः आज़ादी और आनंद नहीं हैं। अधिक शराब पीना और उपर्युक्त प्रतिक्रियाएँ दरअसल क्षत-विक्षत, चुसे हुए वर्तमान को पीछे धकेलने की कोशिशें हैं। ज़बकि आज़ादी और आनंद की अनुभूति के लिए वर्तमान की चेतना अनिवार्य है। वर्तमान का दबाव न हो अच्छी बात है लेकिन वर्तमान न हो तो फिर काम नहीं चलेगा। उन लोगों का उत्सव वर्तमान को मिटाने का उपक्रम है। नतीजा, वे जो ख़ुशी, उल्लास हासिल करते हैं वह यथार्थ नहीं होता है। जैसे कि स्वप्न में आप जन्नत की सैर कर लें या दुनिया के सबसे अमीर बन जाएँ या कलकत्ते का रसगुल्ला खा लें और आँख खुलने पर वैसे के वैसे। कुछ मिनट या कुछ घंटे बाद उसकी याद भी न रहे। यहाँ दलितों का जो बिंब दिमाग़ में है, वह उनका नहीं है, जो शहरों में हैं और अपेक्षाकृत बेहतर आर्थिक-सामाजिक स्थिति में हैं। दलित सोचते ही

मेरी भीतर सन् 1970 के आस-पास के अपने क़स्बे और अपने गाँव के शूद्र याद आते हैं, मज़दूरी जिनके उपार्जन का स्रोत था और विपदा जिनकी प्रमुख पहचान।

लेकिन एक दुविधा है। मेरे साथ भगवान दास पढ़ा करता था जो जाति से चमार था लेकिन उसकी हँसी सुंदर थी और वह लट्टू बहुत अच्छा नचाता था। वह ख़ुशी और रोमांच से भरा हुआ भी कभी-कभी दिखता था। तो क्या वह अपने दुखों से ग़ाफ़िल था अथवा उसने विपरीत परिस्थितियों में भी आनंद बटोरने का कोई इल्म हासिल कर लिया था।

आनंद और मनोरंजन के भेद को समझना पड़ेगा। दोनों ही अनुभूति हैं लेकिन आनंद एक आत्यंतिक प्रक्रिया है जबकि मनोरंजन में बाह्य तत्त्व अधिक होते हैं। आनंद की अनुभूति आपके समूचे अस्तित्व में फैल जाती है, मनोरंजन का असर मस्तिष्क पर अधिक होता है। आनंद के स्रोत अस्पष्ट और कभी-कभी तो अज्ञात भी होते हैं लेकिन वे होते हैं तो पूरा प्रभाव डालते हैं जबकि मनोरंजन के स्रोत आपको पता रहते हैं लेकिन उनका प्रभाव पड़ेगा या नहीं, यह अपरिचित होता है। हो सकता है बोरियत भगाने के लिए आप मनोरंजन के इरादे से कोई तमाशा देखें और ज़्यादा बोर हो जाएँ। मनोरंजन के लिए मनोरंजन की इच्छा उभरती है, पूरी प्रमुखता के साथ। इसीलिए मनोरंजन शोर-शराबा करता हुआ मिलता है। जबकि आनंद के पूर्व आनंद की इच्छा हो, यह जरूरी नहीं है। यदि हुई भी तो प्रमुख नहीं होती है। इसीलिए आनंद मनोरंजन की तरह कहीं से आता नहीं, मिल जाता है। मनोरंजन में गति होती है, आनंद में मंथन। परिणामस्वरूप मनोरंजन में चमक पैदा होती है तो आनंद में ऊर्जा।

बचपन के संदर्भ में हम आनंद और मनोरंजन की अवस्थिति को देखें तो रोचक नतीजे सामने आएँगे। मसलन बच्चों के लिए मनोरंजन का कोई मतलब नहीं होता है। वे आनंद के प्रेमी होते हैं। उनकी उमंग मनोरंजन को भी आनंद में बदल देती है। मनोरंजन की इच्छा की जगह उनमें मनोरंजन का उत्साह होता है। जादू का खेल देखने में कम मज़ेदार नहीं होता। जादू का खेल देखने जाने का उत्साह, यह उत्साह यह मस्ती मनोरंजन को भी आनंद में तब्दील कर देती है। बड़ों के यहाँ मनोरंजन की इच्छा थकान और ऊब से जन्म लेती है। बच्चों में उत्साह और स्फूर्ति भरी हुई होती है। दूसरी बात बड़े अपने लिए ख़ास वक़्त में ख़ास तरह का मनोरंजन चुनते हैं। बच्चे ऐसा नहीं करते। यह नहीं कि तीन हफ़्ते काम करते-करते थक गए तो चलो मूवी देखकर दिमाग़ फ्रेश कर लिया जाए। वह फ़िल्म देखने जाएँ या नौटंकी या जादू उसके पीछे बच्चों का उद्देश्य थकान—ऊब से निजात पाना और फ्रेश होना नहीं होता है, बल्कि विशुद्ध

आमोद की मंशा रहती है।

आनंद एक स्वतःस्फूर्त नियामत है और मनोरंजन तयशुदा। बड़ों के यहाँ तयशुदा कार्रवाई की बहुतायत होती है, बच्चों के यहाँ स्वतःस्फूर्त की। जैसे-जैसे कोई बड़ा होता जाता है, वह न केवल बचपन की संपदा से वंचित होता जाता है अपितु आनंद की संभावनाओं से भी। बड़े होने पर वह आनंद की संभावनाएँ ...ज़्यादातर सैक्स में ही ढूँढ़ने-पाने के लिए अभिशप्त हो जाता है। शेष संभावनाएँ उसके तईं योजनाओं और तिकड़मों के जाल में फँसकर फड़फड़ाने लगती हैं। मसलन खेल को लीजिए। बच्चों के लिए खेल विशुद्ध आनंद की आधारभूमि है। लेकिन बड़ों के लिए नहीं। क्योंकि आनंदबोध की प्राथमिक शर्त है बेख़ुदी। यानी कि खेल आप में विलय कर जाए और आप खेल में। दोनों एकाकार हो जाएँ। उसमें चालाकी न हो। बच्चों का खेल इसी प्रकार का होता है। दूसरी तरफ़ बड़ों के लिए खेल एक साधन है—बहाना है—जीतने का, न हारने का। यश का, सेहत बनाने का अथवा मोटापा घटाने का।

इन्हीं प्रवृत्तियों के चलते एक स्थिति ऐसी भी आ सकती है कि मनोरंजन की सीमित क्षमताएँ भी आपके लिए नष्ट हो जाएँ। मनोरंजन की अल्प स्वतःस्फूर्ति के भी कर्मकांड में बदलने का ख़तरा उपस्थित हो सकता है। इस संकट से अनेक लोग घिर चुके हैं। उनके लिए मनोरंजन के स्रोतों तक जाना मनोरंजन की इच्छा के कारण नहीं ज़िंदगी का एक ज़रूरी दिखावा होता है। कई लोग संगीत आंतरिक आकुलता के कारण नहीं सुनते बल्कि वे संगीत सुनने का प्रदर्शन करते हैं। म्यूजिक कंसर्ट में जाना उनके लिए संगीत प्रेम नहीं आवश्यक कर्मकांड है।

वैसे देखा जाए तो मनोरंजन महत्त्वपूर्ण नियामत है। इसका अभ्युदय मनुष्य के सभ्य होने की शुरुआत पर हुआ और सभ्यता के विकसित होने के क्रम में ही इसका प्रसार भी हुआ। मनोरंजन की अवधारणा आधुनिकता से संबद्ध है। जो समाज जितना आधुनिक होगा, उसमें मनोरंजन का महत्त्व उतना ही ज्यादा होगा।

किसी समाज में मनोरंजन के कौन से रूप अधिक लोकप्रिय हैं, कौन से कम, इसके आधार पर आप उस समाज की समझ विकसित कर सकते हैं। जान सकते हैं कि स्वर्ग या नरक, नदी या नाबदान, किस मंज़िल की ओर यह समाज अग्रसर है। मनोरंजन को समाज की नाड़ी कहा जाए तो अत्युक्ति नहीं होगी।

मनोरंजन की सुलभता ज़्यादा है। आपकी ज़रूरत पर आपको मिल सकता है। पैसे जेब में न हों, फिर भी आप उसे किसी-न-किसी रूप में हासिल कर सकते हैं। गधे की पूँछ में कनस्तर बाँधकर या आत्मीय जन की निंदा करके या सिनेमा हॉल के पोस्टर देखकर। लेकिन आनंद के साथ ऐसा नहीं है। उसकी उपलब्धता आपकी मर्ज़ी और प्रयास से हो ही जाएगी, यह नहीं कहा जा सकता

है। वह वरदान की तरह है, ज़रूरी नहीं कि मिल ही जाए लेकिन मिल गया तो क्या कहना फिर। जबकि मनोरंजन के हासिल होने की गुंजाइश अधिक होती है। क्योंकि वहाँ दोहरी कोशिश होती है। एक तो भोक्ता स्वयं इस इरादे से होता है कि उसे मनोरंजन चाहिए और दूसरी तरफ़ उसका मनोरंजन करनेवाले भी कोशिश करते हैं कि सामने वाले का मनोरंजन हो। गायक, नर्तक, नट, सँपेरे यही कोशिश तो करते हैं। जहाँ मनोरंजन करनेवाला अनुपस्थित रहता है, वहाँ भी उसकी कोशिश तो रहती है। जैसे साहित्य की किताबों में, आडियो-वीडियो कैसेट में।

लेकिन यह तो निश्चित है कि आनंद मनोरंजन से उच्चतर अवस्था है। यह भी कि सभ्यता के साथ-साथ मनोरंजन के स्रोत बढ़ते हैं किंतु आनंद के क्षीण होते जाते हैं। और आनंद के लिए स्रोतों के साथ ही भोक्ता की पात्रता भी होनी चाहिए। कुल मिलाकर यही कह सकते हैं कि आनंद आधुनिक समाज में दुर्लभ होती जा रही संपदा है और मनोरंजन सर्वथा सुलभ। हाँ, अपनी दुर्लभता के बावजूद आनंद असंभव हो, यह स्वीकार नहीं किया जा सकता। क्योंकि कई बार ऐसा भी होता है कि मनोरंजन की ही चरम अवस्था आनंद में तब्दील हो जाती है। जैसे आप संगीत सुनते या नृत्य देखते हैं तो मनोरंजन होता है मगर उसमें निमग्न हो जाएँ और संगीतज्ञ या नर्तक भी अपनी प्रस्तुति में निमग्न हों जाएँ तो निश्चय ही आप आनंद की स्थिति में जा सकेंगे। यही दशा उस कलाकार की भी होगी।

यह सच है कि मनोरंजन आनंद तक पहुँचता है लेकिन यह भी सच है कि हर मनोरंजन आनंद में नहीं बदल सकता है। संगीत, नृत्य, साहित्य आदि मनोरंजन जो रूप ऐसी क्षमता रखते हैं उनकी भी हर प्रस्तुति ऐसा मुमकिन करे, असंभव है। जब सिद्धहस्त कलाकारों की उच्चकोटि की कला का दर्शन होता है, तभी ऐसा घटित होता है।

यहाँ एक दिलचस्प प्रश्न उठता है कि क्या कलाकार और भोक्ता को समान स्तर का आनंद मिलता है ? दोनों में कौन ज़्यादा नफ़े में रहता है ?

भोक्ता का जहाँ तक सवाल है तो वह मनोरंजन और आनंद दोनों को हासिल करता है। लेकिन कलाकार को मनोरंजन मुहैया नहीं होता है। भोक्ता की तरह उसकी यात्रा मनोरंजन से आनंद की न होकर यातना से आनंद की होती है। आनंद से पूर्व सृजन की गहरी पीड़ा से गुज़रता है वह ! हर सृजन के पीछे यातना होती है और सृजन आनंद का सर्वश्रेष्ठ स्रोत है। ज़रूरी नहीं वह सृजन कला ही हो और इसका कोई श्रोता या दर्शक हो। भट्ठी में लोहा तपाकर औज़ार बनानेवाला लोहार, फ़सलें उगानेवाला किसान, बच्चे को जन्म देनेवाली माँ...

ये सब भी अपने सृजन का अनिर्वचनीय आनंद अनुभव करते हैं। हाँ, यह ज़रूर है कि इनके आनंद में पुनरुत्पादकता नहीं है। ये कलाकारों की तरह कला को जन्म देकर दूसरों को आनंद प्रदान करने की महिमा नहीं रखते हैं। न ही ये कलाकारों की तरह अपने उत्पादन से लोगों का मनोरंजन कर सकते हैं।

कुछ जगहें भी मनोरंजक होती हैं। लोग दूर-दूर से कुछ नगरों में मनोरंजन के लिए जाते हैं। वे नगर कभी अपनी कुछ इमारतों के स्थापत्य के लिए, कभी प्राकृतिक सुषमा के लिए, कभी शान-शौकत के लिए, कभी अत्याधुनिकता के लिए तो कभी धुर सामंती शैली के लिए मशहूर होते हैं। कई बार नगरों के लोग गाँवों में मनोरंजन हेतु जाते हैं। वे आदिवासियों के इलाक़े में भी मनोरंजन मनाने चले जाते हैं।

कई बार ऐतिहासिकता, कई बार पौराणिकता के कारण कोई स्थली मनोरंजक हो जाती है। जो नगर इन सबसे महरूम होते हैं, वहाँ बाहर से लोग मनोरंजन हेतु नहीं आते हैं लेकिन कम-से-कम उस नगर के निवासियों के लिए मनोरंजन हेतु स्थायी माध्यम हाज़िर रहते हैं। जैसे कोई फुहारेवाला पार्क, कोई मंदिर, पिक्चर हॉल। लेकिन मेरे क़स्बे में मनोरंजन का इस प्रकार का कोई भी ज़रिया नहीं था। वहाँ किसी महापुरुष की मूर्ति तक नहीं थी।

जबकि क़स्बे में मनोरंजन की उत्कट इच्छा थी और वह स्थायी मनोरंजन के साधन के लिए तड़फड़ा रहा था। उसकी चाहत का अंदाज़ा इससे लगाया जा सकता है कि उसको ज़रा सा मौक़ा मिलता, वह मनोरंजन पर टूट पड़ता था। मेरे क़स्बे से बाईस मील दूरी पर शाहगंज क़स्बा है। शाहगंज को हमारा क़स्बा बड़ी वेदना से देखा करता था। क्योंकि शाहगंज में दो सिनेमा हॉल थे और रेलवे स्टेशन था। मेरे क़स्बे में तो रेलवे स्टेशन भी नहीं था अन्यथा छुक-छुक करती हुई रेलगाड़ियाँ, उनकी सीटी और सवारियाँ, उनके सिगनल, गार्ड, टी.टी. क्या कम मनोरंजक होते ?

मेरा क़स्बा मनोरंजन के लिए कभी बिजेथुआ भी गमन करता था। बिजेथुआ सात मील की दूरी पर स्थित है और हनुमानजी के कारण पुण्य-स्थल है। वहाँ मेला लगता है। क़स्बे में साल में एक दिन दशहरे का मेला लगता था जबकि बिजेथुआ में सप्ताह में दो दिन मेला लगता। ज़्यादातर देवताओं का एक दिन होता है जैसे शंकरजी का सोमवार और सूर्य का रविवार मगर हनुमानजी के दो दिन हैं मंगलवार और शनिवार। तो बिजेथुआ में हर हफ़्ते दो दिन चहल-पहल रहती थी जहाँ मेरा क़स्बा दर्शन करने, मनौती मानने, मनौती पूरी होने पर प्रसाद चढ़ाने, रोट चढ़ाने, घूमने-टहलने जाया करता था। मंगलवार और शनिवार को साइकिलों और इक्कों का हुजूम बिजेथुआ की ओर आ-जा रहा होता था।

मेरे क़स्बे में रिक्शा और ताँगा नहीं थे। संक्षिप्त दूरी की यात्रा का वाहन साइकिलें और इक्का थे। ऐसे में क़स्बे का आदमी शाहगंज या जनपद मुख्यालय सुल्तानपुर जाता तो वहाँ रिक्शा पर बैठना भी उसके लिए मनोरंजन था।

क़स्बा मनोरंजन की अभिलाषा और मनोरंजन के अभाव के द्वंद्व में फँसा था। उसमें मनोरंजन की तलाश इतनी ज़्यादा थी या मनोरंजन का अभाव इतना था कि वह साइकिल सवार के गिर जाने में, पशुओं को मैथुनरत देखकर, सड़क पर लावारिस नवजात शिशु पड़ा पाकर रंजन महसूस करने लगता था।

एक बार तहसील के पास बहुत बड़ी होर्डिंग लगाई जा रही थी 'हम दो हमारे दो' विषय पर। हालाँकि वह कोई बहुत बड़ी नहीं थी लेकिन क़स्बे ने उतनी बड़ी होर्डिंग कभी देखी नहीं थी, बल्कि कल्पना में भी नहीं देखी थी। ज़िला मुख्यालय से आया हुआ पेंटर शायद राजा नल था उसका नाम, उसे तैयार कर रहा था। परिवार नियोजन—लाल तिकोन पर आधारित राजा नल की इस रचना से क़स्बे का भरपूर मनोरंजन हो रहा था। लोग आकर घंटों खड़े होकर अक्षर-अक्षर पर पेंट चढ़ता हुआ देख रहे थे।

बाद में इस विज्ञापन को वैद्यनाथ आयुर्वेद की कंपनी के विज्ञापन ने पछाड़ दिया था। मेरे घर के पीछे से जो मुख्य मार्ग गया था, उसी पर वैद्यनाथ की दवाओं की दुकान थी। पूरी दुकान को उन्होंने नीले रंग में पेंट करके दवाओं की प्रचार-सामग्री दिखाई थी। इतना ही नहीं बग़ल की एक काफ़ी लंबी दीवार पर भी यही कार्रवाई की थी। क़स्बा चकित था। इस अद्भुत प्रचार को देखकर उसकी वाणी मूक हो गई थी।

उसकी शान तब कम हुई, जब ब्लाक की दीवारों पर पेंटिंग हुई। इसमें पीले रंग की पृष्ठभूमि पर प्रचार सामग्री थी। सबसे बड़ी बात, यहाँ पर ख़ूब सारे चित्र बनाए गए थे। किसानों के विशेष रूप से। लहलहाते खेत-खलिहान और मुस्कुराते किसान।

लेकिन ज़ाहिर है कि इश्तिहार कितने भी आकर्षक हों, वे स्थायी मनोरंजन का माध्यम नहीं हो सकते। अगर इश्तिहार में सेक्स और नग्नता न हो तो उनके प्रति आकर्षण जल्दी ही मलिन होने लगता है। यही हुआ परिवार नियोजन, बैद्यनाथ और ब्लाक के इश्तिहारों के साथ। बाद में वे अपनी मनोरंजकता खो बैठे। अब यदि उनका कुछ माहात्म्य था तो यही कि क़स्बे के धूसर रंग की परिपाटी में ये कुछ रंग-बिरंगे थे। ये क़स्बे के कोरे काग़ज़ पर बेल बूटे के दो-चार ठप्पे थे या धुली क़मीज़ पर धब्बे, इसके बारे में क्या कहा जा सकता है।

बहरहाल क़स्बे में मनोरंजन की समस्या यथावत् बरक़रार थी।

पाँच

मैं जो कुछ लिख रहा हूँ, मेरे और क़स्बे के जीवन के उस हिस्से का है जो तीस साल से अधिक पहले था। तमाम दृश्यों की कतरनों को बिखेर दिया है मैंने एक दृश्य रचने के लिए। एक अखंडित अनुभव रचने के लिए अनेक अनुभवों के टुकड़े कर डाले हैं मैंने। शायद यह सच नहीं है। क्योंकि मेरे पास तो बचा ही रह पाया है अनुभव का कोई अंश। दरअसल संस्मरण कभी भी पूर्ण सत्य नहीं हो सकते हैं। क्योंकि लिखनेवाले के पास पूरी की पूरी याद नहीं बची रह पाती है। कभी उसकी पूँछ पकड़ में आती है, कभी कोई हाथ या कभी उस हाथ की सिर्फ़ उँगलियाँ या कभी-कभी एक उँगली भर। अब उसी के सहारे लेखक बाक़ी को खोजता है या कभी-कभी गढ़ता भी है। यदा-कदा ऐसा भी होता है कि समय की बारिश में आपकी याद के रंग घुल जाते हैं, कोई हल्का सा रंग या रंग का धब्बा भर बचा रह पाता है। अब उस पर फिर से रंग भरना ही संस्मरण लिखना है। जैसे आपकी लिखी कोई कविता या कहानी गुम हो जाए, अगर वह कुछ-कुछ याद हो, उसे फिर से लिखेंगे तो वह हू-ब-हू नहीं होगी। यह भी हो सकता है कि वह मूल से ख़राब हो या ज़्यादा अच्छी।

आख़िर उपाय क्या है पूर्ण सत्य को प्रकट करने का। यदि आज से बत्तीस-तैंतीस वर्ष पहले, मैं क़स्बे और स्वयं के विषय में लिखे इन्हीं विवरणों को बताता तो उनका स्वरूप क्या होता ? वे पुरानी जगहें, घटनाएँ, लोग, अनुभूतियाँ तब इतनी पुरानी न थीं। वे समय की गर्द से ढँकी भी नहीं थीं। समय की बारिश से उनके रंग भी नहीं उड़े थे। तब वे ताज़ा थीं और चमचमा रही थीं लेकिन दो-तीन-चार-पाँच या छह वर्ष का मैं उन्हें उनकी पूरी समरूपता के साथ बता नहीं सकता था। सच यह है कि मैं कुछ भी न बता पाता। दो-चार पंक्तियों में कुछ गूँ-गाँ करता मगर

वे किसी काम की न होतीं। तो अनुभव को प्रकट करने के लिए उस अनुभव से भी ज़्यादा ज़रूरी कोई चीज़ है ? कहा जा सकता है कि अनुभव से ज़्यादा महत्त्व अनुभव की याद का होता है अभिव्यक्ति की दृष्टि से। क्योंकि जब कोई अनुभव होता है तो वह हमारे इंद्रिय-तंत्र पर पड़नेवाले प्रभावों का कबाड़ होता है। उस समय इतनी मोहलत नहीं होती कि आप उसकी सूक्ष्म अंतर्ध्वनियों को और उसकी रेखाओं-रंगों की पहचान कर सकें। कहने में कोई हिचक नहीं कि तुरंत-तुरंत ग्रहण किए हुए अनुभव को भी बयान करने के लिए आपको प्रभावों के कबाड़ से कुछ ढूँढ़ना पड़ता है। उसे तरतीब देनी पड़ती है। ज़ाहिर है यह काम बिना पूर्व के अनुभवों के अभ्यास से संभव नहीं है। कहने का अर्थ कि अनुभव की याद में रूपांतरित हुए बिना उसका बयान मुमकिन नहीं। याद चीनी है। मेवे-दूध-आँच से बनी खीर में चीनी न होने से जो होता है वही अनुभव, कल्पना, विचार, संवेदना से बनी रचना में याद के न होने से होता है। याद नमक है। दाल में नमक न हो तो ? लेखक-कवि के पास स्मृति न हो तो ?

फिर हम बड़े होने पर प्राप्त अनुभवों पर कभी-कभी सुंदर कैसे लिख लेते हैं ? सम-सामयिक घटनाओं, चरित्रों पर अच्छी कहानियों-कविताओं-उपन्यास का सृजन कैसे हो जाता है कभी-कभी ? यहाँ मैं कहना चाहूँगा कि स्मृति के बिना नहीं होता है यह। जो रचनाएँ याद के बिना रची जाती हैं, वे दो कौड़ी की, क्षणभंगुर, अख़बारी होती हैं। अच्छी सृजनात्मकता के लिए आवश्यक है कि आप अपने सम-सामयिक घटनाओं, चरित्रों, अनुभवों को याद की नदी में फेंक दें। उसमें नहाकर जब वे रचना में लौटेंगे तो साफ़-सुथरे, भीगे हुए, स्फूर्त, गतिशील होंगे और इनमें नदी नहाने का पुण्य भरा होगा। जैसे नदी का जल उस नदी के दूर-दूर तक के जल से जुड़ा होता है, जैसे बनारस की गंगा का पानी हरिद्वार की गंगा के पानी को छूता है, वैसे ही स्मृति में स्नान करने पर अनुभव अनंत अनुभवों से जुड़ जाते हैं।

याद कुछ और भी है। वह अनुभव को संवेदना तक पहुँचानेवाली सीढ़ी है। संवेदना अनुभव का स्वर्ग है और स्वर्ग तक उसे पहुँचाती है स्मृति की सीढ़ी। यह बढ़ई की बनाई हुई सीढ़ी नहीं है जिसके कि सभी चरण बराबर और तरतीबवार हैं। जिसके चरणों की गिनती की जा सकती है। इस सीढ़ी में वे असंख्य हैं। पहला चरण यहाँ है तो अगला वहाँ। यह पूरब में है तो वह पश्चिम में। बारहवीं सीढ़ी उजाले में है तो चौदहवीं घोर अंधकार में है तो एक खोह में। जैसे असंख्य यादें हैं, नक्षत्र हैं, वैसे ही अनगिनत चरण हैं इस सीढ़ी के।

संचित अनुभवों को ही तो अमूमन स्मृति माना जाता है। कौन ऐसा है, जिसके पास संचित अनुभव या स्मृति नहीं है। फिर सभी कविता, उपन्यास, कहानी क्यों नहीं लिख पाते। यहाँ तक कि संस्मरण लिखने को कहा जाए तो

क्या सारे पढ़े-लिखे संस्मरण लिख लेंगे? नहीं, तो स्मृति होते हुए भी क्यों असंभव या मुश्किल हो जाता है, लिखना ?

लिखने के लिए या लेखक होने के लिए ज़रूरी है वह रसायन, जो स्मृति को अनुभव बना दे। अनुभव जो स्मृति बन चुका था, उसके पुनः अनुभव बन जाने की कला ही रचना है। अनुभव की अनुभव तक की इस यात्रा में स्मृति एक पड़ाव है और वहीं पर होती है सारी की सारी कीमियागीरी। इस प्रक्रिया के बारे में मुक्तिबोध ने अपने एक निबंध में कहा है कि बाह्य को आभ्यंतरीवस्था और आभ्यांतरीकृत होने के बाद पुनः उसका बाहर प्रकट होना ही रचना है।

अनुभव जब थककर निढाल हो जाते हैं तो स्मृति बन जाते हैं। स्मृति अनुभव का विश्राम है। सामान्य लोगों में स्मृति की नींद नहीं टूटती, पर कलाकार स्मृति को जगा देता है। स्मृति जाग जाने पर पुनः अनुभव बन जाती है। रचना में मौजूदा अनुभव और स्मृति से पृथक् भी बहुत कुछ दाख़िल हो जाता है, वे क्या चीज़ें हैं ? वे स्मृति के स्वप्न हैं। हमारे वर्तमान की हलचलें रूप बदलकर स्मृतियों के स्वप्न में प्रवेश करती हैं। स्मृतियों के रहस्यलोक में जाकर हमारा वर्तमान यथार्थ का भविष्य बन जाता है। स्मृतियाँ उसको अपनी पलकों में बंद कर, मुट्ठी में छिपाकर और सिर पर ढोकर लाती हैं और रचना को दे देती हैं और जिस रचना में स्मृतियों की उक्त सौग़ात जितनी ही ज़्यादा होती है, वह उतनी ही श्रेष्ठ होती है। स्मृति से रचना उत्कृष्ट बनती है लेकिन यदि उसमें स्मृतियों के उपहार भी आ जाते हैं तो रचना महान् बन जाती है। अनुभव, स्मृति, स्मृति के उपहारों का विविधतापूर्ण संसार है—रचना।

क्या ऐसा नहीं लगता कि हमारी कल्पनाएँ हमारी स्मृति के स्वप्न हैं। हमारे स्वप्नों में हमारी स्मृतियाँ होती हैं। या कई बार इच्छाएँ होती हैं। रोज़मर्रा की ज़िंदगी में आदमी जो स्वप्न देखता है उसमें आशंकाएँ और इच्छाएँ ही तो ज़्यादातर प्रकट होती हैं। आदमी की कोई इच्छा कई बार कई साल भटकती रहती है। इच्छाएँ प्रेतात्माओं की तरह होती हैं। कहा जाता है कि प्रेत अपनी मुक्ति के लिए भटकते हैं। इच्छाएँ भी मुक्ति के लिए भटकती रहती हैं। जैसे प्रेत का भटकना सब नहीं देखते, वैसे ही इच्छाओं का भटकना अदृश्य होता है। पर वे भटकती रहती हैं। दर-दर की ठोकरें खाती हैं। कभी सो जाती हैं तो कभी उठकर फिर चलने लगती हैं। एक दिन जब वे थककर पस्त हो जाती हैं, बेहोश हो जाती हैं, तब वे आदमी के सपनों में आती हैं। और सपने में आते ही उनकी मुक्ति हो जाती है। स्वप्न बन जाना इच्छा का मोक्ष है।

समकालीन कविता में जो कला का सच है, वह स्वप्न से बहुत सादृश्य रखता है।

खिड़की के बाहर और भीतर भी
साथ-साथ चलता था अँधेरा
साथ-साथ दौड़ने की कोशिश करता था
एक कुत्ता, एक सियार
एक पक्षी और एक संशय

–देवीप्रसाद मिश्र

बैठे हैं हम
गोल में
पहाड़ पर
खेलने आइस-पाइस

हमने कहा
नदी आइस-पाइस
पेड़-पौधे हरियाली आइस-पाइस
आइस-पाइस बादल
तूफ़ान आइस-पाइस

हम ताक में हैं कि
कह दें
मौत आइस-पाइस

–बद्रीनारायण

उपर्युक्त दोनों उदाहरणों के रचयिता आधुनिक हिंदी कविता के सर्वाधिक चर्चित युवा कवियों में हैं और आप देखिए कि बस की खिड़की के बाहर और भीतर भी अँधेरा साथ-साथ चल रहा है। एक कुत्ता और एक सियार भी बस के साथ दौड़ रहे हैं। एक पक्षी भी बस की रफ़्तार में उड़ रहा है और उसी गति में चल रहा है संशय। अब यह अखंडित बिंब एक स्वप्न-सा नहीं लगता। जीवन में इस प्रकार का बिंब नहीं दिखेगा। ख़ास तौर पर संशय का 'दौड़ने की कोशिश करना' कैसे होगा। पर कविता में यह संशय है और स्वप्न में। दोनों ही जीवन के सच से तैयार होते हैं और बाद में स्वायत्त हो जाते हैं।

इसी प्रकार बद्रीनारायण की कविता को लें–बद्रीनारायण बिहार प्रांत के हैं और उनकी उच्च शिक्षा उत्तर प्रदेश के इलाहाबाद में हुई और तब से वहीं रह रहे

हैं। लेकिन उनकी कविता में पहाड़ पर गोल बनाकर बच्चे बैठे हुए हैं। और आइस-पाइस खेल रहे हैं। इस खेल में कोई बच्चा विरोधी को छूकर कहता है आइस-पाइस और ऐसा होते ही छूनेवाला बच्चा जीत जाता है और सामनेवाला परास्त। लगता तो यह भी है कि ये बच्चे नहीं, बड़े हैं जो प्रतिरोध की शक्ति अर्जित करने के लिए बचपन के रूपक में चले आए हैं। बहरहाल...आइस-पाइस एक अकेला बच्चा बोलता है लेकिन बद्रीनारायण की कविता में लोग गोल बनाकर यानी कि संगठित होकर पहाड़ पर बैठे हैं और वे सामूहिक रूप से नदी, पेड़-पौधे, हरियाली, बादल, तूफ़ान को आइस-पाइस बोल देते हैं।

तो यह जो नदी, पेड़-पौधों, हरियाली, बादल, तूफ़ान और मौत से आइस-पाइस का खेल है, स्वप्न की संरचना का हिस्सा नहीं लगता क्या ! यहाँ मैं लक्षणा और व्यंजना में नहीं कह रहा हूँ कि कविता मनुष्य के सपनों का दस्तावेज़ है। मैं अभिधा में कह रहा हूँ और उसका आशय यही है कि काव्य और स्वप्न काफ़ी मिलते-जुलते हैं। इस तथ्य को युवा कवियों से ही नहीं बल्कि संस्कृत काव्य और अन्य भाषाओं की कविताओं से गुज़रते हुए हम कबीर, सूरदास, तुलसीदास, रीतिकालीन कवियों, जयशंकर प्रसाद, निराला आदि की कविताओं में भी देख सकते हैं।

यह स्वप्न और सृजन में ही मुमकिन है कि आप अपने समय में रहें या ज़रूरत पड़ने पर आपके सामने महाभारत का युद्ध होने लगे। आप गौतम बुद्ध के सान्निध्य में पहुँच जाएँ, प्रस्तर युग के आदि मानव बन जाएँ। यह भी संभव है कि आप सन् 4003 की किसी तारीख़ को अंतरिक्ष में आराम करते हुए कॉफ़ी पी रहे हों। यह भी स्वप्न और सृजन में ही संभव है कि पुरखे, ध्वंसावशेष—सब जीवित हो जाएँ। आप अपने बचपन में पहुँच जाएँ और अपने बच्चों को वृक्ष के रूप में देखने लगें। सृजन से जब कोई गुज़रता है, कविता-कथा पढ़ता या चित्र देखता है तो उसे अनुभव होता है कि वही सच है। इसी तरह स्वप्न भी यही बोध जगाता है कि वही सत्य है। एक सच्ची कला और एक गझिन स्वप्न आप पर वशीकरण कर देते हैं। आप बस उसी के होकर रह जाते हैं। यह विभ्रम यथार्थ से भी अधिक वास्तविक लगने लगता है।

अमृता शेरगिल, बेन्द्रे, मनजीत बावा समेत तमाम आधुनिक चित्रकारों की पेंटिंग को देखें तो उनका जीवन, स्वप्न से मिलता-जुलता लगता है। उनके रंग और आकृतियाँ स्वप्न के रंगों तथा आकृतियों से सहमेल करती हुई दिखती हैं। और सबसे प्रमुख बात कि चित्रकारों की रचनाओं का जो एक समूचा वातावरण बनता है, वह स्वप्नलोक से सादृश्य रखता है। चाहे चित्र में उदास, मंथर, अस्वाद हों या बहुत तीखे नुकीले और चमकदार—ये सभी आपके जीवन से ज़्यादा स्वप्न की बनावट और बुनावट का अहसास भरेंगे।

वैसे चित्रकला हो या कविता या उपन्यास और कहानी--इन माध्यमों की जो श्रेष्ठ रचनाएँ हैं उनको यदि हम ग़ौर से देखें तो पाएँगे कि वे प्राकृतिक या घरेलू प्रकाश में नहीं उपस्थित होती हैं। इसे थोड़ा स्पष्ट करना ज़रूरी है...।

कविता, कहानी, पेंटिंग में प्रकाश की एक व्यवस्था होती है, जिसकी तरफ़ अमूमन लोगों का ध्यान नहीं जाता है, हाँ, उनकी वजह से रचना के आस्वाद पर जो असर पड़ता है, उसे ज़रूर महसूस किया जाता है। जैसे थिएटर में प्रकाश व्यवस्था का पर्याप्त योगदान होता है किंतु दक्ष दर्शकों को छोड़ दें तो आम दर्शक तो अभिनय, संवाद और कहानी में इतना मगन हो जाता है कि वह प्रकाश की भूमिका को अलग से व्याख्यायित नहीं करता है कि वह अच्छी है या बुरी। हम अपने रोज़मर्रा जीवन में देखें। जब दो लोग आपस में बैठे बात कर रहे हैं कमरे में तो वहाँ कमोबेश एक प्रकाश व्यवस्था भी होती है जिसका पता नहीं चलता है मगर वह दोनों के बीच के रिश्ते पर, वार्ता के शब्द चयन पर, मुलाक़ात के नतीजे पर मद्धिम ही सही असर डालती है। इसीलिए आजकल महँगे होटलों में, रिज़ार्ट में, कुलीन घरों में रोशनी को लेकर काफ़ी चौकन्नापन देखने में आ रहा है।

निर्मित प्रकाश व्यवस्था के साथ ही रचना की अपनी संरचना से भी एक प्रकाश व्यवस्था उत्पन्न होती है। जिसे आप देख नहीं सकते, सिर्फ़ अनुभव कर सकते हैं। जैसे आप कुछ दोस्त परस्पर बैठे हों तो आप कुछ अँधेरा या कुछ रोशनी जैसे महसूस कर सकते हैं। या हम कभी जेब में हाथ डाले हों और महसूस करें तो लगेगा कि हमारी जेब में भी प्रकाश है। आप मुट्ठी को बंद करें और उसके भीतर के अँधेरे या रोशनी के बारे में सोचें तो क्या लगेगा ?

इसी तरह सृजन में होता है। हर सृजन एक ख़ास तरह के आलोक में सृजित होता है और ख़ास तरह का आलोक निर्मित करता है। औसत रचनाएँ या घटिया, अक्सर एकदम से तीव्र रोशनी में उजागर होती हैं और वैसी ही रोशनी पैदा करती हैं। जैसे कोई नौसिखुवा फ़ोटोग्राफ़र खुली धूप में फ़ोटो खींचे हो। या जैसे मेरे बचपन में एक फ़ोटोग्राफ़र स्टैंड पर लगे बक्सा जैसे कैमरे पर काला कपड़ा उढ़ाकर दो मिनट में चटपट फ़ोटो उतारता था...।

लेकिन जो उच्चकोटि का सृजन होता है, वह जिस प्रकाश के संतुलन में रचा जाता है और वह स्वयं जिस प्रकाश रूप की सृष्टि करता है, दोनों ही दिखते नहीं, सिर्फ़ उनका बोध होता है। आप संसार की कोई महान् रचना का अवलोकन करें, आपको लगता नहीं कि वह अँधेरे और उजाले में बसी है। थोड़ा सा अंधकार और थोड़ा सा प्रकाश का सहमेल हर अच्छी रचना में मिलेगा। एक घोर अँधेरे वातावरण की कृति में भी आप पाएँगे कि कुछ-कुछ प्रकाश-सा झर रहा है। इसी तरह आह्लाद और रोशनी में नहाई हुई कृति में भी ध्यान दें तो लगेगा कि

जैसे अनेक रंध्रों से अँधेरा रिस रहा है। कई रचनाओं में अँधेरे-उजाले का उक्त मिलाप धूसर असर उत्पन्न करता है। कई में आपको वार्निश जैसा, कुछ में सीपिया, कुछ में तैलीय, कुछ में अलग क़िस्म का प्रभाव मिलेगा। लेकिन ध्यान रहे कि यह प्रभाव किसी स्वतंत्र रंग का नहीं होगा। मिलाप के बाद स्वतंत्र रंग की संभावना संभव नहीं होती है। निराला की 'बादल राग' या 'इलाहाबाद के पथ पर' जैसी कविताओं को लें जो ऊँचे स्वर की हैं, 'सरोज स्मृति' को लें जो गहरे दुःख की कविता है, इन सभी को यदि रंग के माध्यम से परिभाषित करने के लिए कहा जाए तो क्या कोई एक रंग बताया जा सकता है? कोई भी पक्का रंग नहीं होता किसी सशक्त कृति का। किसी एक ही रंग से रची हुई चित्र रचना का भी असर एक रंग जैसा नहीं होता है। और चटख़--आँखों को चुँधिया देनेवाला तो क़तई नहीं होता है। आप ओज से युक्त श्रेष्ठ कविताओं को बंद आँखों और खुले दिमाग़ से सुनें तो वहाँ भी थोड़ी छाया रिस रही होगी। या घोर तकलीफ़ के साहित्य में रोशनी झर रही होगी। कालिदास की 'कुमार सम्भव' जैसी महानतम ऐंद्रिक रचना भी, लगता है सीपिया रंग के वातावरण में खिली और खुली है।

अब सोचिए, इसी तरह का प्रभाव, इस तरह का वातावरण या रंग या प्रकाश व्यवस्था स्वप्न में भी नहीं होती क्या ? क्या कोई अपने किसी सपने के बारे में कह सकता है कि उस वक़्त केवल उजाला था या निपट अंधकार में रचित था वह सपना। नहीं कह सकता है, क्योंकि स्वप्न भी कला रचना की भाँति अंधकार और उजाले की परस्पर अंतर्क्रिया से तैयार पृष्ठभूमि में प्रकट होते हैं।

सृजनात्मक साहित्य को कई अर्थों में लीला कह सकते हैं। यानी कि यह यथार्थ जगत् का एक प्रति-संसार रचाता है जो वास्तविक होने का भ्रम पैदा करता है किंतु वह सौ फ़ीसदी वास्तविक नहीं होता है। इसी मायने में वह जीवन से निःसृत होने के बावजूद जीवन से स्वायत्त भी होता है। यह यथार्थ का नाट्य है।

लीला हमेशा सच्चाई से अधिक आकर्षक, प्रभावोत्पादक और सूझ भरी होती है। लीला जादूगर की हो या ईश्वर की, या लेखक की...हमेशा वास्तविक जगत् के सत्व को सोखकर अभूतपूर्व सत्व रचती है। वह माया होती है, पर सत्य से भी ज़्यादा सत्य होती है।

और स्वप्न ! वह भी तो एक माया...एक लीला है। यथार्थ को सोखकर अपना रूप धारण करता है स्वप्न। यथार्थ की खाद-मिट्टी से उगता है स्वप्न। मनुष्य की आशंकाओं और इच्छाओं के गर्भ में पलता है स्वप्न।

तो क्या निःसंकोच कहा जा सकता है--सृजन जागृत मनुष्य के स्वप्न हैं और स्वप्न बेसुध इंसान के सृजन ?

स्वप्न को सृजन का दर्जा हर्गिज़ नहीं दिया जा सकता। कोई किसी भी स्वप्न के बारे में नहीं कह सकता कि वह एक कविता या कविता की तरह था। कोई कविता स्वप्न जैसी हो सकती है लेकिन स्वप्न कभी कविता का पद नहीं हासिल कर सकता है। इसी प्रकार वह कहानी-उपन्यास-चित्रकला का पद नहीं पा सकता है। हालाँकि जिस प्रकार रचना की व्याख्या होती है, प्रकट अर्थ के पार उसके जो अर्थ होते हैं उनकी विवेचना होती है, उसी प्रकार स्वप्न की भी व्याख्या होती है। स्वप्न की व्याख्या में कई बार मनोविज्ञान, समाजशास्त्र, ज्योतिष शास्त्र के गूढ़ अध्ययन तक का सहारा लिया जाता है। और ऐसी राय क़ायम की जा सकती है कि स्वप्न और रचना इस मायने में सहोदर हैं कि दोनों ही मनुष्य के आत्यंतिक प्रभावों का प्रतिबिंबन हैं। दोनों ही बाहरी जगत् द्वारा मनुष्य के भीतर पहुँचकर जटिल कीमियागीरी के बाद नए रूप में बाहर हाज़िर होते हैं। फिर भी यह क़तई नहीं कहा जा सकता है कि स्वप्न, एक रचना है।

आख़िर क्या वजह है कि स्वप्न को रचना की मान्यता नहीं मिल सकती है ?

कुछ तो स्थूल कारण हैं :

स्वप्न अल्पायु होता है। वह अमूमन आँख खुलते ही मिटने लगता है। कुछ ही देर में समाप्त हो जाता है। रचना उम्रदराज़ होती है।

रचना के एक से लेकर असंख्य भावक हो सकते हैं और यह स्थिति एक ही समय में साथ-साथ संभव है किंतु किसी एक स्वप्न का एकाधिक लोगों द्वारा देखा जाना असंभव-सा है।

एक का निर्माण जागने पर ही मुमकिन है, दूसरे का सो जाने पर ही।

रचना का निर्माण ऐच्छिक है, रचनाकार चाहे तो न रचे। इसी तरह उसको ग्रहण करना भी मानव की इच्छा पर निर्भर है। यानी कि वह अपरिहार्य नहीं है किंतु स्वप्न देखना, न देखना व्यक्ति की इच्छा पर टिका नहीं है। जहाँ तक स्वप्न के सर्जक का प्रश्न है तो आज तक इसकी शिनाख़्त नहीं हो सकी है कि क्या सपनों का कोई स्रष्टा है ? कौन रचता है ?

रचना का पुनर्सृजन हो सकता है लेकिन स्वप्न का ?

विभेद की इन सपाट वजहों के अतिरिक्त स्वप्न तथा सृजन में कुछ संश्लिष्ट फ़र्क़ भी हैं, जिन पर विस्तार से चर्चा की जा सकती है किंतु वह हमारा अभीष्ट नहीं है। क्योंकि हमारा विषय स्वप्न और सृजन की भिन्नताओं पर न केंद्रित होकर दोनों की अद्‍भुत समतुल्यता पर है और जब हम दोनों की भिन्नता की स्थूल या सूक्ष्म वजहों की निशानदेही करते हैं तो एक तरह से हम उनके बीच के सादृश्य की ही विवेचना कर रहे होते हैं...कुछ अलग कोण से।

स्वप्न सृजन जैसा हो सकता, यदि उसमें सृजन की भाँति मनुष्य का श्रम

और राग जुड़ा होता। पर वह तो केवल प्रकट होना जानता है, रचना की यातना और सुख के बिना वह प्रकट होता है। हाँ, उसे यदि सृजन होने की उत्कट इच्छा हो, जैसी कि कई स्वप्नों में होती है, तो उस स्वप्न को सृजन में शामिल होना पड़ेगा। ठीक वैसे जैसे ईश्वर को लोकप्रिय और दीर्घायु बनने के लिए साहित्य-कला की ज़रूरत पड़ी। लगता यही है कि यदि ईश्वर को कला-साहित्य ने पनाह न दी होती तो वह भी एक स्वप्न होता। वह एक इच्छा अथवा आशंका होता जो स्वप्न बन जाता।

लेकिन यह भी सच है कि अधिसंख्य उत्कृष्ट रचनाएँ हैं जिनमें स्वप्न शामिल हैं। हालाँकि ये स्वप्नद्रष्टा के स्वप्न हैं न कि स्वप्न-भोक्ता के। हम यहाँ स्वप्नदर्शियों के सपनों पर चर्चा नहीं कर रहे हैं। हम तो उन सपनों पर विमर्श कर रहे हैं जिनके लिए हम मात्र भोक्ता हैं। यानी कि उन पर हमारा कोई नियंत्रण नहीं मगर उसे देखने के लिए बाध्य। और कभी-कभी ही सही, ये सपने भी सृजन में दाख़िल हो जाते हैं।

और अब 'स्मृति के स्वप्न' पर। यानी कि 'कल्पनाओं' पर, जो हमारी स्मृति के स्वप्न हैं।

श्रेष्ठ सृजनात्मक साहित्य का कोई भी ऐसा उदाहरण न होगा जो श्रेष्ठ हो और उसमें कल्पना का इस्तेमाल न हो। हम ऐसे भी कह सकते हैं कि जब तक अनुभव तथा विचार में कल्पना की छौंक नहीं लगती, वे कला या कलात्मक संवेदना का रूप नहीं धर पाते हैं। कल्पना का स्रोत क्या है ? कैसे जन्मती हैं कल्पनाएँ हमारे भीतर ? वे हमारे अनुभव से उपजती हैं, ऐसा तो नहीं लगता। वे विशुद्ध रूप से हमारे विचार हों, ऐसा भी नहीं लगता। फिर वे कैसे अस्तित्व में हैं और उनका स्रोत क्या है।

कल्पना से ही कला में जीवन की पुनर्रचना हो पाती है। अपने अनुभवों के स्मृति बनते ही हम उन्हें भुलाना शुरू कर देते हैं। स्मृति वह नहीं जो हमेशा याद रहे। स्मृति तो ऐसी है जो याद नहीं रहती और कभी यकायक सामने आ जाती है। उसके उपस्थित होने पर बाक़ी सभी कुछ भूल उठता है, केवल वह स्मृति छायी रहती है। जब तक हम स्मृतियों को पुकारते नहीं, वे चुपचाप कुछ बुनती रहती हैं। वे अपने एकांत में होती हैं और रहस्यमय लोक में उड़ान भरने लगती हैं। जैसे हम स्वप्न में उड़ान भरते हैं, वैसे ही स्मृतियाँ रात-भर क्या स्वप्न देखती होंगी ! स्वप्न न भी कहें तो भी यह सच है कि मनुष्य की जो कल्पनाएँ हैं, वे वर्तमान से बावस्ता नहीं दिखतीं। आप चाहे किसी प्रकृति की कल्पना करें या

भयंकरता की, चमत्कार की करें या अपूर्व सुंदरी की। आप उसका स्वरूप वर्तमान से नहीं गढ़ते हैं या पीछे या आगे के समय में ग़ोताख़ोरी पर ही कल्पना बनती है। एक बहुत आगे के समय में बिना पीछे के समय में डूब जाया जा सकता है। जब हम अंतरिक्ष की कल्पना करते हैं तो क्या हमारे दिमाग़ में सबसे पहले हमारे मिथक नहीं उभरते हैं। हमारा कहने का आशय यह है कि कल्पना कैसी भी हो स्मृति के बगैर उसकी 'कल्पना' नहीं की जा सकती है। यहाँ तक कि आप शोक, सहवास, किसी की स्थिति के बारे में कल्पना करें, बिना स्मृतियों की पोटली खोले संभव नहीं है।

मगर यह भी सच्चाई है कि कल्पना और स्मृति एक ही चीज़ें नहीं हैं। कल्पना के लिए स्मृति अनिवार्य है मगर वह स्मृति नहीं है। इसी बिंदु पर लगता है कि कल्पनाएँ स्मृति के स्वप्न हैं। स्मृतियाँ अगर न होतीं तो कल्पनाएँ भी न होतीं। कल्पनाएँ स्मृति के स्वप्न इसलिए भी हैं कि मनुष्य की स्मृति यथार्थ है, वह सच्चाइयों का संचित रूप है किंतु कल्पना गल्प है। स्वप्न भी तो किसी सच्चाई का गल्प है। स्मृति ही वह सच है, स्वप्न जिसका गल्प है।

प्रायः कला में स्मृतियाँ विशुद्ध और निर्दोष नहीं आती हैं। वे अपने साथ अपने थोड़े से सपने भी ले आती हैं। कई बार लगता है कि कला में वे अकेली हैं लेकिन ऐसा होता नहीं है। वे अकेली होने की मरीचिका बनाती हैं। दरअसल उस समय वे अपने सपनों को भाषा में छिपा दी होती हैं। उन्हें ज़्यादा शरारत की सूझती है तो वे अपने सपनों को भाषा में नहीं भाषा की लय में छुपा देती हैं। भाषा में जो अंतराल होता है उसमें, भाषा में जो अदृश्य भाषा हुआ करती है उसमें छुपा देती हैं।

जब हम कहते हैं कि कला-विरोधी समय है, साहित्य के लिए अनुकूल स्थितियाँ नहीं हैं, तो एक तरह से कह रहे होते हैं कि स्मृति और कल्पनाओं पर बर्बर अत्याचार का युग है। जैसे आज के उपभोक्ता-समाज को लीजिए...ऊपर से लगता कि यह कला-साहित्य-संस्कृति के लिए उदासीन और क्रूर है। आधुनिकता ने लोक-कला, लोक-साहित्य, लोक-संस्कृति को बर्बाद किया और यह उत्तर आधुनिक ज़माना कला, साहित्य, संस्कृति को ही नेस्तनाबूद करने पर तुला हुआ है। पूँजीवाद यदि लोक-तत्त्व को चौपट कर रहा था तो कई बेशक़ीमती चीज़ों को जन्म भी दे रहा था, जैसे गद्य और उसमें अभिव्यक्ति के विभिन्न रूप। यदि वह 'मेघदूत' रचे जाने की उम्मीद पर पानी फेर रहा था तो वह राग दरबारी, अँधेरे में, मैला आँचल रच रहा था, जो मेघदूत के वक़्त में अकल्पनीय था। मगर यह उत्तर पूँजीवाद तो बाँझ हत्यारिन है। यह कला का संहार कर रही है और कुछ बेहतर को जन्म भी नहीं दे रही है। यह ईंट-पत्थरों, चाक़ुओं से गर्भवती

है। यही चीज़ें इसके गर्भ में पलती हैं और जन्म लेती हैं।

स्मृति को उजाड़ने की प्रक्रिया जारी है इन दिनों। ये विचारधारा, इतिहास आदि के अंत का जो चलन है, यह दरअसल स्मृति के अंत की योजना है। विचार की और इतिहास की, कविता की धुरी है स्मृति। ज्ञान की भी धुरी है स्मृति। सामाजिक सद्‌भाव और सामाजिक व्यवहार की धुरी है स्मृति। अतः यदि इन सबको नष्ट करना है तो स्मृति पर आक्रमण करो। इस घिनौने कार्य को अंजाम देने के लिए एक शब्द चुना गया—स्वतंत्रता। हर चीज़ से मुक्ति का उत्सव मनाया जा रहा है—नैतिकता, मूल्यों, सत्य से मुक्ति का उत्सव तो दूसरी तरफ़ बेईमानी करने, हत्या करने, भ्रष्टाचार, बलात्कार, घूसख़ोरी करने की स्वतंत्रता का जश्न चल रहा है। पर इसी चीज़ को बाज़ारवादी कलात्मक ढंग से परोस रहे हैं। जैसे घटिया उपभोक्ता सामग्री भी ख़ूबसूरत और कलात्मक शिल्प के विज्ञापन के ज़रिए परोसी जाती है।

'स्वतंत्रता' क्या कर रही है। आपको घर बैठे लगभग मुफ़्त मनोरंजन की सुविधा है। चौबीस घंटे टी.वी. प्रोग्राम देखिए। लेकिन जब चौबीस घंटे चलेंगे प्रोग्राम और होंगे चौंसठ चैनल तो उनकी कितनी चीज़ें स्मृति बन सकेंगी। यदि किसी अच्छी चीज़ की स्मृति बनती भी है तो असंख्य घटिया चीज़ें उस स्मृति का गला दबा देती हैं। स्मृति के विरुद्ध व्यूह रचना के कई स्तर हैं। एक समाज में इतना मामूलीपन भर दो कि विशेष बचे ही न। बचे भी तो मामूलीपन की भीड़ में गुम हो जाए। दूसरे घटिया चीज़ों को भी अद्वितीय कहकर बार-बार सामने रखो, तो न घटिया की स्मृति बचेगी न श्रेष्ठ की। एक और भयंकर बात, स्मृति के ख़ज़ाने से एक-एक कर स्मृति को निकालो और उसे इतना विकृत कर दो या उसे अत्यंत मामूली चीज़ का सहायक बना दो कि वह अपनी पहचान खो दे। आजकल लोकगीतों, लोरियों को बदशक्ल बनाने का दुस्साहस इसी का नतीजा है। फिर तमाम उपभोक्ता सामग्रियों को बेचने के लिए स्त्री की सुंदरता, भारतीय गृहणी, गहन आवेगों-भावनाओं, प्रकृति, प्रतिरोध, इतिहास आदि को माध्यम बनाया जाना अपनी व्यथा-कथा स्वयं कहते हैं। सैकड़ों वर्षों की स्मृतियों के निचोड़ के बाद मूल्यों के कई 'मदर टिंचर' बनते हैं, स्मृतियों की इन महान् उपलब्धियों को भी चपेट में लिया जा रहा है। कहा जा रहा है कि 'सच्चाई' हमाम साबुन में है। दादी, नानी, माँ की ममता का प्रतीक कोई च्यवनप्राश है। स्त्री की मुक्ति का अर्थ कोई सब्ज़ी मसाला है। स्वतंत्रता का सत्व सिगरेट विशेष में निहित है।

स्मृति के एक दूसरे प्रकार के ध्वंस की तरफ़ इशारा करना चाहता हूँ, जो विकास के नाम पर हो रहा है। मेधा पाटेकर और सुंदरलाल बहुगुणा का संघर्ष भी एक अर्थ में स्मृति के ध्वंस का प्रतिरोध है। अनेक जगहों पर आदिवासियों

को सभ्य बनाने के नाम पर उनकी स्मृतियों का क़त्लेआम हो रहा है। इतिहास में जलियाँवाला बाग़ का नरसंहार दर्ज है पर वैसे संहार से कई गुना अधिक संख्या में हुए हैं संस्कृति के क्षेत्र में संहार। अंग्रेज़ों ने भी विकास के नाम पर क़त्लेआम किया था और आज भी विकास के नाम पर आत्माओं का हत्याकांड हो रहा है। आदिवासियों का समुद्र-नदियों, प्रकृति, पशुओं से, नैसर्गिक एकता से जो विशाल स्मृति भंडार बना था, सब ख़त्म किए जा रहे हैं। हमारे ग्रामीण जीवन से लोकगीतों, लोक-कथाओं, भाईचारे, पराक्रम आदि की स्मृतियाँ अपरंपार कृशकाय हो रही हैं। पुरानी स्मृतियों को नष्ट किया जा रहा है, नई स्मृतियाँ बनने नहीं दी जा रही हैं। शहर जो स्वाधीनता और ज्ञान के केंद्र के रूप में स्मृति के हिस्से थे, क्या अब भी हैं?

उपर्युक्त विश्लेषण से कुछ-कुछ यह ध्वनित होता है, गोया अच्छे, सकारात्मक, मूल्यवान बिंब ही स्मृति में दर्ज होते हैं। ऐसा है नहीं। सुख-दुख, सुंदर-कुरूप, आनंद और यातना सभी स्मृति बनते हैं। हमारे बुरे अनुभव, दुर्दिन और भयानक बिंब भी स्मृति हैं। फिर आज यदि बहुत बुरा तथा क्रूरतापूर्ण घटित हो रहा है तो वह स्मृति-विरुद्ध कैसे हुआ ? देखा जाए तो यही विडंबना का मूल है। आज के दौर में अच्छा-बुरा कुछ भी स्मृति में भलीभाँति रूपांतरित नहीं हो पा रहा है।

अत्याचार की स्मृति अत्याचार का प्रतिरोध तैयार करती है। अपने पाप की स्मृति पाप करने को लेकर शर्म पैदा करती है। दंगे की स्मृति, युद्ध की स्मृति, मृत्यु की स्मृति–ये सभी क्या हमें अंधकार से रोशनी की दिशा में जाने के लिए सहारा नहीं देतीं? हमारी पराजित और थकान में फँसी मनःस्थिति में ख़लल नहीं डालती हैं? लेकिन त्रासद यथार्थ यह है कि आज हमारी तकलीफ़ों, विपत्तियों, तनावों को भी स्मृति बनने से रोका जा रहा है जिससे कि प्रतिरोध और विद्रोह की लपटें जन्म न ले सकें। हम शेयर बाज़ार के युग में हैं जिसमें दिन प्रतिदिन सूचकांक बदलता रहता है। उक्त परिवर्तन को नागरिक देख नहीं सकता, सुन नहीं सकता, उसका कोई भी रूप, रस, गंध, ध्वनि, स्पर्श नहीं होता। यथार्थ की शिनाख़्त के लिए इंद्रियबोध की ज़रूरत से इनकार किया जा रहा है। तो फिर स्मृतियों का निर्माण कैसे होगा। स्मृतियों के स्वप्न अर्थात् कल्पनाएँ कैसे उड़ान भरें–जब उन्हें डैनों में भरने के लिए वायु ही नहीं मिल रही है !

जब किसी समाज के पास स्मृतियाँ नहीं बचतीं, नई स्मृतियों की रचना न हो और पुरानी स्मृतियाँ क्षीण होती जा रही हों तब उस समाज के नागरिक मनुष्य होने की स्वाभाविकता से वंचित होने लगते हैं। उनके पास न प्राकृतिक

हँसी रहती है न आँसू। वे न खरा प्रेम कर पाते हैं न सहज क्रोध। उनके पास न दुश्मन की कठोरता होती है न दोस्त की कोमलता। हाँ, इन सभी का चुटकी-चुटकी भर मसाला ज़रूर रखा जा रहा है इन दिनों।

मनुष्य अपनी स्मृति की महान् विलक्षणता को कंप्यूटर के टोकरे में डाल रहा है। स्मृति के कार्य को, उसकी ज़िम्मेदारियों को भी कंप्यूटर के हिस्से में सौंप चुका है। अब इससे कंप्यूटर मनुष्य तो बन नहीं जाएगा, हाँ, मनुष्य ज़रूर कंप्यूटर बनता जा रहा है।

मेरे क़स्बे को उपभोक्ता संस्कृति के घोड़ों के झुंड ने कितना रौंदा होगा ? मेरी स्मृतियों के क़स्बे के साक्ष्य क्या अब मिलेंगे ? ज़ाहिर है कि नहीं मिलेंगे और मिलना भी नहीं चाहिए। जब मैं अपने बचपन में नहीं हूँ। जब मैं तीस-बत्तीस वर्ष बाद अब शरीर तथा आत्मा दोनों ही स्तरों पर बदल चुका हूँ। अब मेरी त्वचा क्या बचपन की तरह स्फूर्त और चमकदार है? क्या मेरी आँखें अब भी निष्पाप हैं? मेरे नथुनों में भोजन की महक और फूलों की खुशबू अब वैसा असर नहीं डालती है। सचमुच मैं जामुन, बेर, संतरे और पकौड़ों का पहले जैसा स्वाद कहाँ पाता हूँ ! फिर उतने ही बरस बाद क़स्बा क़ादीपुर भी कैसे वही रह सकता है ! उसके भी बाल झड़ गए हैं ? उसके नाख़ून अपना लालित्य खो चुके हैं ? क्या क़स्बा भी पावर का चश्मा लगाकर बुढ़ापे की तरफ़ बढ़ने लगा है ?

छह

कभी-कभी अभाव के कारण अच्छी चीज़ें हासिल की जाती हैं...

उन दिनों क़स्बे में बच्चों की केवल एक प्राइमरी पाठशाला थी। मिडिल स्कूल भी लड़कों का एक था। एक स्कूल लड़कियों का भी था जिसमें पहली से आठवीं कक्षा तक पढ़ाई की जाती थी। हाईस्कूल, इंटरमीडिएट की पढ़ाई के लिए लड़के-लड़कियाँ दोनों क़स्बे के एकमात्र कॉलेज 'नेशनल इंटर कॉलेज' में दाख़िल होते। प्राइमरी पाठशाला में क़स्बे के लड़के पढ़ते थे। मिडिल स्कूल में आसपास के गाँवों से भी विद्यार्थी आते थे और इंटर कॉलेज में तो चारों दिशाओं में सटे हुए आठ-दस मील तक के इलाक़ों से लोग पढ़ने आते थे। ज़्यादातर साइकिल से आते। इसके बाद पैदलवालों की संख्या थी। पदयात्री दो प्रकार के होते थे—एक, जिनका घर स्कूल से ज़्यादा दूर नहीं था। दूसरे वे थे जिनके पास साइकिल न थी या वे जिनके पास साइकिल कभी थी लेकिन उसके टूट जाने या चोरी हो जाने के बाद दूसरी साइकिल ख़रीदने की क्षमता न थी। ये लोग कभी-कभी किसी साथी की साइकिल के कैरियर पर बैठ लिया करते थे। कभी-कभी ये साइकिल खींचकर लाते और साइकिलवाला बैठा रहता था।

इंटरमीडिएट के बाद क़स्बे ही नहीं, लगभग पचास मील में फैले हुए पूरे तहसील क्षेत्र में पढ़ाई की व्यवस्था न थी। जिन्हें आगे पढ़ना होता था बशर्ते आगे पढ़ने के लिए पैसे भी हों...वे ज़िला मुख्यालय स्थित गनपत सहाय महाविद्यालय जाते थे। गनपत सहाय ज़िले के प्रतिष्ठित वकील थे जिन्होंने अपने नाम से महाविद्यालय बनवाया था और पत्नी के नाम से ज़िला मुख्यालय पर ही केशकुमारी कन्या माध्यमिक विद्यालय। गनपत सहाय के नाम की कई दंतकथाएँ प्रचलित थीं। जैसे कि वह कई वर्षों से केवल फल खा रहे थे और उनका सेब

सीधे कश्मीर से आता था। उनकी वकालत के अनेक मुक़दमों के क़िस्से लोकप्रिय थे। जनपद का ऐसा विश्वास था कि उनकी टक्कर का वकील कोई और नहीं हो सकता। बाबू गनपत सहाय के बारे में यह भी कहा जाता है कि उनको कोई इंजेक्शन रोज़ दो बार लगता था, एक इंजेक्शन की क़ीमत सौ रुपए से अधिक होती थी। उनकी लोकप्रियता का आलम यह था कि वह हमेशा निर्दलीय उम्मीदवार की हैसियत से विधानसभा, लोकसभा का चुनाव लड़े और ज़्यादातर जीते। उनके एक चुनाव के बारे में कहानी थी कि गनपत सहाय ने क्षेत्र के सारे कुओं में चीनी घोलकर उनका पानी शरबत बना दिया था।

गनपत सहाय के नाम पर जो महाविद्यालय था वह हमारे क़स्बे से चौबीस मील दूर था। क़स्बे के कुछ छात्र इंटर के आगे पढ़ाई के लिए ज़िला मुख्यालय स्थित इस महाविद्यालय में दाख़िल होने आते। वे किसी रिश्तेदार के यहाँ या कहीं किराए पर कमरा लेकर रहते थे। पर लड़कियाँ तो किराए पर कमरा लेकर न तब रहती थीं न अब रहती हैं। लड़कियों के लिए कोई छात्रावास न तब था न अब है। जवान लड़की को तब रिश्तेदारी में भी लोग अकेले भेजने को तैयार न थे। इसलिए उन दिनों हमारे क़स्बे में लड़कियों की नियति उच्च शिक्षा से वंचित थी।

बी.ए. के बाद भी किसी को पढ़ना होता तो वह ज़िला छोड़कर इलाहाबाद या लखनऊ चला जाता था। लेकिन क़स्बे में ऐसे बमुश्किल दर्जन-डेढ़ दर्जन रहे होंगे जिनके पास अपनी संतति को यूनिवर्सिटी में पढ़ाने की सामर्थ्य थी। कुछ लोग ऐसे भी थे जिनकी आर्थिक स्थिति अच्छी थी लेकिन उनका संतान की उच्च शिक्षा में यक़ीन नहीं था। उनके बच्चे व्यवसाय में लग जाते थे। चार-छह परिवार ऐसे भी थे, जो एक या दो बच्चों को पढ़ा सकते थे लेकिन अपने सभी बच्चों को पढ़ा सकने की स्थिति में नहीं होते थे अतः वे एक को भी नहीं पढ़ाते थे। क़स्बे में कुछ ही घर ऐसे थे, जिनमें बच्चे बहुसंख्या में नहीं थे, वरना क़स्बे के ज़्यादातर घरों में बच्चे भरे रहते थे। किसी-किसी घर में इतने बच्चे दिखते थे कि वह घर स्कूल लगने लगता था।

लेकिन शायद कुछ लोगों में थोड़ी-थोड़ी यह इच्छा जगने लगी थी कि उनके बच्चे पढ़ें। निश्चय ही उन्हीं दिनों उत्तर भारत में परिवार नियोजन की स्वीकृति का शुभारंभ हुआ होगा। मुझे याद आ रहा है तहसील, अस्पताल, बस अड्डा आदि पर लिखा गया यह नारा 'दो या तीन बच्चे होते हैं घर में अच्छे'। संयुक्त परिवारों का विघटन भी उसी दौर में तीव्र हुआ था। सरकारी नौकरी का आकर्षण बढ़ा था। नौकरी के लिए अपने बच्चों को पढ़ाने के लिए लोग परिवार की संयुक्त पद्धति से पलायन कर रहे थे। पर सबसे ख़ास बात कि लोगों में यह इच्छा जगने लगी थी कि उनके बच्चे पढ़ें। इसको इस तथ्य से

भी परखा जा सकता है कि सरकार भी ख़ूब स्कूल खोलने में लगी थी। पता नहीं लोगों की पढ़ाई में रुचि जागृत होने के कारण स्कूल खुल रहे थे या स्कूल खुलने से लोगों की पढ़ाई में रुचि जागृत हो रही थी। मगर यह सच्चाई भी अपनी जगह बरक़रार थी कि उच्च शिक्षा के लिए कॉलेज अभी भी नहीं थे। विडंबना यह कि इस अभाव को लेकर कोई असंतोष नहीं था।

असंतोष क्यों नहीं था ? क्योंकि क़स्बे के पास बच्चों के भविष्य को लेकर कोई चटख़ सपना नहीं था। क्योंकि उसने उच्च शिक्षा के लाभ नहीं अनुभव किए थे। जब उसे पता ही नहीं था कि ज़्यादा पढ़कर क्या होगा, तो ज़्यादा पढ़ने का सपना कैसे देखा जाता। दरअसल क़स्बे में डाक्टर, तहसीलदार सबसे बड़े ओहदे थे और ये एक-एक थे। इसलिए ये पद लोगों की हसरत नहीं बनते थे। डाक्टर तो नहीं लेकिन तहसीलदार की कुर्सी को लोग मुमकिन मानते थे, पदोन्नति के ज़रिए। उन दिनों नौकरियों में अधिक भीड़ और प्रतिद्वंद्विता नहीं थी और अक्सर पटवारी पदोन्नति पाकर तहसीलदार बन जाते थे। कई बार वे डिप्टी कलक्टर बन जाते थे। इसलिए लोग तहसीलदार और डिप्टी कलक्टर का नहीं, पटवारी का सपना देखते थे।

नौकरी के नज़रिए से सर्वाधिक उर्वर तहसील थी। ज़्यादातर को इसी ने नौकरी मुहैया कराई थी। युवकों का लक्ष्य और पिताओं की बेटे के लिए तमन्ना थी तहसील की नौकरी। इसमें नौकरी के लिए इंटरमीडिएट से आगे की डिग्री की कोई आवश्यकता न थी, इसीलिए क़स्बे को अपने पास महाविद्यालय न होने का रंज नहीं था।

तहसील में तहसीलदार को छोड़कर सभी तृतीय अथवा चतुर्थ श्रेणी के कर्मचारी थे। तृतीय श्रेणी में विभिन्न पद थे, नक़लनवीस, वासिलबाक़ी नवीस, स्याहनवीस, अमीन आदि। नायब तहसीलदार, क़ानूनगो भी वस्तुतः तृतीय श्रेणी के ही पद थे। चतुर्थ श्रेणी में सभी चपरासी थे। उसमें भिन्न नाम वाले पद थे, पंखा-कुली और पानी पंडित। ये मुस्तक़िल काम नहीं थे। ये मौसमी थे। ये गर्मियों में शुरू होकर बरसात के बाद ख़त्म हो जाते थे। गर्मियों में पंडित पानी पिलाते थे और क़ुली पंखा खींचते थे। कमरे के बीचोबीच कपड़े का बड़ा सा पंखा छत पर लगी मोटी पाटियों में लगे लोहे के चुल्लों के सहारे लटका रहता था। पंखे की लटकती रस्सी बाहर दरवाज़े की चौखट पर बैठे पंखा-कुली के हाथ में रहती थी। वह रस्सी को खींचता, फिर ढीला छोड़ देता। इस क्रिया की आवृत्तियों से कमरे में ठंडी हवा निर्मित होती। यह पंखा वह विशेष सुख था जो हमारे घरों में मुहैया न था। उस ज़माने में 'बाहर' घर से ज़्यादा आरामदायक हुआ करता था। पंखे की बात छोड़ दें, घर के सदस्यों को यह

मलाल भी रहता था कि नौकरी करनेवाले बाहर दुकान पर बिस्कुट-दाल-मोठ खाते हैं। कभी-कभी पेड़ा और टिकियाँ खाते हैं...

मेरे बड़े मामा तहसील में अमीन थे। वे गाँवों में जाकर किसानों से मालगुज़ारी वसूलते थे। हफ़्ते में एक दिन वे बड़ा सा काग़ज़ों का बंडल साइकिल के कैरियर में बाँधकर आते और तहसील में मालगुज़ारी की रक़म जमा करते। सारे अमीन इस दिन आते थे और तहसील देर रात तक खुली रहती थी। एक बार मामा रात के समय तहसील में थे, उन्हें कोई ज़रूरी संदेश पहुँचाना हुआ। मैं रात आठ बजे अँधेरी जगहों में क़ब्रों और भूतों से डरते हुए तहसील पहुँचा...। मैं अभिभूत था...। मेरे बचपन का पहला आश्चर्यलोक मेरे सामने था। कितना अलौकिक दृश्य था...। तहसील के प्रांगण में ढेर सारे गैस के हुंडे जल रहे थे। उनकी जगमग रोशनी से रात नहाई हुई थी। बहुत सी कुर्सियाँ-मेजें बाहर रोशन मैदान में लगी थीं, उन पर लोग बैठे हुए थे। एक बड़ी सी ज़ाजिम बिछी थी, उस पर भी लोग बैठकर काग़ज़ों पर झुके हुए थे...उन्हीं में मेरे मामा भी थे...

तहसील अपने भीतर काम करनेवालों के अतिरिक्त भी रोज़गार देती थी। जैसे चाय-पान की दुकानवाले, बड़े से इमली के पेड़ के नीचे बैठा हुआ मोची। वह लोगों की फटी चप्पलें या जूते सिलता था। पालिश का रिवाज तब कम था लेकिन आज की तरह तब स्वयं पालिश करने का रिवाज नहीं था, लोग मोची से ही पालिश कराते थे। जैसे कि कपड़ों पर इस्तिरी या दाढ़ी बनाने का काम लोग खुद नहीं करते थे। इतवार के दिन या अन्य किसी दिन जब छुट्टी के कारण तहसील बंद रहती थी, तब वह मोची भी नहीं आता था। तब उस दिन लड़के ढेला फेंककर इमली तोड़ा करते थे। इसी प्रयत्न में मुझे इमली तो नहीं मिली थी, धूल में चाँदी का एक सिक्का मिला था। पिताजी ने बताया था कि उसकी क़ीमत बाईस या चौबीस रुपए थी।

इमली के पेड़ के पास ही छप्पर डालकर दो अर्ज़ीनवीस बैठते थे, बेचू शुकुल और राम अधार। अर्ज़ीनवीस ग़ैर सरकारी होते थे। ये अनपढ़ ग़रीबों की अर्जी वगैरह लिखने का काम पैसा लेकर करते थे। बेचू शुकुल और राम अधार दोनों छप्पर के नीचे बोरा बिछाकर बैठे रहते थे और लिखा-पढ़ी का काम करते रहते थे। उनके पास दस्तावेज़नवीसी का भी लाइसेंस था। उनके बारे में आम धारणा थी कि वे बेइंतिहा पैसा कमाते थे। दोनों ही क़स्बों से सटे हुए गाँव रानीपुर के बाशिन्दे थे। बेचू शुकुल के दरवाज़े पर हाथी बँधा रहता था, जिसे मैंने भी देखा था। तो बेचू शुकुल और राम अधार की अमीरी का कारण तहसील थी। इसे इस तरह नहीं कहा जा सकता कि बेचू शुकुल और राम अधार की अमीरी का कारण अवाम लोगों की निरक्षरता थी ?

तहसील के क़रीब एक फ़र्लांग की दूरी के भीतर कुछ दुकानें थीं जिनका सीधा संबंध तहसील से नहीं था, फिर भी उनके मुनाफ़े का काफ़ी दारोमदार तहसील पर था। जैसे कि कपड़े की दुकान। लहरी साह और काशी सेठ दो लोग अपनी दुकानों पर कपड़े बेचते थे। मेरे समय में काशी सेठ की दुकान गिरावट पर थी। उसकी शोभा क्षीण हो चुकी थी लेकिन उसमें प्राण अभी शेष थे। इन दुकानों की आमदनी का बड़ा हिस्सा तहसील के कारण इसलिए था कि एक तो कर्मचारी इनके यहाँ से कपड़े ख़रीदते थे। नक़द और उधार, दोनों तरीक़ों से। दूसरे दोनों दुकान मालिक सूद पर रुपया उधार देते थे। उधार लेनेवाले भी ज़्यादातर तहसील वाले होते थे। ऐसा भी होता था कि वे उधार ख़रीदे गए कपड़ों का उधार चुकता करने के लिए सूद पर रुपया उधार लेते थे और फिर उन उधार रुपयों का ब्याज़ चुकाने के लिए फिर कहीं से उधार लेते थे।

उन दिनों सूती कपड़ों का प्रचलन था। ग्लैमर टेरीलीन का था। एक बार मुझे टेरीलीन की बुश्शर्ट बनवा दी गई तो उसे पहनकर मैं बहुत इतराया था। इसी प्रकार पैंट के कपड़ों में मक्खन जीन का गौरवपूर्ण स्थान था। मेरे पास टेरीलीन की बुश्शर्ट थी लेकिन मक्खन जीन की निकर नहीं थी। लेकिन अधिसंख्य बच्चों के पास वह भी नहीं थी। स्कूल में कुछ बच्चे तो पट्टादार पाजामा पहनकर आते थे।

क़स्बे के स्कूल में समान ड्रेस प्रणाली नहीं थी। विद्यार्थी भिन्न-भिन्न प्रकार की गुणवत्ता के कपड़े पहनकर आते थे। समान ड्रेस प्रणाली के पीछे एक कारण यह होता है कि स्कूल के सारे बच्चे एक तरह से लगें और वे ख़ुद भी आपस में भेदभाव न महसूस करें। लेकिन दिलचस्प है कि जिन स्कूलों में यानी कि अपेक्षाकृत बेहतर स्कूलों में समान ड्रेस प्रणाली रहती है, वहाँ बच्चों के बीच और बच्चों के प्रति अध्यापकों में भेदभाव मुखर होता है। जबकि हमारी प्राइमरी पाठशाला में एक ड्रेस प्रणाली नहीं थी लेकिन हममें अमीर-ग़रीब, बड़े-छोटे की ग्रंथि भी न थी। सब एक साथ पढ़ते थे, एक साथ मारपीट करते थे, एक साथ खेलते थे। ऐसा क्यों था ?

सबसे प्रमुख कारण था, जैसा कि शुरुआत में कहा, कभी-कभी अभाव के कारण अच्छी चीज़ें भी हासिल हो जाती हैं। शहरों में अनेक स्कूल होते हैं। उनका स्तर अलग-अलग होता है। सुविधाओं-संसाधनों की दृष्टि से फ़र्क़ होता है। अध्यापकों के वेतन और बच्चों की फ़ीस में फ़र्क़ रहता है। छात्रों के अभिभावकों की चंदा दे सकने की क्षमता भिन्न-भिन्न होती है। कहने का अर्थ कि ड्रेस एक होने के अलावा सभी कुछ में विभेद रहता है।

दूसरी तरफ़ हमारी प्राइमरी पाठशाला थी जिसमें फ़ीस पाँच पैसे प्रति माह थी।

क़स्बे में लड़कों का वह इकलौता प्राथमिक विद्यालय था। अतः दरिद्र और रईस की विवशता थी कि अपनी औलाद को उसी स्कूल में पढ़ाएँ। क़स्बे के सबसे बड़े हाकिम तहसीलदार का लड़का भी मेरी कक्षा में था और चपरासी का भी। किसान, अछूत—सभी के बच्चे उस स्कूल में पढ़ते थे। हम सभी ज़मीन पर बिछे एक लंबे टाट पर बैठते थे।

कहने का तात्पर्य यह नहीं कि क़स्बा जाति, संप्रदाय, वर्ग से मुक्त था। बात बस यही है कि क़स्बे में एक ही स्कूल था, अतः जिन्हें अपने बच्चों को ग़रीब, मजूर, किसान के बच्चों के साथ पढ़ाना पसंद नहीं था, वे करते ही क्या ! लेकिन इसका मतलब यह नहीं कि समाज में वैषम्य दूर करने के लिए, एकता-सद्भाव के लिए हमें अभाव का प्रवक्ता बनना चाहिए। एक ही स्कूल, एक ही अस्पताल, एक ही मनोरंजन हो। एक ही दुकान हो। ऐसे कैसे काम चल सकता है। हो तो ऐसा हो कि एक ही तरह के हों सारे स्कूल, सारे चिकित्सालय, ट्रेन के सारे डिब्बे या इस तरह कि शुल्क इतना कम हो कि हर कोई हर जगह दाख़िल हो सके। संशय होता है कि इससे तो जीवन नीरस हो जाएगा। सौंदर्य विविधता में है न कि एकरूपता में। एक ही तरह के हो जाएँ सारे स्कूल, सारे घर, सारे पार्क, सारे फूल, सारी कविताएँ, सारी सब्ज़ियों के स्वाद, एक ही तरह के हो जाएँ सारे परिंदे, सारे संगीत, सारे स्वर, सारे मनुष्य, सारे अन्न, सारे रंग, तो कितना ख़राब लगेगा। असल में एक ही तरह का होने का अर्थ यह नहीं कि सभी स्कूलों की इमारतें, फ़र्नीचर, किताबें एक जैसी हों, बल्कि सारे स्कूल एक स्तर के हों। सभी बराबर गुणवत्ता के हों। बराबरी इस प्रकार की नहीं कि सभी समान रूप से निम्न कोटि के हों, सभी श्रेष्ठ हों। बच्चा अपनी प्रतिभा और परिश्रम के आधार पर नालायक़-लायक़ निकले न कि स्कूल की वजह से।

विविधता में सौंदर्य पर कुछ और। सच है कि मनुष्य को विविधता और भिन्नता प्रिय है और इनमें ही सौंदर्य के प्राण हैं। ऊपर कहा गया है कि ट्रेन के सारे डिब्बे एक तरह के हों। तो क्या यहाँ एकरूपता की वकालत करके यात्रा के सौन्दर्य को क्षीण किया जा रहा है ? इसे स्पष्ट करने के लिए ट्रेन के तीन बिंब सामने रखने होंगे—एक, ट्रेन में अनेक तरह के डिब्बे हैं, वातानुकूलित प्रथम श्रेणी, वातानुकूलित द्वितीय श्रेणी, वातानुकूलित तृतीय श्रेणी, द्वितीय श्रेणी। अधिक विभाजन करें तो डीलक्स, सुपर डीलक्स, वी.आई.पी. डीलक्स आदि आदि...। ज़ाहिर है अलग-अलग श्रेणी में अलग-अलग जीवन-स्तर के यात्री होंगे। ए.सी. फ़र्स्ट में एक तरह के यात्री होंगे। इसी तरह अन्य में। इससे सुंदर दूसरी तरह का बिंब है जिसमें सारे डिब्बे एक बनावट के, एक तरह का फ़र्नीचर, एक तरह की रोशनी लेकिन उसमें सवार यात्री भाँति-भाँति के। सब चहल-पहल

मचाते, हँसते-हँसाते यात्रा कर रहे हैं। अब रेल-यात्रा का तीसरा बिंब, इसके अंतर्गत ट्रेन के सारे डिब्बे समान रूप से सुंदर, स्वच्छ और आरामदेह लेकिन उनकी सजावट अलग-अलग हो। रंगों का संयोजन, फ़र्नीचर की बनावट, दीवारों की पेंटिंग, गूँज रहा संगीत, सभी फ़र्क़ फ़र्क़ हों लेकिन अद्भुत रूप से उत्कृष्ट और उनमें अनेक भाषाओं, संस्कृतियों, रहन-सहन के लोग यात्रा कर रहे हैं। यह सुंदरतम बिंब है। पहले में जड़ तत्त्व की विभिन्न श्रेणियाँ हैं किंतु उन श्रेणियों में बैठे यात्री कमोबेश एक ढंग के हैं। दूसरे में जड़ ट्रेन एक रंग है किंतु यात्री विविध प्रकार के हैं। तीसरे में जड़-चेतन सभी में विविधता है। परंतु कहीं एक गहरी एकमयता भी है। बिना एकमयता के भिन्नता कभी भी सुंदर नहीं हो सकती, वरना शत्रुता और युद्ध सबसे सुंदर चीज़ें होतीं।

ध्यान देने की बात है कि विभेद नहीं है विविधता, न विपर्यय को विविधता समझना चाहिए। विविधता और विभेद में फ़र्क़ क्या है ? एक तो यही कि विविधता में हर किसी की स्वायत्तता होती है। वह स्वतंत्र रूप से सुंदर होता है और फ़र्क़ होता है। उसकी आभा दूसरे से कुछ ख़ास अन्योन्याश्रित नहीं होती है। जैसे केरल प्रदेश की ख़ूबसूरती का राजस्थान की सुंदरता से वास्ता नहीं है। इसी तरह मैथिली की कशिश का तेलुगु भाषा से रिश्ता नहीं बनता है। ये सभी अपने कारणों से विशिष्ट, सुंदर और स्वतंत्र हैं। जबकि विभेद अन्योन्याश्रित होते हैं। कोई यदि अमीर बनता जा रहा है तो उसकी इस उन्नति के पीछे कुछ लोगों के ग़रीब बनने की दास्तान भी होगी। इसलिए विभेद कभी स्वतंत्र नहीं होता है। विभेद में हमेशा असन्तोष, गुस्से और वैमनस्य की कुरूपताएँ रहती हैं। जबकि विविधता शांति सह-अस्तित्व पर टिकती हैं। इसलिए विविधता सौंदर्य रचती है तो विभेद विकृति का सर्जक होता है।

कुछ इसी तरह की विवेचना एकरसता और समानता की होगी। दोनों में मूलभूत अंतर है। एकरसता मनुष्य के स्वभाव को नापसंद है। वह उसे खिझलाती है। उससे ऊबता और भागता है वह। नए-नए रंगों, छवियों, ध्वनियों, स्पर्शों के पास पहुँचना, उनमें से गुज़रना उसके लिए जीवनी शक्ति है। यदि समूचा संसार एक जैसा हो जाए तो इससे बड़ा शाप क्या होगा। भूमंडलीकरण के ज़रिए यही शाप आज डँस रहा है मानव सभ्यता को। संसार को एक जैसा बना देने की क्रूरता हो रही है। एक ही रंग में विश्व की पुताई होने जा रही है। मनुष्य जाति के लिए यह भीषण और बीभत्स दुर्घटना होगी।

दूसरी तरफ़ एकरसता को समानता समझकर उसकी विरुदावली गाने की चूक समाजवादी राष्ट्रों में हुई थी। एक ही जैसे विचारोंवाले, रहन-सहनवाले, एक जैसी किताबें पढ़ने-लिखनेवाले, एक ही तरह से हँसने-हँसानेवाले, एक ही

तरह से सुखी और एक ही तरह से दुखी होने वाले लोग बनाए जाने लगे थे। सहमति-असहमति सब एक जैसी। यह भी सरासर ग़लत रवैया था। समानता एक आत्यंतिक रत्न है। यह रक्त की तरह होती है जो वेगमय होता है, अनिवार्य होता है लेकिन अदृश्य रहता है। जब प्रहार होता है, नृशंसताएँ होती हैं तब दिखाई देता है और उसकी शिनाख़्त होती है।

उक्त कसौटी पर खरी उतरती थी बचपन के दिनों की हमारी पाठशाला। वर्ण, संप्रदाय और आर्थिक विषमता की चुड़ैलें नन्हे-नन्हे पैरों के नीचे खेल-खेल में कुचली जाकर कराह रही थीं उन दिनों...।

प्राइमरी पाठशाला की एक ध्वनि मेरे कानों में आज भी गूँजती है। मेरे ख़याल से आज भी वैसी ही किसी प्राइमरी पाठशाला में घुसें तो भिन...भिन...भिन की वह ध्वनि सुनने को मिलेगी...जैसे भौंरे गुनगुना रहे हों...।

मुझे प्राइमरी पाठशाला की कक्षा की वह ध्वनि भौंरों के गुंजार की ध्वनि के कारण याद है या उस ध्वनि के कारण भौंरों की ध्वनि अभी तक सजीव बनी है या मेरी स्मृति में इन ध्वनियों का स्वतंत्र अस्तित्व है और मैंने सचेत प्रयास से दोनों में सादृश्य देखा है ? जिज्ञासा का समाधान करने के लिए पहले यह देखना पड़ेगा कि वे कौन सी कैसी ध्वनियाँ होती हैं जो स्मृति में टँक जाती हैं और उनकी सांद्रता कितनी होती है ?

एक बात स्पष्ट है कि स्पर्श, गंध से ध्वनि इस अर्थ में भिन्न है कि स्पर्श और गंध अक्सर आवृत्ति करके अपनी पहचान खोने लगते हैं। मसलन गंध को ही लें। किसी गंध को जब पहली बार हम ग्रहण करते हैं तो जो उत्तेजना और अहसास हमें होता है, उस गंध की अनेक आवृत्तियों पर वह क्षीण हो जाता है। एक समय ऐसा भी आ सकता है कि उस गंध की इतनी ज़्यादती हो जाए कि वह लगभग अनुभव ही न हो। जबकि ध्वनि के यहाँ ऐसा नहीं होता है। यदि उसकी आवृत्ति न हो तो प्रायः उसका स्मृति बनना कठिन होता है। मगर यह भी हुआ है कि भीड़ में या मेले में या एकदम अप्रत्याशित-सी जगह पर किसी युवक को उसकी प्रेमिका ने या प्रेमिका को उसके प्रेमी ने पुकारा और दूसरे ने पलटकर देखा तो वह ध्वनि जीवन-भर के लिए जीवंत और सुरक्षित हो जाती है। तो इस ध्वनि की...इस प्रकार की आवृत्ति नहीं है मगर यह स्मृति का अमर्त्य हिस्सा है और शायद इस प्रकार की आवृत्ति होती तो वह इतनी असरकारी न होती। किंतु यहाँ सोचने की बात है कि यह ध्वनि की शक्ति को रूप का सहयोग है। जब पुकार हुई और दूसरे ने पलटकर देखा पुकारनेवाले को, तब वह ध्वनि अमर हुई। कल्पना करिए, केवल वह पुकार ही होती, विशुद्ध ध्वनि, तो भी क्या वैसा ही प्रभाव होता ?

ध्वनि के निर्मित होने के पीछे दो वजहें होती हैं। दो या दो से अधिक की परस्पर टकराहट से ध्वनि का जन्म होता है। इसके अलावा गति से ध्वनि उपजती है। अन्य कोई ज़रिया नहीं है ध्वनि निर्मित होने का। कोई कह सकता है कि गायक जब अलाप लेता है, तब उसके होंठों की मुठभेड़ नहीं होती, फिर भी ध्वनि तो बनती है। यहाँ गति काम कर रही है। एक गति भीतर से बाहर की ओर बढ़ती है और ध्वनि का निर्माण होता है। तीर-धनुष से छूटकर बढ़ता है तो साँय की आवाज़ होती है। हवा में कपड़ा लहराता है, तब भी ध्वनि होती है। साँस बाहर आती है या भीतर जाती है तो आवाज़ होती है।

ध्वनियों के स्मृति में दर्ज होने के मुद्दे को जाँचने की प्रक्रिया में यह भी लग रहा है कि वे ध्वनियाँ हमारी चेतना में ज़्यादा चिरायु होती हैं जो समूह से उपजती हैं।

भौंरों का गूँजना समूह से निःसृत ध्वनि है और कक्षा में अलग-अलग बच्चों की सामूहिक बुदबुदाहट से तैयार होती है, भुन...भुन...की ध्वनि। गायकी को संगीत का सहारा मिलने का मतलब सामूहिकता की आवाज़ का निर्माण है। हम कहते हैं गायक की आवाज़ स्मृति में बसी है, पर क्या उस आवाज़ में यदि संगीत यानी कि अनेक ध्वनियों की हिस्सेदारी न रहती, तो भी वह ऐसी ही यादगार रहती ?

ऐसी ध्वनियाँ भी टिकाऊ होती हैं जो दूर से आकर आपके सन्नाटे अथवा मौन में बजती हैं। रात के निविड़ अंधकार या मौन में कोई आर्तनाद। पड़ोस के किसी घर से आती चूड़ियों की खनक। या क्लास में पढ़ रहे बच्चे के कान में स्कूल के घंटे की आवाज़...।

सात

बच्चे ईश्वर के राज्य में रहते हैं किंतु वे ईश्वर की शरण में नहीं जाते। यदि कोई बुजुर्ग या इर्द-गिर्द का परिवेश किसी बच्चे को ईश्वर की शरण में धकेल देता है तो ईश्वर की चौखट छूते ही बच्चे का बचपन नष्ट हो जाता है। आपने देखा होगा कि यदि कोई बच्चा धार्मिक प्रवचनों या धार्मिक कर्मकांड की दुनिया में उतर आता है अथवा उतार दिया जाता है तो उसका ही बचपन उससे रिश्ता तोड़ लेता है। वह बच्चा न शिशु रह जाता है न वयस्क हो पाता है।

सिनेमा-टेलीविज़न के कुछ बाल कलाकारों को कई बार उनके अभिभावक दवाएँ देकर उनका बढ़ना रोकने की कोशिश करते हैं। इसी तरह कुछ रंडियाँ ख़रीदी हुई कम वय की लड़कियों को जवान बनाने के उपाय करती हैं, ऐसा ही तो है—एक बच्चे का ईश्वर के चरणों में लेटना। एक बच्चे का खुले मैदान में खेलने के बदले ईश्वर की छाया में दुबकना ईश्वर द्वारा बचपन का आखेट है। एक नरम, निष्पाप और अबोध का आखेट। ऐसे बच्चे के दोस्त उसका साथ छोड़ देते हैं। सबसे बुरी बात, ईश्वर की बाजीगरी के चलते वह बच्चा अपने दोस्तों का साथ छूटने पर भी उदास नहीं होगा। उसकी आँख में आँसू नहीं आएँगे। यह बच्चा बड़ों-बुज़ुर्गों जैसे ईश्वर के गुलामों में लोकप्रिय होगा, इज़्ज़त हासिल करेगा लेकिन बच्चे उससे विमुख हो जाएँगे। उनमें इसके लिए भय, घिन और दूरी की चेतना होगी।

गाँव में बच्चे कीर्तन में शामिल होते हैं। मगर कीर्तन उनके लिए क़व्वाली जैसा ही एक मनोरंजन होता है। गाँवों में बच्चे प्रायः मंदिर-शिवालय के पास धमाल मचाते हुए देखे जाते हैं। उनका वहाँ पहुँचना क्या भक्ति रस के कारण

होता है ? बच्चे गाँव में मंदिर या शिवालय के पास इसलिए मँडराते हैं कि वहाँ ख़ूब फैली हुई समतल ज़मीन होती है, जिसके ऊपर उससे भी अधिक फैला हुआ आसमान होता है। चारों तरफ़ सफ़ाई रहती है। ज़मीन बुहारी हुई होती है। पास में कोई तालाब या पोखरा भी हो सकता है। कई बार मंदिर की इमारत में सीमेंटेड चबूतरा भी बना रहता है। भला, बच्चे यहाँ क्यों नहीं आएँगे। बड़ों का समाज ईश्वर का लीला स्थान है तो ईश्वर का समाज बच्चों का क्रीड़ा-स्थान है। खेलते हुए बच्चों को ईश्वर यदि मना करे तो क्या वे मान जाएँगे ? वह उन्हें उपदेश देने लगें तो क्या वे सुनेंगे ? नहीं, वह कहे कि बच्चो खेलना बंद करके मुझे देखो, ईश्वर को देखो तो क्या बच्चे देखेंगे ? नहीं, वे खेलते ही रहेंगे और ईश्वर के पास उनका खेल देखने के अलावा कोई विकल्प नहीं बचेगा।

शहरों में जो बच्चे मंदिरों के पास प्रसाद और पैसे के चक्कर में देखे जाते हैं वे भी कहाँ ईश्वर के क़रीब होते हैं। वे तो ईश्वर से बेहद दूर होते हैं। ईश्वर ने अपनी छत की सीढ़ियों से उन्हें धक्का दे दिया है और वे लुढ़कते-लुढ़कते उसके मंदिर की सीढ़ियों पर आ गिरे हैं। वे ईश्वर के प्रसाद की भीख माँगकर, ईश्वर भक्तों के जूते या पर्स चुराकर ईश्वर को बेइज़्ज़त करते हैं। एक तरह से अपने प्रति की गई ईश्वर की क्रूरता का बदला लेते हैं।

मेरे बचपन के क़स्बे में बच्चों पर और मुझ पर ईश्वर की पकड़ कितनी दृढ़ और कितनी लचर थी, इस पर हम चर्चा करना चाहेंगे।

ऐसा नहीं कि बचपन नास्तिक होता है। किसी प्रचलित मान्यता का विधिवत् नकार वयस्क ही कर सकता है, बच्चा नहीं। फिर नास्तिकता–दर्शन–एक विचार है। पदार्थ, कार्य-कारण संबंध जैसे पेचीदे प्रश्नों से जूझने के बाद ही नास्तिकता की स्थिति बनती है। बच्चे के पास इन सबके लिए फ़ुर्सत कहाँ। इसीलिए बचपन के भीतर ईश्वर का नकार नहीं होता। बच्चा ईश्वर के अस्तित्व को चुनौती नहीं देता है। नास्तिकता जैसे बौद्धिक विमर्श उसके लिए संभव भी नहीं हैं। लेकिन नास्तिक न होते हुए भी या कमोबेश आस्तिक होते हुए भी वह ईश्वर का आश्रित नहीं होता। यही बचपन का दुस्साहस है। यही ईश्वर की तरफ़ उछाली गई पृथ्वी की पहली और अनोखी चुनौती है।

ईश्वर के प्रति मेरे आकर्षण के तब कई कारण थे। प्रमुख कारण यह था कि वह किसी भी प्रकार का वरदान देने की सामर्थ्य रखता था। कैसी भी इच्छा पूरी करने की कृपा कर सकता था। हालाँकि मेरी इच्छाएँ थीं ही क्या और

कितनी ? मैं दुबला-पतला था और मार-पीट में डरपोक था, इसलिए चाहता था कि मुझमें इतनी ताक़त आ जाए कि मेरे मुष्टि प्रहार से लोहा चूर-चूर हो जाए। मैं इच्छानुसार अदृश्य हो सकने का वरदान चाहता था। कुछ इसी प्रकार की हल्की-फुल्की हसरतें थीं हमारी। ईश्वर से रिश्ते का दूसरा कारण 'पाप' था। यानी कि यह समझ के ऐसा करोगे तो पाप पड़ेगा। हमारे भीतर ऐसा विश्वास भरा गया था कि 'ऐसा करने से पाप पड़ेगा।' लेकिन हम पाप नहीं पाप के दंड से डरते थे जिन्हें ईश्वर को देना होता था। वैसे हमें यह न पता था कि किस पाप पर कौन सा दंड मिलेगा ? हमारे लिए ईश्वर अनाड़ी या निरंकुश न्यायाधीश था जो किसी भी अपराध पर कोई भी दंड दे सकता था। वह चीटी मारने पर खौलते तेल की कड़ाही में डाल सकता था और इनसान का वध करने पर तमाचा की सज़ा सुना सकता था। मगर जो भी दंड मिलना था, मरने के बाद मिलना था...नरकलोक में।

ईश्वर कहाँ से आता है बचपन पर घात लगाने ? मुझे याद आ रहा है कि बड़ों से सुने क़िस्सों के जरिए वह तैयार हुआ था मुझमें। यदि क़िस्से न होते तो ईश्वर न होता। ईश्वर के क़िस्सों ने बनाया ईश्वर को। हर आदमी पहले बच्चा होता है और बच्चों का ईश्वर क़िस्सों की सीढ़ियों से आता है।

बचपन ईश्वर से ज़्यादा ईश्वर की विलक्षणता से प्रभावित होता है। बड़े होने पर भी बचपन कुछ न कुछ बचा रहता है। इसलिए बड़े भी अधिकतर ईश्वर से ज़्यादा ईश्वर की विलक्षणता से प्रभावित होते हैं। हिंदू धर्म में सर्वाधिक लोकप्रिय ईश्वर शिव, हनुमान और दुर्गा हैं। राम ज़बान पर ज़्यादा हैं हृदय में कम। वे मंदिरों में भी कम हैं। किसी भी शहर में राम के मंदिरों से अधिक हनुमान के मंदिर हैं। हनुमान के मंदिरों में भीड़ भी अधिक होती है। राम से ज़्यादा साधक राम के सेवक के हैं। व्रत भी शिव, हनुमान और दुर्गा के ही होते हैं। ऐसा क्यों है ? इसलिए कि तीनों के व्यक्तित्व का जो बहिरंग है, जो आकृति है—वह विलक्षण है। बेपर की शक्लवाले, उड़नेवाले, भयानक मुष्टि प्रहार करने वाले, मीलों लंबी पूँछ बढ़ानेवाले, लंका जलानेवाले, गदाधारी हनुमान हों, कई-कई हाथोंवाली, शेर की सवारी करनेवाली, भैंसे की सूरतवाले राक्षस का वध कर रही दुर्गा हों, गले में सर्प ही सर्प लपेटे शिव हों—सभी का व्यक्तित्व वैचित्र्यमय है।

हम बचपन में ईश्वर को स्वीकार करते थे लेकिन सकारात्मक रूप से कम। मसलन हम इच्छित वस्तुओं को पाने के लिए ईश्वर से प्रार्थनाएँ कम करते थे। और जो प्रार्थनाएँ करते थे उनमें ख़ास गंभीरता नहीं होती थी। जैसे मैं ही था, कथाओं में सुन-सुनकर इच्छा करता कि मुझे कई थैली अशर्फ़ियाँ मिल जाएँ। यह

ईश्वर से प्रार्थना की शक्ल में कम था, किसी कोने में सिमटी हुई खिलंदड़ी ख़्वाहिश ज़्यादा थी। क्योंकि प्रार्थना में आपकी इच्छा की आवृत्तियाँ होती हैं। बड़े लोग ईश्वर से कुछ माँगते हैं, तो जब तक वह मिल न जाए या अंततः जब तक याचक निराश न हो जाए, तब तक प्रार्थना का सिलसिला चलता रहता है। कम-से-कम पूजा के समय या मंदिरों में तो वह अनिवार्य रूप से होता है। मगर बच्चे ऐसा नहीं करते। वे तो बस चलते-फिरते ईश्वर से कोई फ़रमाइश कर देते हैं, जैसे चलते-चलते सड़क पर मैं अपने पिता से लैमनचूस या मलाई बरफ़ या टिकिया या धनुष-बाण ख़रीदने की फ़रमाइश कर दिया करता।

वैसे कुल मिलाकर बच्चों में ईश्वर की स्वीकृति नकारात्मक कारणों से—उसके पास दंड देने की सामर्थ्य की वजह से अधिक होती है जबकि बड़ों में इसका उल्टा होता है। बड़े ईश्वर को मानते हैं तो इसलिए कि वह मालामाल कर देगा। स्वस्थ रखेगा या स्वस्थ कर देगा। अच्छा घर, सुंदर पत्नी और निपुण बच्चे मिलेंगे। दीर्घायु मिलेगी।

ईश्वर का जो नकारात्मक पक्ष है कि वह दंड देता है, बड़े होने पर क्षीण हो जाता है। बड़े वध करते हैं, घूस लेते हैं, अत्याचार करते हैं, संसार की सारी बुराइयाँ बड़े ही करते हैं। यदि वे ईश्वर की दंड देने की आदत पर यक़ीन करते तो ऐसा क्यों होता ? जबकि बच्चे जो प्रार्थनाएँ, पूजा और जाप नहीं करते, केवल बुरे काम से डरने के प्रसंग में ईश्वर को याद करते हैं। यदि बुरा काम करते समय ईश्वर के दंड को नहीं याद करते तो बाद में याद करते हैं और काँपते हैं। ऐसा आदिवासियों में भी होता है। वे भी ईश्वर की विनाश क्षमता, सज़ा देने की ताक़त के कारण ईश्वर से डरते हैं और ईश्वर को याद करते हैं। आदिवासी समाज भी तो सभ्यता का बचपन है...।

ईश्वर की दंड देने की क्षमता पर याद आता है कि बचपन में भी हम आज की भाँति झूठ बोला करते थे। हमारे झूठ पर जब सुननेवाला यक़ीन नहीं करता था या वैसे ही, अपने झूठ को सच सिद्ध करने के लिए हम क़समें खाया करते थे। कभी माँ की क़सम खाते, कभी बाबू की क़सम, तो कभी भगवान की क़सम खाते थे। बावजूद इसके कि भगवान को सर्वाधिक बली मानते थे और भगवान से सर्वाधिक ख़ौफ़ खाते थे, हम सबसे ज़्यादा झूठी क़सम उसी की खाते थे। ऐसा क्यों था ? अपने को ही लूँ, मैं माँ की झूठी क़सम खाता तो डरता कि माँ मर जाएगी या बीमार पड़ जाएगी। न जाने क्या होगा उसका ! ऐसा ही भाव पिता या किसी भी निकटस्थ की झूठी क़सम खाने पर जन्मता था। लेकिन ईश्वर का क्या बिगड़ेगा ईश्वर की झूठी क़सम खाने से। वह न मरेगा न बीमार पड़ेगा। उसे जुकाम, खाँसी तक तो होगा नहीं। भगवान क़सम खाने पर हम इसलिए डरते थे

कि अपनी झूठी क़सम से नाराज़ होकर वह कहीं मुझे ही न मार दे या बीमार कर दे। फिर भी मैं या मेरे साथी सबसे अधिक झूठी क़सम भगवान की ही खाते थे। इससे दो नतीजे निकलते हैं—एक, बच्चे अपने से भी अधिक अपने प्रियजनों की फ़िक्र करते हैं। ईश्वर की झूठी क़सम खाने से ख़ुद उन पर क़हर टूटे तो टूटे लेकिन माँ की झूठी क़सम नहीं खाएँगे। वे चाहते हैं कि उनकी माँ, पिता, भाई, बहन के साथ कुछ भी अशुभ न हो। दूसरी बात, बच्चों के लिए ईश्वर से अधिक अहमियत अपने सगों की होती है। क्योंकि कई बार हम अपने माँ या पिता के क्रोध से बचने के लिए ईश्वर की झूठी क़सम खाते थे। यानी कि हमारे लिए ईश्वर के क्रोध से ज्यादा संकट माँ-पिता के क्रोध में था। इसकी क्या वजह थी। सर्वशक्तिमान के कुफ़्र के सामने मनुष्य के गुस्से की क्या बिसात ! लेकिन सच है कि हम सर्वशक्तिमान से ज़्यादा माँ या पिता के गुस्से से डरते थे।

दरअसल माँ-पिता-भाई-बहन एक मूर्त और ठोस सत्ता थे, जो हमारी आँखों के आगे थे और हमारी आँखों में थे। ईश्वर अदृश्य था। वह क़िस्सों की सीढ़ियों से पहुँचा हुआ एक विश्वास था, जो भरोसा नहीं था। जो सही भी हो सकता था और असत्य भी। प्रियजन की तरह हम ईश्वर को छू नहीं सकते थे और न वह मुझे छू सकता था। ईश्वर ने मेरे मस्तक पर कभी हाथ नहीं फेरा था। दरवाज़े के बाहर कुंडी खड़कती तो उसकी आवाज़ से मैं जान जाता था कि पिता हैं, पर ईश्वर कैसे कुंडी खड़काता है, हमें क्या पता था ! माँ रोज़ हमें खाने की चीज़ें देती थी पर ईश्वर ने कभी एक बताशा तक नहीं खिलाया। ईश्वर से ज़्यादा विश्वसनीय तो हमारा ग्वाला था जो हमारी ज़िद पर थोड़ा सा और दूध दे दिया करता था। अब अगर हम माँ-पिता की तुलना में ईश्वर की झूठी क़सम अधिक खाते थे तो हमारा क्या क़सूर था...। हम ग़लत तो बिल्कुल नहीं थे।

उपर्युक्त से यह प्रकट हुआ है कि बच्चा ईश्वर की झूठी क़सम खाना अधिक सुविधाजनक समझता है। क्योंकि ईश्वर की उसे ज़रूरत नहीं है और यह भी कि ईश्वर उसका परखा हुआ सत्य नहीं है। यहाँ यह सोचना कितना दिलचस्प लगता है कि नास्तिक के भी बुनियादी स्रोत यही हैं। नास्तिक के भीतर एक बच्चा हमेशा मौजूद रहता है। ज़िद्दी, गुस्सैल और सहृदय बच्चा। ईश्वर की झूठी क़सम खाना नास्तिकता का मंगलाचरण है। नास्तिकता ही क्यों, अदृश्य ईश्वर को लेकर अनिश्चय या उस पर अपेक्षाकृत कम ऐतबार दर्शनशास्त्र का भी गोमुख है और हम कह सकते हैं कि सामान्यतः बड़ों की तुलना में बच्चों में दर्शन-भाव अधिक गहन होता है। आकाश, ईश्वर, मनुष्य, पृथ्वी, पाताल—सभी रहस्यों के प्रति जैसा सम्मोहन और औत्सुक्य बच्चे में होता है, बड़ों में नहीं। तारों से भरा

आकाश और उसके पार का संसार जितना बच्चों के हृदय में धड़कता है, बड़ों में नहीं।

क्या बचपन ईश्वर विरुद्ध होता है ? ईश्वर के क़द को छोटा करनेवाला होता है ? ऐसा नहीं, अधिसंख्य बड़ों की तरह बच्चे भी ईश्वर की परिधि में होते हैं। जहाँ तक हमारे दिनों की बात है तो क़स्बे के सारे बच्चे ईश्वर के असर में थे। क़िस्सों की सीढ़ियों से दबे पाँव आया ईश्वर उनके भीतर घर कर गया था। मैं भी सत्संग में, रामलीला में, कीर्तन में, कथा में, हवन में हिस्सेदारी करता था। मंदिर में पहुँच गया तो मत्था टेकता था। मगर यह सब इसलिए कम करता था कि ईश्वर प्रसन्न होगा, बल्कि ज़्यादा इसलिए करता था कि ऐसा करने पर माँ-पिता तथा अन्य मुझसे ख़ुश होंगे और मेरी तारीफ़ में कहेंगे कि मैं अच्छी आदतें सीख रहा हूँ। तो मैं अपने आसपास के लोगों की नज़रों में ऊँचा उठने की फ़िराक़ में ईश्वर की वंदना करता था। ईश्वर ने सोचा होगा कि मैं अपने आसपास के क्षुद्र-मर्त्य मनुष्यों को उससे ज़्यादा तवज्जो दे रहा हूँ। यह हिमाक़त। हर बच्चे के बारे में ईश्वर इसी तरह सोचता है और उसका बचपन छीन लेता है। कुछ लोग होते हैं जो उसकी नज़रों से बचाकर अपना थोड़ा सा बचपन छिपा लेते हैं। यह छिपा हुआ बचपन जिनके भीतर बचा रहता है वे तब तक ईश्वर और उसकी सत्ता को परेशान किए रहते हैं जब तक उनका बचपन बचा रहता है।

आठ

हम कहते हैं 'बचपन और स्वप्न'। इसकी कई व्यंजनाएँ हो सकती हैं। जैसे कि बच्चा नींद में कैसे-कैसे सपने देखता है। जैसे कि बच्चे की खुली आँखों में भविष्य के कैसे सपने डोलते हैं। जैसे कि बच्चे को लेकर उसके माँ-बाप कैसे सपने बुनते हैं। बच्चा इस तीसरी तरह के सपने ख़ुद नहीं देखता लेकिन इस सपने के थोड़े हिस्से पर उसका हक़ तो रहता है। ऐसे सपने की अहमियत यूँ भी होती है कि इस सपने को सच करने की या जोड़ने की ज़िम्मेदारी उसे निबाहनी होती है। संसार में सबसे लंबे सपने यही होते हैं जिनके हक़ीक़त या मिथ्या होने का ज्ञान कितने वर्षों के बाद होता है। तब तक सपने की रील माँ-पिता के सपनों में और संतति के जीवन में चलती रहती है। बच्चे के बारे में उनके बड़े सपनों का एक बड़ा-सा तंबू तानते हैं जिसके नीचे उनकी अनगिनत इच्छाएँ, अपेक्षाएँ, चिंताएँ शरण लिये बसती हैं। कभी-कभी ये इतनी ज़्यादा हो जाती हैं कि बच्चे का बचपन इनके बीच दब-पिसकर दम तोड़ने लगता है। बचपन बड़ों के सपनों के बोझ से घुटने लगता है।

सपनों की तरह ही यथार्थ का अपरंपार बोझ भी बचपन के लिए हिंसक होता है। यदि समाज और परिवार के यथार्थ का भारी गट्ठर बच्चे के सिर पर रखा गया तो ख़त्म हुआ उसका बचपन। यथार्थ के बोझ से मिटता है अभावग्रस्त, मुफ़लिस घरों के बच्चों का बचपन, जबकि स्वप्न के बोझ से ख़त्म होता है खाते-पीते रईस और मध्यवर्गीय घरों का बचपन। एक फ़र्क़ और है कि यथार्थ के हमले से बच्चे को बचाया नहीं जा सकता है और बच्चा ख़ुद भी बच नहीं सकता है। उसे पढ़ाई छोड़कर खेती-बाड़ी या बूट पालिश या घरेलू नौकरी या रेस्टोरेंट में बरतन धोने या जेब काटने या अन्य किसी अवांछित और अनुचित काम में

जुटना पड़ेगा। जबकि स्वप्न के बोझ से बहुत बार बच्चे बच जाते हैं। क्योंकि ऐसे भी माँ-पिता होते हैं जो अपनी औलाद से उसको लेकर बुने गए अपने सपने बनाते नहीं हैं और बच्चा बाल-बाल बच जाता है। माँएँ अक्सर अधिक समझदार होती हैं। बच्चों के बारे में उनके सपने ज़्यादा लंबे और सघन होते हैं मगर वे उन सपनों को अपने बच्चों के सामने कभी प्रकट नहीं करतीं, बस अपने भीतर सँजोए रहती हैं। उन सपनों के साथ वे जीती हैं, जागती हैं और सोती हैं। बच्चों को अपने सपनों के बारे में न बताने की वजह माँओं की समझदारी हो, यह पक्के तौर पर नहीं कहा जा सकता है। यह भी हो सकता है कि वे अपनी ज़िंदगी के अभ्यास के कारण चुप रह जाती हैं। आख़िर हमारे मुल्क में अधिकतर स्त्रियाँ कहाँ अपने स्वप्न बता पाती हैं। समझदारी की दहलीज़ छूते ही वे अभिशप्त हो जाती हैं अपने सपनों को छुपाने के लिए। किशोर होती हैं, युवा होती हैं, पत्नी बनती हैं लेकिन वे कहाँ अपने सपने को बयान कर पाती हैं। वैसे समाज का वश चले तो वे स्त्रियों को सपनों से ही वंचित कर दें। पर ऐसा हो ही नहीं पाया है कि किसी को सपने देखने से रोक देने में कामयाबी भी मिली हो। हद से हद सपनों को बताने से रोका जा सकता है। इसीलिए स्त्रियाँ अपने सपनों को बताती नहीं हैं मगर वे अपने बच्चों के बारे में जागते-सोते सपने देखती हैं। वे बच्चे को दुलराती हैं तो उनके भीतर स्वप्न खिल उठता है। वे बच्चे से खेलती हैं, हृदय से लगाती हैं, उसे खाने को देती हैं, उसे सुलाने के लिए थपकी देती हैं...उनकी हर कार्रवाई से सपने की बारिश होती है। वे जब छिपकर एकांत में रोती हैं, तब भी उनके रुदन और आँसुओं में सपने होते हैं। वे गुमसुम संतति के लिए सपने देखती रहती हैं।

बच्चे को लेकर पिता और माँ के सपनों में एक भिन्नता यह भी है कि पिता अपने सपने में बच्चे को काफ़ी वर्ष बाद की स्थिति में देखते हैं। यानी कि बच्चे के वयस्क होने के बीच का बच्चे का जो वक़्त होता है, वह पिता के सपनों में लगभग अनुपस्थित रहता है, जबकि माँ...माँ के सपनों में बच्चा वर्तमान, अतीत और भविष्य तीनों के साथ रहता है। वह गर्भ से ही...गर्भ में आने के पहले से वह माँ के सपनों में नमूदार हो जाता है।

मेरे पिता जब ख़ुश होते थे या भावुक, तो मेरे लिए कहते कि ख़ूब बड़े आदमी बनो। तरक़्क़ी करो। कभी-कभी वह सुनाते, "पढ़ोगे-लिखोगे तो बनोगे नवाब। खेलोगे, कूदोगे तो होगे ख़राब।" तरक़्क़ी करनेवाला, बड़े आदमी, नवाब के रूप में अपने बच्चे को देखने का सपना बच्चे के बीच के समय की, उसके शिशुपन, बचपन, कैशोर्य और यौवन की अवज्ञा है। उसकी इस अवधि को छलाँग जाना गुस्ताख़ी नहीं है क्या ?

जबकि मेरी माँ जो ज़्यादा पढ़-लिख नहीं सकी थीं, कहतीं, "ख़ूब मन लगाकर पढ़ो।" वह यह कहतीं तो उनकी आँखों में सपना तिरता था और जब मैं पढ़ता तो वह मुझे देखा करती थीं। उस समय वह शायद मुझे नहीं देख रही होती थीं...मेरा सपना देख रही होती थीं। आज इतने वर्षों बाद भी मैं नहीं जान सका कि मुझको लेकर माँ के क्या सपने थे ? मैंने उन्हें साकार किया या चकनाचूर ? हालाँकि मैं पूरी तरह जानता हूँ कि पिता के भीतर मेरे लिए क्या सपने थे। मुझे यह भी मालूम है कि मैं उनका एक भी सपना सच नहीं कर सका हूँ।

स्वयं मैं कैसे सपने बुन रहा था उन दिनों ? अथवा मेरे दोस्त कैसे सपने बुन रहे थे ? अधिक कुछ याद नहीं पड़ रहा है कि भविष्य को लेकर हमारे ख़ास सपने क्या थे ? ज़्यादा से ज़्यादा अलादीन के चिराग़ की कहानी सुनकर मैं जिन्नवाला चिराग़ पाना चाहता था। मैं सपने बुनता था कि चला जा रहा हूँ ...चला जा रहा हूँ कि मुझे घिसा ज़ंग लगा वह चिराग़ मिल गया। मैंने उसे घिसा तो जिन्न हाज़िर...

एक सपने के अंतर्गत मैं चमकीले वस्त्र पहने, घोड़े पर सवार, सीने पर ढाल और हाथ में तलवार लिये युद्ध कर रहा था...। यह रामलीला और नौटंकी देखने का असर था।

तीसरे सपने में, मैं जादूगर बन जाता था। जब जो चाहा सो किया।

इसी प्रकार मेरा एक दोस्त हनुमानजी का दीदार करने का सपना गढ़ता था तो दूसरा दोस्त गाय चराने का।

कहने का अर्थ कि हमारे पास भविष्यवाले कुछ विशेष सपने नहीं थे।

वैसे भी बच्चे भविष्य के सपने देखने में ज़्यादा यक़ीन नहीं रखते। उनके पास वर्तमान अधिक होता है, जीवन अधिक होता है। जानने और पाने को असंख्य वास्तविकताएँ होती हैं। दुनिया होती है। बच्चा क्यों बुने स्वप्न, उसका तो बीतनेवाला हर क्षण सपना होता है। पूरा बचपन ही क्या एक सपना नहीं है। एक निहायत कोमल, उनींदा और मुस्कुराता हुआ सपना। बड़ा हो जाने पर क्या ठगा-सा नहीं रह जाना पड़ता कि एक सपना था, जो टूट गया।

ऐसा भी है कि पूरा बचपन जो एक सपना होता है, वह बड़े होने पर नहीं, बचपन में ही टूट जाता है। ग़रीबी, भूख, विपत्ति और अत्याचार के शोर बचपन के सपनों को रौंद देते हैं...

अब उस सपने की बात जो वाक़ई सपना होता है और जिसे सभी सपना ही कहते हैं। अर्थात् विशुद्ध सपना। नींद में दिखने या देखा जानेवाला सपना। ऐसे सपनों के बारे में मनोवैज्ञानिकों, मनोचिकित्सकों, फलित ज्योतिष आदि ने

भिन्न-भिन्न प्रकार की निष्पत्तियाँ दी हैं। न जाने कितने निबंध और ग्रंथ रचे गए हैं। उक्त प्रक्रिया अभी भी अबाध गति से जारी है। अतः सपनों की विवेचना के उस क्षेत्र में दाख़िल होने की कोई ज़रूरत नहीं दिखती है। उसके बदले स्वप्न के कुछ दूसरे इलाक़ों में विचरण बेहतर होगा।

...जागते के सपने, विचार के सपने याद रहते हैं लेकिन नींद का सपना रात को देखा और दिन में विस्मृत हो जाता है। लेकिन जग जाने पर यदि झट से उस सपने को याद कर लिया जाए तो विस्मृत नहीं हो पाता है। सपना अदृश्य हो जाता है, उसकी याद बच जाती है। वहीं जागते, विचार के सपनों में समूचा सपना हमारे पास बचा रहता है। वह कभी भी विस्मृत नहीं होता है। वह मरता है...वह धीरे-धीरे क्षीण पड़ता है...कमज़ोर होता जाता है...कृशकाय और एक दिन मर जाता है। लेकिन मरने के बाद भी उसकी उदास स्मृति बची रहती है, जो ताज़िंदगी साथ रहती है। इस प्रकार के सपने विस्मृत तब होते हैं जब सच हो जाते हैं।

फ़िलहाल उस सपने के बारे में, जिसे जगने पर झट से याद न कर लो तो भूल जाता है...। वैसे किसी के भी जीवन में ऐसे सपनों में चार-छह होते हैं, जो लंबे समय तक याद रह जाते हैं। जगकर तुरंत याद न कर लो, तब भी याद रह जाते हैं। संस्मरण भी तो यही है। आदमी की ज़िंदगी में असंख्य बिंब निर्मित होते हैं। लाखों अनुभूतियाँ होती हैं। अनेक घटनाएँ घटित होती हैं। काल प्रवाह में आदमी का जिया हुआ वक़्त बेशुमार सीप-मोती वग़ैरह समेटे होता है, मगर उसकी याद में निवास कर पाती हैं कितनी थोड़ी सी स्मृतियाँ।

विज्ञान बताता है कि मनुष्य अपनी मस्तिष्क की क्षमता का एक छोटा सा हिस्सा ही उपयोग में लाता है जबकि उसका बेहतरीन उपयोग किया जाना संभव हो सकता है।

कहीं इसीलिए तो नहीं हम अपने सभी सपनों और जीवन के हर क्षण को याद नहीं रख पाते हैं ? लेकिन यदि सब याद रह जाए तो ? यदि समूचा मस्तिष्क जग जाए और हमें अपने सभी सपने, जीवन के ब्यौरे, ख़ुशियाँ, यातनाएँ, दुख और विपत्तियाँ याद रहें तो कितना ग़ज़ब हो जाएगा। तब शायद हमें नींद ही न आए। हम आगे कोई सपना कैसे देखेंगे तब ? यदि नींद आ भी गई तो हम पुराने ढेर सारे सपनों में ही कोई एक सपना देख रहे होंगे।

अगर हममें भूलने का हुनर न हो तो हम कितने बुरे नरक में जा गिरें। जीना मुश्किल हो जाए, शायद दिमाग़ फट जाए, शायद पागल हो जाएँ, सदैव जागते फिरें, और साहित्य तो कभी न रचा जा सके। सृजनात्मक साहित्य में बहुत कुछ रह सकता है लेकिन एक चीज़ निश्चय ही रहती है, वह है...विस्मृति का स्मरण।

भूली हुई चीज़ों, घटनाओं, संवेदनाओं की वापसी होती है रचना में। लेखक जो लिखते हैं कहानी में, कविता में, उपन्यास में, उन्हें वह सब पहले से हू-ब-हू याद रहे और झटपट लिख दें उसे, तो तय है कि कृति अच्छी कला का स्थान न ले सकेगी। क्योंकि सब याद रहने की स्थिति में रचना महज़ यथार्थ की नक़ल बनकर रह जाएगी। जबकि साहित्य में यथार्थ हो या अनुभूति—उसकी पुनर्रचना से ही उसका साहित्य बनना संभव होता है।

लेकिन रचना के लिए आवश्यक तत्त्व 'भूलना' एकदम से भूलना नहीं होता है। यह आधा-अधूरा भूलना है। यह थोड़ा सा याद रखना और थोड़ा सा भूल जाना होता है। लेखक याद रखे हिस्सों के उजाले की मदद से विस्मृति के अँधेरे में खोए हुए हिस्सों को ढूँढ़ता है। बहुत ढूँढ़ने के बाद भी वह नहीं मिलता है। किसी भी लेखक को नहीं मिला है आज तक। ऐसी दशा में कुछ लेखक होते हैं कि अधूरे हिस्से को पूरा करने के लिए भूला हुआ हिस्सा गढ़ लेते हैं। दूसरी तरह के लिखनेवाले याद हिस्से पर ही रचना रच लेते हैं, वे भूले हुए की परवाह ही नहीं करते हैं। मगर एक तीसरी तरह के लेखक भी होते हैं और ऐसे लेखक बहुत ही कम होते हैं। ये याद हिस्से को भी भूले हुए हिस्से के अँधेरे में डाल देते हैं। स्मृति और विस्मृति अँधेरे में मिलकर दूसरा कुछ बन जाते हैं और इसी 'दूसरे कुछ' को...सर्वथा 'नूतन' को...लेखक अपनी आत्यंतिक रोशनी में हासिल करता है...। ख़ैर, चर्चा स्वप्न की हो रही थी...। कुछ दार्शनिकों ने जगत को मिथ्या और स्वप्न माना है। कहा है कि सत्य केवल ब्रह्म है, जगत् मिथ्या है। उन दार्शनिकों ने ब्रह्म को प्रायः सत्य ही कहा है लेकिन जगत् को घटिया सिद्ध करने के लिए उसे झूठ, भ्रम, माया, मरीचिका, स्वप्न न जाने क्या-क्या कहा है। पर क्या ये सभी शब्द समानार्थी हैं ? नहीं। जैसे मिथ्या का अंश हो सकता है, पर मिथ्या में स्वप्न नहीं है। इसी तरह झूठ, भ्रम, माया, मरीचिका सभी स्वप्न में कम-ज़्यादा शामिल हो सकते हैं, पर स्वयं उनमें स्वप्न तत्त्व नहीं रहता है।

स्वप्न के निकट ज़्यादा से ज़्यादा 'भ्रम' को रखा जा सकता है, हालाँकि उसमें भी स्वप्न जैसी शक्ति नहीं है।

दर्शन में सर्प और रज्जु का दृष्टांत आता है। कहा गया है कि रज्जु (रस्सी) को देखकर सर्प का भ्रम हो जाता है, उसी प्रकार का भ्रम यह संसार है। यानी कि जो कुछ आप देख रहे हैं हक़ीक़त नहीं है, भ्रम है। स्वप्न में भी आप जो कुछ देख रहे होते हैं, वह हक़ीक़त नहीं होता है।

लेकिन इसके बावजूद भ्रम स्वप्न नहीं है। दोनों में बहुत अंतर है। जैसे यही कि भ्रम की अवधि अल्प होती है और कोई अपने चौकन्नेपन या तर्क शक्ति से भ्रम को मिटा सकता है। यदि आपको रज्जु में सर्प का वहम हुआ तो ऐसा नहीं

कि ज़्यादा समय तक यह स्थिति रहेगी। थोड़ी देर बाद आपको लगेगा कि अगर यह साँप है तो हिल क्यों नहीं रहा है। चलिए मान लिया कि सो रहा है। उस पर दूर से ईंट फेंका। अब अपने भ्रम के ख़िलाफ़ भ्रम होने लगेगा कि शायद यह सर्प नहीं है क्या। धीरे-धीरे साबित हो जाएगा कि यह सर्प नहीं रस्सी है। इसके अतिरिक्त, मान लीजिए रोशनी हो गई तो भी भ्रम की असलियत आपको मालूम हो जाएगी। मगर स्वप्न पर आप चाहे जितने पावर का प्रकाश फेंकिए, वह अविचलित रहेगा। साथ ही वह जब तक रहेगा, आपको संशय का, तर्क का कोई अवसर नहीं देगा। जितनी देर के लिए होता है, वास्तविकता को विस्थापित कर स्वयं वास्तविकता बन जाता है।

रज्जु में सर्प का भ्रम हुआ, ठीक है। लेकिन बात इससे आगे नहीं बढ़ेगी। यानी कि भ्रम का विस्तार नहीं होगा। ऐसा नहीं लगने लगेगा कि अरे यह सर्प तो लहराता-फुँफकारता या रेंगता हुआ आ रहा है। अरे पाँवों में लिपट गया। और वह डँस लिया...। भ्रम एक जड़ स्थिति है। इसमें न गति है न विस्तार। जबकि स्वप्न में ये सब हैं। सपने में रज्जु सर्प के रूप में नहीं दिखता है, बल्कि सर्प ही दिखता है। एक नहीं अनेक सर्प दिख सकते हैं। लहराते हुए, क्रोध से फुँफकारते हुए, कुंडली मारकर बैठे हुए, पेड़ की डाल पर लटके, फ़र्श पर रेंगते हुए। कोई साँप इतना बड़ा हो सकता है कि आपके पूरे शरीर पर लिपट जाए। कोई साँप उड़ने लगे। कोई साँप सपना देखनेवाले को सपने में डँसकर सपना भर तक के लिए मार सकता है। स्वप्न कुछ मायने में वास्तविक संसार से अधिक हलचल और कारनामे भरे हो सकते हैं। जैसे कि यथार्थ में ऐसा कभी नहीं होगा मगर स्वप्न में संभव है कि साँप स्वप्नदर्शी को काटे और स्वप्नदर्शी देखे कि उसका शरीर स्याह पड़ने की जगह सोने का हो गया। वह मरने की जगह नैनीताल पहुँच गया और नैनीताल में लाल क़िला है और लाल क़िला का निर्माण मुग़लकाल में नहीं बल्कि चंद्रगुप्त मौर्य के ज़माने में हुआ था जिसकी रक्षा पाषाणकाल के लोग कर रहे हैं और लाल क़िला के भीतर व्हाइट हाउस का दफ़्तर लगा हुआ है जहाँ बाबा सहगल कथक कर रहे हैं और दर्शक कोक की बोतल से रक्त पी रहे हैं कि इतने में एक बड़ा भयानक बम का धमाका होता है। अब आप पाते हैं कि न साँप है न आपका शरीर सोने का है, न व्हाइट हाउस है। आप झुमरी तलैया के एक पेड़ की डाल पर बैठे नीचे पैर लटकाए गन्ने की गँडेरी चूस रहे हैं...।

स्वप्न न केवल वास्तविक जैसा अनुभव होता है, बल्कि वह अपनी रचना की ख़ुराक भी वास्तविकता से लेता है। उसकी निर्मिति वास्तविक बिंबों, स्थितियों, चरित्रों, स्थानों के ताने-बाने से होती है। इतना ज़रूर है कि वास्तविक जीवन

से स्थितियाँ, चरित्र आदि लेकर वह उन सबकी तार्किकता बदल देता है। उनके अंतर्संबंध और अन्विति के पेंचों को उखाड़ डालता है। वह स्थितियों, चरित्रों, बिंबों, स्पेस, टाइम, स्थान सभी को स्वतंत्र कर देता है। सभी की मुक्ति की स्थली है स्वप्न। हालाँकि सभी का हक़ीक़त में इस प्रकार मुक्त होना असंभव है। ख़ास तौर पर जड़ का पूर्ण अभियंत्रण तो सृष्टि का अंत होगा। तबाही। यह उसी तरह होगा कि पृथ्वी का गुरुत्वाकर्षण नष्ट हो जाए। सब अपनी जगहों से मुक्त हो जाएँगे और आपस में भिड़कर बर्बाद होंगे।

कहा जाता है कि जो जीवन में सच होने से रह जाता है, वह सपने में दिखता है। लेकिन कई बार इसकी काट में कुछ लोग कहते हैं कि उन्होंने सपने में जो देखा, वह न कभी चाहा था न सोचा था, फिर क्यों उन्हें वैसा सपना आया ? तो क्या यही सच है कि काल, आकाश, जगहें, घटनाएँ, लोग, सभी नागरिकों के सपनों में आकर स्वतंत्र हो जाते हैं ? कितने सारे बच्चे, बूढ़े, स्त्रियाँ, प्रेमिकाएँ, प्रेमी सपनों में स्वतंत्र होते हैं...इच्छाएँ, संकोच और विचार स्वतंत्र हो जाते हैं सपनों में...।

स्वप्न क्या है ? स्वप्न वास्तविकता की लीला है। लीला हमेशा वास्तविकता से ज़्यादा दिलचस्प, चटख़ और रोमांचकारी होती है। ईश्वर से अधिक चटख़ क़िस्से ईश्वर के अवतार के होते हैं।

...इतने के बावजूद स्वप्न और जीवन में एक ऐसी भिन्नता है जो स्वप्न की लाचारी और कमतरी को उजागर कर देती है और जीवन की अद्वितीयता की सिद्धि स्थापित करती है। निश्चय हो जाता है कि वास्तविकता से...जीवन से उच्चतर कुछ भी नहीं है। सबसे परम, अद्वितीय और अजेय है जीवन। स्वप्न अधिक से अधिक उसकी असंख्य कथाओं में से एक कथा है, बस। स्वप्न हो या कथाएँ ...कभी भी ज़िंदगी का दर्जा और उसकी शान नहीं हासिल कर सकते हैं।

स्वप्न में जीवन का आभास हो सकता है। सब कुछ जीवन-सा जीवंत लग सकता है लेकिन कुछ भी हो, स्वप्न जीवन नहीं बन सकता है। इसलिए भी कि स्वप्न में केवल रूप होता है। जीवन के चौतरफ़ा व्याप्त रस, गंध, स्पर्श और ध्वनि की भरपूर क्षमता स्वप्न में नहीं होती है। ये नियामतें यदि होती भी हैं तो अत्यंत क्षीण। भ्रम सरीखी। यानी कि यदि बहुत उच्च कोटि का स्वप्न हुआ तो भी उसमें रस नहीं उसका भ्रम ही मिलेगा। गंध, स्पर्श, ध्वनि नहीं, इनके भ्रम मिलेंगे। आप ध्वनि सुनेंगे नहीं उसे सोचेंगे। स्वाद चखेंगे नहीं सोचेंगे। और यदि ये उपस्थित भी हों तो क्या फ़ायदा। ये सपना देखने वाले को ही अनुभव होंगे। आपके सपने के करौंदे का स्वाद, रातरानी की गंध, घास का स्पर्श और पत्तों के सरसराने की आवाज़ आपके बग़ल में मौजूद रहनेवाला भी नहीं सुन सकता है। आपके सपने

में बम फूटेगा और बग़ल में लेटी हुई पत्नी को सुनाई नहीं देगा। आपके सपने में कोयल कूकेगी और कोयल ख़ुद भी अपनी कूक नहीं सुन पाएगी जबकि जीवन में कोयल का गीत स्वयं कोयल भी सुनेगी, हम भी सुनेंगे और आसपास के वृक्ष, पशु, पक्षी, धरती, आकाश सभी सुनेंगे।

सबसे बड़ी बात स्वप्न के पास जीवन की तरह स्मृति का संबल नहीं होता है। स्वप्न में, हो सकता है, दो और दो चार की स्मृति भी आपके पास न बचे। चार को बाईस या आठ या साठ कुछ भी समझ सकते हैं स्वप्न में। आपके पास वाराणसी के विश्वनाथ मंदिर की स्मृति है लेकिन सपने में आप वाराणसी में समुद्र और रेगिस्तान देखने लगेंगे और हैरत की बात कि इस पर आपको कोई हैरत नहीं होगी।

जग जाने पर थोड़ी देर में सपना चेतना से भी मिट जाता है। हाँ, कोई बहुत गहरा, रोमांचक सपना हो तो वह भले याद रह जाता है। लेकिन वह भी ज़्यादा समय के लिए नहीं। बचपन के जीवन के कितने अनुभवों की स्मृतियाँ आजीवन बची रहती हैं लेकिन बचपन में देखे कितने सपने किसी के ज़ेहन में बचे रह जाते हैं। ऐसा भी होता है कि सपने को जगते ही याद कर लेने पर सपना बचा रहेगा। लेकिन याद करके याद रहने पर वह स्मृति नहीं बनेगा। स्मृति में स्वतः निर्मिति होती है। कोई स्वयंमेव बचा रहे और याद आ जाए तो वह स्मृति होता है। याद करके याद रखे रहना स्मृति का प्रकट होना बिल्कुल नहीं है। जैसे रटंत को ज्ञान नहीं कहा जा सकता।

हाँ, ऐसा ज़रूर होता है कि कोई-कोई स्मृति लंबी अवधि तक दबी रहने के बाद फड़फड़ाने लगती है। उसका टहलने का मन करने लगता है और यदि तब भी हम उसको विचरण का मौक़ा नहीं देंगे तो वह दबे पाँव हमारे सपनों में आकर अपनी इच्छा पूरी करेगी...।

नौ

तीस साल पहले हमने क़स्बा छोड़ा था। उस विदाई के बाद मैं तीस साल अधिक पुराना हो गया हूँ। लेकिन क़स्बे के बारे में कैसे कहा जा सकता है कि वह तीस साल अधिक पुराना हो गया है। हम क़स्बे को देखेंगे तो कहेंगे कि यह तीस वर्ष ज़्यादा नया हो गया है। किसी गाँव-क़स्बे को बहुत दिनों बाद देखिए तो महसूस होगा कि वह नया-नया-सा लग रहा है। आप आदमी की तरह उसके बारे में प्रतिक्रिया नहीं कर सकते कि अरे, यह तो तीस साल में बूढ़ा हो गया। क़स्बा कभी बूढ़ा नहीं होता। केवल युद्ध और संहार किसी क़स्बे का यौवन छीनते हैं, वरना वह नया होता जाता है। क़स्बे की धरती पुरानी हो जाती है, आकाश और वायुमंडल पुराना पड़ जाता है। उसके कुएँ, उसकी कई इमारतें, उसके बाशिंदे, उसके वृक्ष पुराने पड़ जाते हैं। लेकिन क़स्बा नया होता जाता है...

"तो क्या हमारा वह पुराना क़स्बा भी नया हो गया होगा ?" इस प्रश्न को मैंने सोचा और उदास हो गया। उदासी ने मुझे पवित्र कर दिया और मुझे क़स्बे पर प्यार उमड़ आया। मैंने सोचा, मैं उस क़स्बे का बेटा हूँ। लेकिन मुझे यह भी लगा कि जैसे क़स्बा भी मेरा बेटा है जो मुझे शिक़ायत-भरी नज़रों से देख रहा है कि मैंने उस पर कभी ध्यान नहीं दिया। शायद इसी कारण मुझे उस पर प्यार उमड़ आया...

ऐसा नहीं कि तीस वर्षों से मैं क़स्बे से पूरी तरह बिछुड़ा रहा हूँ। मैं अनेक बार क़स्बे से गुज़रा लेकिन उसे छू नहीं सका। या इस तरह गुज़रा कि क़स्बे ने मुझे नहीं छुआ।

मेरा गाँव क़स्बे से छह मील दूर पर बसा है। अतः जब भी गाँव जाना हुआ,

क़स्बा बीच में आया। स्वाभाविक है कि गाँव से लौटता, तब भी क़स्बा मिलता। गाँव में हमारा घर है और शहर में हम हैं मगर क़स्बे में तो केवल क़स्बा है, हमारा क्या है वहाँ ? इसलिए हम क़स्बे से होते हुए आगे बढ़ जाते थे, वहाँ रुकते नहीं थे। वह महज़ एक रास्ता-भर हो गया था। क़स्बा न विकसित था न पिछड़ा, वह विकासशील देश की तरह अनदेखी का शिकार था। हम शहर से आते, उसे रौंदते हुए गाँव चले जाते। गाँव से लौटते तो उसे धक्का देते हुए शहर आ जाते।

मेरे इस अन्याय को क़स्बा आरोप की शैली में रख सकता था। लेकिन वह एक बच्चे की तरह शिकायत-भरी नज़रों से देखता हुआ—बिसूरता हुआ—क्यों लगा ?

शायद ऐसा होता है कि स्मृतियों में कोई आत्मीय चरित्र हमेशा एक बच्चे जैसा ही अबोध, निष्पाप और लाचार दिखता है। पत्नी से बहुत दिनों तक दूर ...अदृश्य रहने के बाद पत्नी के बारे में सोचिए—देर तक सोचिए—वह एक बच्ची की तरह मासूम मिलेगी। इतनी अधिक मासूम कि आप अपराध बोध से भर जाएँगे। आपको अपने अनेक अन्याय याद आ जाएँगे और आप घबराकर स्मृति के संसार से दूर जा खड़े होंगे। ऐसे ही आप दूर रह रहे अपने बुज़ुर्ग माँ-पिता के बारे में किसी दिन सोचने लगें तो उन पर उसी तरह दुलार आएगा, जैसे अपने बच्चों पर आता है। आप सोचने लगते हैं कि हम माँ-पिता के लिए क्या कर सके ? तय करते हैं कि अब आगे से उन्हें अधिक समय देंगे, उनसे अधिक बातें करेंगे। उन्हें कभी-कभी घुमाने ले जाया करेंगे। एक दिन अकस्मात् उनसे कहेंगे कि चलिए आज एक अच्छी पिक्चर दिखाता हूँ। मुख़्तसर में यह कि आप उन्हें ख़ुश देखना चाहते हैं। जब आप यह सब कर रहे होते हैं तो ख़ुद को टटोलिए, क्या आप अपने माँ-पिता के पिता की तरह नहीं हो रहे होते हैं। और वे दोनों उस बच्चे की तरह सहमे हुए खड़े नहीं मिलते हैं जो आपसे थोड़ा डरा है, थोड़ा नाराज़ और थोड़ी दूर है।

मुझे क़स्बा ऐसे ही एक 'पिता' की तरह लगा जब मैंने सोचा कि "तो क्या हमारा वह पुराना क़स्बा भी नया हो गया होगा ?" मैंने निश्चय किया कि क़स्बे से मिलूँगा। उससे गुज़र न जाऊँगा, उसे रौंदते हुए नहीं बढ़ जाऊँगा। मैं उसे छुऊँगा। मैं उसे देखूँगा। उसे सुनूँगा। मैं उसकी बाग़ के आम के वृक्षों के टिकोरों को चखूँगा और सूँघूँगा कि मेरे क़स्बे में ज़ायक़ा और महक की हालत अब कैसी है ?

मैं तीस बरस पुराने क़स्बे की स्मृति के साथ तीस बरस नए क़स्बे से मिलने के लिए निकला था।

लंबा आदमी बना छोटा

सबसे पहले स्कूल की बात ! क़स्बे के ज़िक्र पर सबसे पहले स्कूल उभरता है और तहसील। तहसील भी क़रीब-क़रीब स्कूल के सामने ही थी। ये दोनों चेतना में सबसे ज़्यादा और सबसे पहले प्रकट होते हैं। इसलिए कि यहाँ ज़्यादा लोग भरे होते थे। दोनों जगहों पर ज़्यादा आकृतियाँ थीं, ज़्यादा ध्वनियाँ थीं और ज़्यादा भूगोल था। भूगोल ज़्यादा बड़ी वजह है। क्योंकि रामलीला का बाग़ भी क़स्बे को याद करने पर तुरंत सामने आ खड़ा होता है। उसके पास भी ज़्यादा भूगोल था। एक तरह से आकृतियाँ भी ज़्यादा थीं। ज़्यादा इंसान नहीं थे लेकिन बहुत ज़्यादा वृक्ष थे। उन वृक्षों की ध्वनियाँ स्कूल और तहसील की तरह शोर नहीं करती थीं लेकिन उनकी ध्वनियाँ बजती तो थीं। शाम होने पर...रात होने पर जब स्कूल और तहसील निःशब्द हो जाते थे तब भी बाग़ में वृक्षों की ध्वनियाँ बजती थीं। जब शोर समाप्त हो जाता है, अमर ध्वनियाँ तभी अधिक सक्रिय होती हैं और सुनाई देती हैं।

स्कूल की मूल इमारत अभी भी उसी तरह है। ऐसा बिल्कुल नहीं है कि स्कूल की वह इमारत वास्तुकला का कोई बेमिसाल नमूना है जिसे जान-बूझकर उसी तरह बचाए रखने की कोशिश में इमारत यथावत् रखी गई है। दरअसल स्कूल का स्वर्ण जयंती अतीत भले ही हो, उसका कोई इतिहास नहीं है कि उस भवन को श्रद्धावश अक्षुण्ण रखा जाए। लेकिन यह तो है ही कि चूने से पुता वह बदरंग भवन अभी भी उसी तरह उपस्थित है। हाँ, उसके बग़ल में एक लघु भवन ज़रूर बन गया है। इस निर्माण से यह बात सामने आती है कि पहले की तुलना में पढ़नेवाले बच्चों की संख्या बढ़ी है और उनकी समायी के लिए नया लघु भवन बना है। विद्यार्थियों की तादाद में बढ़ोतरी की बात इससे भी तय होती है कि पहले की भाँति अब एक कक्षा एक ही कमरे में नहीं चलती है। अब सेक्शन बन गए हैं। कमरों पर लिखा है—1 अ, 1 ब, 2 अ, 2 ब। मगर गुत्थी यह है कि जब 1, 2, 3 की कक्षाओं के अ और ब वर्ग हैं तो 4 और 5 की कक्षाओं के अ और ब वर्ग क्यों नहीं हैं ? 4 और 5 की एक ही कक्षा क्यों लगती है ? कहीं ऐसा तो नहीं कि अगली सदी की चौखट पर इस उत्तर-आधुनिक ज़माने में भी पुराने समय की तरह की क़स्बे में अनेक बच्चे कुछ दिन पढ़ने के बाद पढ़ाई छोड़ने लगते हैं या उनसे पढ़ाई छूट जाती है या उनका पढ़ना छुड़ा दिया जाता है...

हमारी प्राइमरी पाठशाला की जो फ़ील्ड थी, वह ख़त्म हो गई है। अब उस पूरी की पूरी फ़ील्ड पर राजकीय कन्या इंटर कॉलेज बन गया है जिसमें विज्ञान की भी पढ़ाई होती है मगर जिसके पास प्रयोगशाला नहीं है। पर यहाँ प्रश्न

यह है कि प्राइमरी पाठशाला के बच्चों की फ़ील्ड पर ही कन्या पाठशाला का भवन क्यों ? उस फ़ील्ड पर कितने सारे बच्चों की ख़ुशियाँ फैली हुई थीं। बच्चे रोज़ उन्हें बटोरते थे और थोड़ी सी ख़ुशी पाकर ख़ुश हो जाते थे। उस फ़ील्ड में हज़ारों बच्चों की खड़िया खो गई थी और स्याही गिर गई थी। कुछ के पैसे और कुछ के आँसू उनकी जेबों और आँखों से निकलकर कहीं छुप गए थे। कुछ के गमछे से कच्ची मटर और चने गिर जाते थे और बारिश में उग आते थे। उस फ़ील्ड में कितने बच्चों ने बुज़ुर्गों के क्रोध से बचने के लिए दूब की गाँठें बाँधी थीं और कई उन गाँठों को खोलना भूल गए थे...। अब कोई बच्चा बुज़ुर्गों के क्रोध से बचने के लिए दूब कहाँ पाएगा...?

...बचपन में फ़ील्ड से लड़कियों का स्कूल दिखता था। वह दूर बसा हुआ लगता था। अब तीस साल बाद जब फ़ील्ड नहीं बची लेकिन फ़ील्ड की जगह बची है तो मैंने फ़ील्ड की जगह से लड़कियों का स्कूल देखा, तो लगा कि वह तो बहुत पास है। लगभग फ़ील्ड की जगह को छूता हुआ। पहले वह दूरी क्यों ज़्यादा लगती थी ? अब दूरी का लोप क्यों हो गया ? ऐसा कन्या इंटर कॉलेज बनने के कारण हुआ क्या ? पहले इस फ़ील्ड से लड़कियों के पुराने स्कूल की दूरी देखते थे, अब फ़ील्ड ही नहीं बची, फ़ील्ड का चिह्न बचा है। जितनी दूरी कम लगती है, वह फ़ील्ड थी। या कहीं ऐसा तो नहीं कि बचपन स्वभावतः हर चीज़ को ज्यादा अनुभव करता है। बचपन में कोई लंबा आदमी बहुत लंबा लगता है, कोई बौना ख़ूब बौना लगता है। बचपन में जो कुआँ अथाह गहरा लगा था, वह उतना गहरा नहीं था। जो तालाब बड़ा विपुल जलराशिवाला और विशाल लगा था, वैसा था नहीं।

प्राइमरी पाठशाला की अहमियत अब पहले जैसी नहीं रही। क़स्बे में सात-आठ मांटेसरी स्कूल खुल गए हैं, जिनमें प्रति छात्र फ़ीस पचास-साठ या सौ रुपए महीना होती है। इन स्कूलों ने प्राइमरी पाठशाला का नूर ख़त्म कर दिया है।

जो प्रश्न प्राइमरी पाठशाला में कक्षा तीन तबके के दो-दो सेक्शन देखकर उभरा, वही पुनः उभरा है। प्राइमरी तक की पढ़ाईवाले स्कूल आठ-नौ हो गए हैं लेकिन आगे की शिक्षा के लिए वही पुराना एक मिडिल स्कूल और एक इंटर कॉलेज।

वस्तुएँ भी बुढ़ाती हैं

बचपन में मेरे लिए क़स्बे का सर्वाधिक भव्य, स्वच्छ, रमणीक स्थान मंदिर था, जो अब असह्य हो गया है। मंदिर का गर्भगृह, गर्भगृह के सामने का बरामदा

जहाँ कीर्तन होता था—सभी जैसे मेरी स्मृति के मंदिर के चहबच्चे लग रहे हैं। मंदिर में हो गए अनेक कांस्ट्रक्शन के कारण पूरा मंदिर संडास की तरह गंदा, सँकरा, अँधेरा है। मंदिर का चेहरा बहुत कुरूप हो गया है। मंदिर के बाहरी हिस्से में दुकानें ही दुकानें खुली हैं। यदि मंदिर एक दुकान है तो कहा जाएगा कि दुकान में ढेर सारी दुकानें खुल गई हैं। पहले मंदिर चढ़ावा से समृद्ध था, अब किराया भी उसकी सम्पन्नता का एक जरिया है। चढ़ावा और किराया, भगवान और दुकान...इस तरह के सह-अस्तित्व से धन जुटा रहा है मंदिर। हाँ, वाकई जुटा रहा है...। मंदिर के बग़ल में मंदिर की ज़मीन थी। उस पर खड़ी हो रही है मंदिर से भी ऊँची इमारत। नई इमारत पर बोर्ड लगा है...रामजानकी कॉनवेंट स्कूल। शायद यह मंदिर की सबसे बड़ी दुकान होगी।

यह अजीब है कि तीस साल पहले सर्वाधिक रंग-बिरंगा, भव्य और सुंदर लगने वाला मंदिर अब बहुत बदरंग और अति मामूली दिख रहा है। इसकी एक वजह यह है कि अत्यधिक निर्माण किसी स्थापत्य की बाहरी सुंदरता के साथ ही उसकी आंतरिक सुंदरता को भी नष्ट कर देता है। दूसरी बात, हमने बचपन से बेदख़ल होने के बाद ज़्यादा बड़ी दुनिया देखी। अधिक भव्य, सुंदर देखा। बचपन में जो कुछ दृश्य थे, मंदिर उसमें सर्वश्रेष्ठ था। बाद में मंदिर से असंख्य गुना अधिक समृद्ध और अद्भुत मंदिर ही देखा। उस मंदिर से अधिक मोहक-चमकदार और वैभवपूर्ण घर देखे—रेस्टोरेंट देखे, सैलून देखे, दर्ज़ी की दुकानें देखीं। दरअसल किसी की सर्वोच्चता स्वयं से सिद्ध नहीं होती, उसे सर्वोच्चता के सिंहासन पर बैठाते हैं उससे हीन—उससे कमतर। सबसे सुंदर, सबसे योग्य, सबसे अच्छा कुछ भी नहीं है। जब हम कहते हैं—सबसे सुंदर—तो हमारे सामने सबसे सुंदर की कोई धारणा नहीं रहती है। हम कम सुंदर, कुरूप को देखे रहते हैं और कहते हैं—सबसे सुंदर। अतः सर्वश्रेष्ठ, सर्वशक्तिमान, सर्वाधिक आदि निगमनात्मक प्रणाली से निर्मित किए शब्द हैं। तो फिर मेरे बचपन की पुरानी जगहें कैसे अपनी कशिश—अपनी सत्ता पहले जैसी बनाए रख सकती हैं।

इस प्रसंग में एक संदेह, कहीं ऐसा तो नहीं कि वस्तुएँ भी बुढ़ाती हैं। वस्त्र बूढ़े होते हैं, उन्हें धारण करनेवाला मनुष्य बूढ़ा होता है, फ़र्नीचर, मकान सभी की चमक कुछ साल बाद कम हो जाती है। एक पुस्तक कुछ दशक बाद पुरानी पड़ जाती है—बल्कि उसमें निवास करनेवाले शब्द भी अक्सर कमज़ोर पड़ने लगते हैं। जड़ चेतन सभी की सर्वोत्कृष्ट सुंदरता के प्रकट होने का एक ख़ास समय होता है। फूल, कविता, संगीत, स्त्री, पुरुष—कोई भी हो—वह सबसे सुंदर किसी ख़ास दौर में होता है।

यह भी हो सकता है कि जैसे स्कूटर में कार्बन जम जाता है, कमरे में धूल

और त्वचा पर झुर्री, वैसे ही आत्मा पर भी धीरे-धीरे तुच्छता की फफूँद जमने लगती है। कुछ ही होते हैं जो अपनी आत्मा को विस्तार, चमक और धार देते रहते हैं। अधिकतर की आत्मा दिन-प्रतिदिन मलिच्छ, तिकड़मी और दुर्गंधभरी होती जा रही है। कहीं मंदिर की भी आत्मा का यही क़िस्सा नहीं है। विभिन्न दुकानों की वस्तुओं की गन्धें मंदिर में मिलकर एक महा बदबू का निर्माण कर रही हैं ? वैसे भी पिछले कुछ वर्षों में मंदिर-मस्जिद के चेहरे पर तेज़ाब फेंककर बदशक्ल कर दिया गया है। मंदिर नाम लेते ही मनुष्य के जले हुए चमड़े और पशु के सड़े हुए चमड़े की बू फैल जाती है।

वृक्ष होते हैं जो सबसे अधिक उम्र तक सुंदर होते हैं। वे आजीवन सुंदर रहते हैं। वृक्ष के शरीर और उसकी आत्मा दोनों में ही बेहद ख़ूबसूरती बसती है। एक बूढ़े वृक्ष के पास भी असंख्य कोमल और हरे पत्तों की संपदा रहती है। उसके तने बलिष्ठ होते हैं। और उसमें अंत तक अपरिमित संभावनाएँ रहती हैं।

लेकिन वृक्षों से भरी रामलीलावाले बाग़ के सारे वृक्ष काट डाले गए। पूरे बाग़ में एक भी वृक्ष नहीं। सारे पेड़ों की हत्या हो गई। क़स्बे के पुराने लोग अभी भी उस जगह को बाग़ कहते हैं। क्योंकि सारे पेड़ ख़त्म तो हुए मगर वे अपने वध के पहले अपना बिंब जीवित छोड़ गए। पुराने लोग उस जगह पर बाग़ नहीं देखते हैं लेकिन उस जगह को देखने या सोचने पर बाग़ का बिंब देखने लगते हैं। इसीलिए वे उस जगह को अभी भी बाग़ कहते हैं। नई पीढ़ी—क़स्बों और शहरों की नई पीढ़ी के पास एक दिन न बाग़ बचेंगे न बाग़ के बिंब।

रामलीलावाले बाग़ के ध्वंस के बाद ऐसा नहीं हुआ कि वहाँ विस्तीर्ण मैदान निकल आया जहाँ बच्चे फुटबाल या क्रिकेट खेल सकते हैं। वृक्षहीन, छायाहीन, हरीतिमाहीन उस पूरी धरती पर टिम्बर मंडी बन गई है। एक-दो नहीं अनेक आरा मशीनें लकड़ियाँ चीरती रहती हैं। बसूले, हथौड़े, छैनी, कील, काँटेआरी, पेचकस की छनक-खनक की आवाज़ बीच-बीच में उठती है। एक आवाज़ लगातार होती है...ठक्...ठक्...। लकड़ी पर हथौड़े की चोट से उपजी ध्वनि। यह ध्वनि हथौड़े से निकलती है कि लकड़ी से या लकड़ी द्वारा हथौड़े से किए गए संघर्ष से ?

तहसील और तिजारत

तीस साल पहले तहसील के पास पाँच-छह वकील थे, आज लगभग डेढ़ सौ वकील हैं। तहसील के प्रांगण में काला कोट पहने वकील टहल रहे हैं। उनके तख़्तों पर उनके खूसट और काइयाँ मुंशी बैठे हैं, मुअक्किल बैठे हैं और ढेर सारी

मक्खियाँ बैठी हैं। वकीलों के तख़्तों पर मक्खियों के मल के धब्बे हैं। वकीलों के काले कोट पर भी धब्बे होंगे लेकिन काले रंग में धब्बे छुप जाते हैं। काले कोट ख़ुद बड़े-बड़े धब्बे लगते हैं। तीस वर्षों में तहसील के पाँच धब्बे डेढ़ सौ धब्बों में बदल गए हैं। हमारे देश में धब्बों के पास ज़बर्दस्त प्रजनन शक्ति है। इसलिए बेतहाशा बढ़ती आबादी से बहुत ज़्यादा प्रतिशत वृद्धि धब्बों की है।

उन दिनों तहसील के पास दो चाय की दुकानें थीं, एक मिठाई की, दो सब्ज़ी की, दो किराने की। एक छोटी सी गुमटी थी जिसमें एक स्त्री लेमनचूस, कंपट और चूरन बेचती थी। साथ में वह बेचती थी खड़िया, ब्लेड और ओमेगार्ड स्याही। चूरन की पुड़िया खोलने पर उसमें प्लास्टिक का कोई अति नन्हा खिलौना निकलता—बिच्छू, हाथी, चिड़िया, जहाज़, नाव, तलवार वग़ैरह।

मगर अब दुकानें ही दुकानें हैं। ढेर सारी चाय-पानी की दुकानें हैं। वहाँ परले दर्जे की गंदगी है। खाने के लिए ढेर सारी चीज़ें हैं और पीने के लिए गंदा पानी है। एक तरफ़ गंदा पानी है तो दूसरी तरफ कोल्ड ड्रिंक्स। पुराने समय में तहसील के पास तिलकधारी की दुकान पर किताबें, कॉपियाँ, स्कूल के सामान बिकते थे और बिकते थे अख़बार—कुछ पत्रिकाएँ। एक दिन तिलकधारी मर गए और उनकी वह दुकान मर गई। उनके बेटे ने उस दुकान में खोल ली है चाय-समोसे-मिठाई की दुकान। उसका कहना है कि किताब-कॉपी के धंधे में मुनाफ़ा कम था। और उनकी साल-भर की बिक्री नहीं थी जबकि समोसा साल-भर बिकता है, बरफ़ी साल-भर खाई जाती है। चाय तो रोज़ कई-कई बार पी जाती है। तिलकधारी की वह दुकान वैसे ही मरी जैसे चूरन कंपट, स्याही, लेमनचूस बेचनेवाली बुढ़िया मरी और उसकी दुकान मरी। उसकी गुमटी की जगह पर फोटोस्टेट की दुकान है, जो थाने के एक दारोगाजी की है और जिसे चलाने का काम मेरे गाँव के बुक्की करते हैं जो कुछ दिनों पहले तक गाँव की रामलीला में राम का पार्ट किया करते थे।

क़स्बे में दुकानें ही विकास का पर्याय हैं। तीन दशकों में वहाँ न कोई फ़ैक्ट्री खुली न कोई मझोला उद्योग। कोई पार्क, कोई पुस्तकालय कुछ भी नया नहीं खुला। जब हम वहाँ रहते थे, तब चर्चा चली थी कि क़स्बे में रेलवे स्टेशन बनेगा और रेलें चलेंगी। अब चर्चा भी नहीं है। लेकिन चार पहिया वाहनों और स्कूटरों में भारी वृद्धि हुई। देश में दहेज-प्रथा ने वाहनों की संख्या में बेतहाशा वृद्धि की है। क़स्बे में भी वाहनों में बढ़ोतरी का मुख्य कारण दहेज प्रथा है। विशेष रूप से स्कूटर और मोटरसाइकिलों के मामले में।

ताज्जुब हो सकता है कि क़स्बे में मिनरल वाटर मिलता है, 555 सिगरेट मिलती है यहाँ तक कि महँगी व्हिस्की मिलती है लेकिन क़स्बे में कहीं भी

मैग़ज़ीन नहीं बिकती। जबकि पहले बिकती थीं।

सरकारी प्रगति ज़रूर हुई है लेकिन ज़ाहिर है सरकारी ढंग से। उसमें सरकारी छाप गतिरोध भी है जैसे सरकारी अस्पताल की इमारत बेहतर हुई। उसमें मरीज़ों के लिए शय्याएँ भी बढ़ीं लेकिन डाक्टर केवल तीन। जिनमें एक लेडी डाक्टर। पूरे क़स्बे, आसपास में सैकड़ों गाँवों के लिए महज़ एक लेडी डाक्टर। क़स्बे में प्राइवेट प्रैक्टिस करनेवाले अनेक डाक्टर हैं लेकिन कोई एम. बी.बी.एस. नहीं। क़स्बा और मेरे गाँव के बीच में एक छोटा क़स्बा है, मुड़िलाडीह जहाँ तीन डाक्टर हैं जिनमें एक दसवीं पास है, दूसरा बारहवीं फ़ेल, तीसरे के बारे में कुछ पता ही नहीं। क़स्बे में भी होमियोपैथी, आयुर्वेदिक पद्धति से पढ़ाई करके आए हुए डाक्टर धड़ाधड़ एलोपैथी की दवाएँ देते हैं। डाक्टरों की यह दशा, जबकि मरीज़ अपरम्पार। यह इससे भी पता चलता है कि क़स्बे में क़रीब बीस मेडिकल स्टोर्स हैं।

क़स्बे में स्कूल हैं—अध्यापक नहीं हैं, अस्पताल में डॉक्टर नहीं लेकिन क़स्बे में ब्यूटी पार्लर है। वहाँ शहरों की तरह लड़कियाँ या स्त्रियाँ रोज़मर्रा की सुंदरता के चक्कर में नहीं जातीं। लगन में, शादी-ब्याह में लड़कियों को सजाने का काम यहाँ होता है। शादी समारोह में शामिल होनेवाली कुछ स्त्रियाँ भी यहाँ आने लगी हैं। विवाह के पूर्व लड़की को दिखाने के पहले लड़की को निखारने के लिए यहाँ लाया जाता है। यहाँ किराए पर सजावटी ज़ेवर भी मिलते हैं।

क़स्बे में पिछले बीस वर्षों से टूरिंग टाकीज़ चल रहा है जो टेंट तंबू में चलता है। उसमें सीट की जगह बेंचें लगी हुई हैं।

यहाँ एक कंप्यूटर ट्रेनिंग स्कूल भी खुल गया है। यहाँ कोचिंग सेंटर भी है। यहाँ नौकरियों के लिए फार्म भी बिकते हैं। यहाँ के लड़के कंपिटीशन की तैयारी भी कर रहे हैं। लेकिन इक्का-दुक्का को छोड़ दें तो किसी को नौकरी नहीं मिलती। यानी कि यहाँ कोशिश और कोशिश की भंगिमाएँ हैं लेकिन सफलताएँ और संभावनाएँ नहीं हैं।

दरअसल क़स्बा अब क़स्बा नहीं रहा, वह शहर का प्रहसन हो गया है। वह किसी शहर का उच्छिष्ट हो गया है। जैसे किसी शहर ने गर्भपात कराया हो, मरा हुआ शिशु-मांस का लोथड़ा—यह क़स्बा है। या जैसे गाँव की कोई स्त्री साड़ी के ऊपर स्कर्ट पहनकर मटक रही है। जैसे नौटंकी में कभी-कभी जोकर यह समझता था कि अप्सरा अथवा नायिका को वह पटा लेगा। इस प्रयास में वह एक से बढ़कर एक ऊल-जलूल और हास्यास्पद हरकतें करने लगता था। कभी आँख मटकाता, कभी गाल बजाता, कभी नाक फुलाता, कभी कान हिलाता, कभी कूल्हे नचाता। कभी-कभी वह कपड़े उतार डालता था। रंग-बिरंगा मुँह

लिये चीकट बनियान जाँघिया जूता-मोज़ा पहने वह मुस्कुराते हुए नर्तकी को रिझा रहा होता था...।

घर से निकाल बाहर हुआ घर

क़स्बा मेरा घर था लेकिन क़स्बे में मेरा घर नहीं है। किराए के ही सही, क़स्बे के दो मकानों में मैं रहा था। पर अब वे दोनों ही मकान नहीं बचे। जो पुराना मकान था उसकी सिर्फ़ सामनेवाली दीवार बची है। भीतर का सब कुछ, यानी कि दो बार के अंदर बना-बसा घर नष्ट हो गया। उसके कमरे, बरामदे, रसोई है...कुछ भी नहीं बचा। लेकिन क्या आँगन बच गया ? आँगन तो खुले आसमान के नीचे था जहाँ से बादल और परिंदे दिखते थे...आँगन ईंट-गारे से नहीं बनता कि उसे ध्वस्त किया जा सकता है...। लेकिन आँगन भी नहीं दिखा। शायद आँगन का सच यह है कि वह कमरों, बरामदों, दरवाज़ों, परिवारों के साथ ही रहता है। ये नहीं रहते तो अकेला उदास आँगन वह जगह छोड़कर चला जाता है। हमारे उस सबसे पहले और पुराने घर का आँगन कहाँ गया ?

वहाँ अब टीन शेड के नीचे ईंटों के छोटे से घेरे में एक चक्की चलती है। चक्की घर्र...घर्र...की आवाज़ करते हुए गेहूँ पीसती है। जब गेहूँ पीस लेती है, चुप हो जाती है।

दूसरा घर रामलीलावाले बाग़ के पास के मकान में था, उसमें एक अन्य मकान बन गया है। पुराना मकान नए मकान में शेष है। क्योंकि पुराने मकान की कुछ ईंटें नए मकान में चुनी गई हैं। लेकिन वह मकान इस मकान में नहीं है, क्योंकि ईंटों के सिवा उस मकान का इस मकान में कुछ नहीं है। पर यह तो है कि यह मकान कितना भी चाहे, कैसे कह सकता है कि इसमें पुराने मकान का कुछ भी नहीं है। क्योंकि यदि एक दिन पुराने मकान की ईंटें नाराज़ होकर बाहर निकल गईं तो क्या होगा ? यदि पुराने मकान की ज़मीन नए मकान को छोड़कर चली जाए ?

मैं और मेरा समय

मनुष्य ख़त्म हो रहे हैं, वस्तुएँ खिली हुई हैं

बाज़ार वंदना

सबमें में वह है। उसी में सब हैं। वह कहाँ नहीं है। अर्थात् हर जगह है। वह पृथ्वी, नभ और भू-गर्भ सर्वत्र विराजमान है। संसार के समस्त क्रिया-व्यापार का संचालन उसकी मुट्ठी में है। वह मानव जीवन को सर्वाधिक प्रभावित करनेवाले तत्त्व अर्थ व्यवस्था में है, वह शासन और राजनीति में है। वह हमारी चेतना और शरीर में है। वह वृद्ध में है, युवा में है और शिशु में है। वह अपराध में है और दंड में है तो पाप में भी है। वह संग्रह में है तो त्याग में भी है। वह भोग में भी है और योग में भी है। नीति और अनीति दोनों में उसका अंश है। प्रेम-विवाह-तलाक़—किसमें नहीं है वह। रूप, रस, गंध, स्पर्श, श्रवण सभी पर उसकी छाप है। शांति और युद्ध दोनों उसकी इच्छा से जन्म लेते हैं। वह शोषण में है, समाजवाद में है। स्त्री, पुरुष, पशु, वृक्ष, जड़, चेतन—कौन उससे अछूता है। कोई यशस्वी होगा तो उसकी कृपा से, कोई धनी होगा तो उसकी कृपा से, कोई सफल होगा तो उसकी कृपा से। संततियाँ उसके ही इशारे से उन्नति करेंगी। उसकी छत्र-छाया होने पर ही प्रणय बंधन सुदृढ़ होंगे। धर्म, अर्थ, काम, मोक्ष, सभी उस पर आश्रित हैं। ऐसे सर्वशक्तिमान, सर्वव्यापी, सिद्धफलदायी, सर्वसंचालक ! तुम्हारी भर्त्सना करने के लिए यहाँ मैं उपस्थित हूँ।

मेरी एक ट्रेजिडी है कि मैं ईश्वर की तरह हूँ जिसके अनेक रूप हैं। हालाँकि मैं ईश्वर का विलोम मनुष्य हूँ।

वाक़ई मेरे कई रूप हैं। मैं ही हूँ जो उदास, गंभीर और एकांतप्रिय हूँ। मैं

ही मितभाषी हूँ, मैं ही बकबक करनेवाला हूँ। मैं आधुनिकता, कुलीनता को चाहनेवाला हूँ और मैं ही फूहड़ गँवार हूँ। मैं ही साँवली सुंदरियों का दीवाना हूँ और मैं ही हूँ जो गौरवर्णी रूपसियों पर लट्टू रहता हूँ। मैं भावुकता की हँसी उड़ाता हूँ जबकि स्वयं बहुत भावुक हूँ। जो चिरकुट, कायर, काहिल, घरघुसना और पाजी है वह भी मैं हूँ और जो शानदार, साहसी, फुर्तीला, घुमक्कड़ और सज्जन है वह भी मैं हूँ। जो विश्वसनीय, मददगार, शाहख़र्च है वह भी मैं हूँ। जो संदिग्ध, हृदयहीन और मक्खीचूस है वह भी मैं हूँ। मैं एक साथ उच्च, नीच, श्रेष्ठ, घटिया, प्रिय, अप्रिय, सुंदर और कुरूप हूँ।

इन विभिन्न द्वैतों से मुक्त होने के लिए—एक उज्ज्वल चरित्र बनने के लिए—मेरे संघर्ष का रजत जयंती वर्ष होने जा रहा है लेकिन मैं अभी तक एक तरह का नहीं हो सका हूँ—मैं हूँ—पापी और पुण्यात्मा, योगी और ढोंगी, पवित्र और गंदला, संशयात्मा और प्रतिबद्ध।

मेरे पास अपने विषय में बतलाने के लिए ज़्यादा कुछ नहीं है। मेरे जीवन में गाथाकाल, भक्तिकाल, रीतिकाल, छायावाद, प्रगतिवाद, प्रयोगवाद कुछ भी घटित न हुआ। उसमें न कला फ़िल्मों के दुख हैं, न मसाला फ़िल्मों के सुख। वह दोयम दर्जे की यथार्थवादी कथा की तरह है। खाँटी निम्न-मध्यवर्गीय। पिता क्लर्क...माँ त्यागमयी, बराबर दुख सहती हुई...क़स्बाई माहौल...

लेखक से एक सवाल अक्सर किया जाता है कि उसने लिखना कैसे शुरू किया ? यह प्रश्न हमेशा हास्यास्पद होगा। उसी प्रकार जैसे प्रेम में डूबे व्यक्ति से पूछा जाए कि उसे प्रेम कैसे हुआ तो उसकी तरफ़ से जो जवाब आएगा वह निश्चय ही प्रेम की गरिमा एवं उदात्तता को ठेस पहुँचानेवाला होगा। मसलन लड़के की तरफ़ से जवाब हो सकता है कि वह लड़की पर तब मर मिटा था जब उसके गोरे गाल पर फुंसी निकल आई थी। किसी दूसरे लड़के का जवाब हो सकता है कि वह तब दिल दे बैठा था जब लड़की की एक पाँव की चप्पल टूट गई थी और वह पैर घसीटते हुए चल रही थी। इसी प्रकार किसी युवक को दोनों हाथ छोड़कर स्कूटर चलाता देखकर किसी युवती में प्रेम का अंकुर फूट सकता है। यक़ीन मानिए, दुनिया के महान्-से-महान् प्रेम के नायक या नायिका के भीतर प्यार के स्फुरण की वजह अति साधारण, तुच्छ और हँसोड़ रही होगी। इसी तरह विश्व के अधिकतर लेखकों के लेखन की शुरुआत भी किसी हीन कारण से होती है।

प्रारंभ जैसे भी हुआ, लेकिन लेखन कर्म अपना लेने के बाद वह मुझे हमेशा एक श्रेष्ठ तथा सार्थक गतिविधि महसूस हुआ। बुरे वक़्त में, दुर्दिन में, घोर हताशा और घनघोर अँधेरी मनःस्थिति में भी अपने चयन को लेकर मुझे कोई पछतावा

नहीं हुआ। यह भी कभी नहीं लगा कि मैं कुछ और क्यों नहीं हुआ। मैं समाज के अन्य कार्य-क्षेत्रों को साहित्य की तुलना में निम्नतर नहीं ठहरा रहा हूँ। बल्कि यह कहने की विनम्र कोशिश कर रहा हूँ कि साहित्य सृजन किसी भी दशा में कम महत्त्वपूर्ण या घटिया कार्य नहीं है। यह मानव जाति की विशेषीकृत प्रतिभा है। कलाओं को ही लें तो नाना प्रकार की कलाओं की प्रस्तुति मनुष्येतर समुदाय द्वारा संभव है। चित्र निर्माण, नृत्य, संगीत, अभिनय जैसे अनेक कला रूपों में पशु भी क्षमताएँ हासिल कर सकते हैं, किंतु यह नामुमकिन है कि कोई बंदर कविता लिख दे या रीछ कहानी-उपन्यास लिखे। गधा, शेर, लोमड़ी, भेड़—जानवर—कभी कुछ नहीं लिख सकते। लेखक बनने को मैं क्यों न नियामत मानूँ ! उसने मुझको संसार को ज़्यादा तीव्रता से महसूस करने और समझने की क्षमता दी। लेखक होने की वजह से ही मेरी त्वचा स्पर्श के साथ एक और स्पर्श अनुभव करती है। मैं कोई रंग देखता हूँ तो उसका एक और रंग देख लेता हूँ। तमाम ध्वनियों के कोलाहल से मैं एक खोई हुई ध्वनि भी सुनता हूँ। सत्य के साथ एक और सत्य, यथार्थ के साथ एक और यथार्थ देख सकता हूँ। ऐसा केवल आज ही के लेखक के साथ नहीं है। हर समय, हर युग में और धरती के हर किसी भू-भाग के लेखक को उक्त नियामत हासिल हुई है।

मगर आज का लेखक बीते दिनों के लेखक से बहुत भिन्न भी है। उसका समाज, उसका समय, उसके संकट, संघर्ष और उसकी अवस्थिति घातक रूप में बदल गई है। इसीलिए अपने बाहर के संसार से उसका घमासान और उसकी आंतरिक यातना—और फिर दोनों के रचनात्मक रूपांतरण की समस्याएँ—सभी में गहरी तब्दीलियाँ, पेचीदगियाँ, परेशानियाँ पैदा हो गई हैं। यह बात भारतीय लेखक के संदर्भ में अधिक दृढ़ता एवं तीक्ष्णता से कही जा सकती है।

यूँ तो कहा जा सकता है, जैसा इधर की रचनाओं, साक्षात्कारों और व्याख्यानों में रोज़ कहा जा रहा है कि हम बहुत हिंस्र या बहुत क्रूर या हत्यारे या कठिन समय में रह रहे हैं। लेकिन क्या सचमुच जघन्यतम समय आ गया है ? घोर कलियुग ! यदि ऐसा है तो क्यों एक बड़ा समुदाय कहता हुआ मिलता है कि यह बहुत अच्छा, अग्रगामी समय है। स्त्री से आप पूछिए कि क्या वह पुराने समय की स्त्री होना चाहेगी ? दलितों से पूछिए कि क्या वे पुराने समय में वापस जाने या पुराने समय को वापस लाने की इच्छा करते हैं ? बच्चे से पूछिए, यहाँ तक कि पुराने समय के किसी वयोवृद्ध से ही पूछिए कि इस वृद्धावस्था में उनको पुराने ज़माने के भूगोल में डाल दिया जाए ? बल्कि दिल्ली में रहकर दिल्ली को कोसनेवाले कवियों से पूछिए कि वे आदिवासियों के किसी गाँव में बसना पसंद करेंगे ? हर जगह जवाब नकारात्मक होगा।

सुख, सूचना और संपर्क के बेइंतिहा साधन हो चुके हैं। शिक्षा, चिकित्सा, यातायात सभी में अभूतपूर्व तरक़्क़ी हुई है। विवाह के बाद बेटी की आवाज़ सुनने के लिए माँ को अब तरसना नहीं पड़ता है। प्रेमचंद छप्पन वर्ष की अवस्था में कोलाइटिस से मर गए थे, आज शायद वे बच सकते थे। मेरे बाबा मामूली बीमारी से मर गए थे, आज होते तो मैं उन्हें बचा लेता। मेरे जन्म के पहले मेरा एक भाई बुख़ार में मर गया। आज शायद न मरता।

उक्त स्थूल और भौतिक ब्यौरों को छोड़ दें तो भी बहुत सारी उल्लेखनीय बातें वर्तमान समय के पास हैं। इसे क्रूरताओं के जर्जर होने का समय कहा जा सकता है। पति द्वारा पत्नी पर, बड़ों द्वारा बच्चों पर, भाई द्वारा बहन पर अब पहले जैसी निरंकुशता और दादागिरी नहीं रही। रिश्तों के बीच स्वतंत्रता और समानता बढ़ी है। अफ़सर, पुलिस, सेना का चरित्र अब भी बर्बर है, लेकिन यह भी सच है कि अब इनकी निरंकुशता पहले जैसी निर्बाध नहीं है। यहाँ तक कि पशुओं तक पर हमारा सुलूक अब पुराने ज़माने की तरह निर्मम नहीं रहा है। उनकी स्वतंत्रता, उनके जीने के अधिकार के पक्ष में आवाज़ें और विचार हैं। यही समझ धीरे-धीरे वृक्षों के बारे में विकसित हो रही है। यह उसी समय में हो रहा है जब शंकराचार्य भी सती प्रथा, बलि प्रथा के विरुद्ध वक्तव्य देते हैं। यह भी इसी समय में हो रहा है कि परिधि की शक्तियों ने केंद्र की शक्ति को औक़ात बता दी है। स्त्रियाँ सरपंच बन रही हैं। दलित पिछड़ों की अपनी राजनीतिक ताक़त है, जिसे वे पहचान चुके हैं और इस्तेमाल कर रहे हैं।

तो क्या हम स्वर्णकाल में हैं ? आधुनिक पदावली में भी देखिए, मुद्रास्फीति कम हुई है, राष्ट्रीय विकास दर बढ़ रही है। नागरिकों के पास उपभोक्ता वस्तुओं से लेकर राजनीतिक पार्टियों तक में चुनने के ढेर सारे विकल्प हैं। जीवन-शैली में समाज का हस्तक्षेप लगातार घट रहा है। राजनीतिक पतनशीलता, प्रशासन तंत्र के निकम्मेपन और भ्रष्टाचार को छोड़ दें तो आम आदमी की ओर से शिकायत के निशाने पर कम चीज़ें होंगी।

फिर लेखक मौजूदा समय को लेकर क्यों रोता-सिसकता रहता है। उसका स्वर भिन्न क्यों है ? लेकिन ऐसा पहली मर्तबा नहीं हो रहा है। लगभग छह सौ वर्ष हुए, कबीरदास के दिल से हूक निकली थी, "सुखिया सब संसार है खावै औ सोवै, दुखिया दास कबीर है जागै औ रोवै।" जब सभी मस्ती कर रहे होते हैं, ज़्यादा मस्ती मार रहे होते हैं तब लेखक रोता है। जब सब लोग बेहोश रहते हैं, ग़ाफ़िल रहते हैं, उस वक्त भी लेखक जाग रहा होता है। इसलिए लेखक वह सब भी देख लेता है, जो अन्य लोग सोते रहने के कारण नहीं देख पाते हैं। वह भोजन में मिले विष को, स्वागत में निहित साज़िश को, यात्रा में होनेवाली

दुर्घटना को, सुंदर शरीर में छिपे रोग को देख लेता है, अतः रोता है। उसका रुदन–उसका अफ़सोस–उसके जागने के ही कारण है।

जब कोई लेखक बनता है तो उसे एक शाप लग जाता है, जो एक तरह से वरदान भी होता है। उसके भीतर संवेदनात्मक ज्ञान की, ज्ञानात्मक संवेदना की, अतींद्रियता की, अग्नियाँ जल जाती हैं। इसी प्रकार की तमाम और चीज़ों की अग्नियाँ जल जाती हैं। यक़ीन मानिए–एक सच्चे लेखक के भीतर ढेर सारी अग्नियाँ जलती रहती हैं, जिनमें उसकी बहुत सी प्रसन्नता, आराम, इत्मीनान, उसकी खुदग़र्ज़ी, उसका ढेर सारा सुअरपन जलकर राख हो जाता है। इन अग्नियों के कारण उसके अनुभव सामान्य इनसानों की तरह कच्चे नहीं रह पाते, पक जाते हैं। बाहर का संसार जब उसके भीतर आता है तो ये अग्नियाँ उसमें से गुज़रकर या उसे अपने भीतर से गुज़ारकर एक ख़ास तरह की आँच सुपुर्द करती हैं। आँच के कारण उस संसार में बहुत सारे ठोस और ठस्स पिघल जाते हैं, द्रव वाष्प बन जाते हैं। अवांछनीय नष्ट हो जाते हैं। कुछ चीज़ें आँच पाकर नया आकार ले लेती हैं। सोना आभूषण बन जाता है, लोहा हथियार। यही कारण है कि जब बाहर का संसार लेखक के भीतर की अग्नियों से गुज़रकर बाहर रचना में प्रकट होता है तो असलियत में वही संसार रहता है, लेकिन वह वही संसार बिल्कुल नहीं रहता है।

लेखक के भीतर जब इतनी सारी तपिश, रोशनी, ज्वाला और रासायनिक क्रियाएँ रहेंगी तो वहाँ चैन कैसे बचेगा। वह कैसे सो सकेगा ? ज़्यादातर लेखक लंबे समय तक इस यातना को सह नहीं पाते हैं। लगातार जागने, जलने और रोने से वे थक जाते हैं, ऊब जाते हैं। वे आरामदेह बिस्तर पर गहन बेहोशी चाहने लगते हैं। तब वे अग्नियाँ बुझ जाती हैं। उनकी राख के नीचे कुछ चिनगारियाँ भले बची रह जाएँ, जिनके संबल से छिटपुट कविताएँ, कहानियाँ, इक्का-दुक्का उपन्यास और ढेर सारे व्याख्यान बन सकते हैं, लेकिन अभिशाप की सौग़ात उन अग्नियों की अनुपस्थिति में कोई सच्चा लेखक बना व बचा नहीं रह सकता।

अत्यंत अफ़सोस की बात है कि मौजूदा वक़्त में लेखक गण लेखक के रूप में बचे नहीं रह पा रहे हैं।

इस वक़्त को व्याख्यायित करने की कोशिश करते हुए लगता है कि हम जिस समय में हैं, उसमें दुःस्वप्नों की तुलना में सच अधिक भयानक हैं। दुर्घटनाएँ, नृशंसताएँ, बरबादी आदि कल्पना से ज़्यादा यथार्थ में उपस्थित हैं। स्वातंत्र्योत्तर भारत में किसने आशंका की थी बाबरी मस्जिद के विध्वंस की और उससे उपजे

दंगों की, दंगों के बाद दंगों की। देश की प्रशासनिक मशीनरी, मुख्यमंत्री, प्रधानमंत्री, फ़ौज सबकी इच्छानुसार, सबकी मिलीभगत सें बाबरी मस्जिद ढहा दी जाएगी–ऐसा दुःस्वप्न किसने देखा-सोचा था ? साध्वियाँ, राजनीतिज्ञ, अफ़सर, सिपाही और महंत उल्लास से चिल्ला रहे थे और मस्जिद तोड़ी जा रही थी, क्या यह सपने में संभव था ? क्या यह भी सपने में संभव था कि बाबरी मस्जिद के विध्वंस और दंगों के अपराधी–गृहमंत्री, शिक्षा-संस्कृति मंत्री, मुख्यमंत्री बन जाएँगे।

किसको इस अनहोनी की आशंका थी कि माफ़िया डॉन, बलात्कारी, हत्यारे, डकैत, लौंडेबाज़, मसख़रे और मूर्ख भारत की संसद तथा विधान सभाओं को अपनी चिल्लाहट, गुंडागर्दी, सांप्रदायिकता और वायुविकार से भर देंगे।

किसी को अंदाज़ा नहीं था कि हत्यारा हज़ारों युवकों के सम्मुख डामर के ड्रम पर हमारे एक देसी कवि का सिर रखकर काट देगा। इस वध और वधिक के प्रतिरोध में वहाँ एक भी हाथ नहीं उठेगा, एक भी आवाज़ नहीं सुनाई पड़ेगी। यह भी किसको अंदाज़ा था कि दूसरा कवि एक इमारत की दसवीं मंज़िल से इसलिए छलाँग लगा देगा कि ज़िंदगी में उसकी रुचि समाप्त हो गई थी। एक दार्शनिक सड़क दुर्घटना में मारा जाएगा, लेकिन उसके नगर को महीनों इसकी ख़बर नहीं मिलेगी।

कोई शराब माँगेगा, आइस्क्रीम माँगेगा, स्त्री का शरीर माँगेगा, घूस माँगेगा, कुछ भी माँगेगा और उसे नहीं मिला तो गोली मार देगा। कोई कहेगा कि उसका धर्म सर्वोच्च है, यदि सामनेवाले ने स्वीकार नहीं किया तो उसे ख़त्म कर दिया जाएगा। ध्यान देने की बात है कि कवि, ईसाई धर्म प्रचारक, माडल, दुकानदार की हत्या हो या जयपुर में भरे-बाज़ार स्त्री का अपहरण और बलात्कार, सभी जन-समूह के सामने दिन दहाड़े हुए। अतः ये केवल जन जीवन की असुरक्षा का मामला नहीं है, बल्कि यह समकालीन मनुष्य की कायरता और उसकी आत्मा के अंत का भी प्रसंग है।

हमारे समय की यह त्रासदी ही है कि वह असंख्य विपत्तियों की चपेट में है, लेकिन उससे कहीं अधिक भयानक त्रासदी यह है कि विपत्तियों का प्रतिरोध नहीं है। इधर हम अपनी सभी राष्ट्रीय लड़ाइयाँ बिना लड़े हार रहे हैं। अपसंस्कृति, नव साम्राज्यवाद, संवेदना का विनाश–किसी से हम लड़े नहीं। यह और भी कुत्सित है कि लड़ने की कौन कहे, लोग उनका स्वागत कर रहे हैं। ख़ुशी से चिल्ला रहे हैं, खिलखिला रहे हैं, नितंब मटका रहे हैं।

ऐसा शायद इसलिए हो पा रहा है कि बाज़ार की अंतर्राष्ट्रीय शक्तियों के कारण विचारधारा और विचार दोनों हाशिए पर धकेल दिए गए हैं। कम्युनिस्ट

देशों के पतन के कारण नहीं, बाज़ार की शक्तियों से यह स्थापित हुआ कि मार्क्सवाद मर चुका है। जबकि मार्क्सवाद का जन्म समाजवादी व्यवस्थाओं के पहले हो चुका था, इसलिए सिर्फ़ व्यवस्था के पतन से वह कैसे मिट सकता है। विचारधारा के अंत तक ग़नीमत थी, क्योंकि उनकी लतरें धूप और खाद पाकर पुनः फैल जाती हैं, लेकिन भूमंडलीकरण–बाज़ार–लोगों को विचार से बेदख़ल बना रहा है। विचार, ज्ञान, विवेक ये जब तक रहेंगे–बाज़ार का हमला अबाध नहीं रहेगा। इसलिए सबसे पहले लोगों को विचार से चिढ़ना और नफ़रत करना सिखाओ। सिखाओ कि ज्ञान का अर्थ, तमाम विषयों का अध्ययन और उनके अंतर्संबंधों की पड़ताल–व्याख्या नहीं, बल्कि प्रश्नोत्तरी है। सिखाओ कि प्रतिभाशाली का अर्थ फ़िल्मी अंताक्षरी में अव्वल आना है। सिखाओ कि कुछ करने के पहले ठिठक कर सोचना पिछड़ापन और मूर्खता है। सिखाओ कि पश्चाताप और प्रायश्चित्त कोई शब्द नहीं हैं। सिखाओ कि मनुष्य कुछ भी नहीं, सबसे श्रेष्ठ मशीन है। सिखाओ कि अंतरात्मा कुछ नहीं होती, चेतना कुछ नहीं होती।

किसी समाज में बाज़ार के नियामकों का वर्चस्व तब तक स्थापित नहीं हो पाता है जब तक सच्चे मनुष्य और मूल्य बचे रहते हैं। इसीलिए बाज़ार की ताक़तें हमारे समय की थोड़ी सी बची हुई सच्चाई, नैतिकता और इंसानियत पर घात लगा रही हैं। कभी टी.वी. के कार्यक्रमों, कभी विज्ञापनों, कभी सूचना प्रौद्योगिकी, कभी भूमंडलीकरण के कीर्तिमान जैसे अमोघ अस्त्रों से वे वार करती हैं। लोगों के सरोकारों को उच्चवर्गीय चकाचौंध से भर दिया जाता है। टेलीविज़न, सिनेमा के पर्दे पर धूसर, कत्थई और मटमैले रंगों की अनुपस्थिति अनायास नहीं है। वहाँ आलीशान घर और दफ़्तर हैं। भव्य कारें हैं। अपराध और शेयर हैं। अरबों-खरबों हैं। विवाह पूर्व और विवाहेतर शारीरिक संबंधों की यशःगाथा है। सुंदर बच्चे हैं। खुशहाल तथा संपन्न परिवार हैं। नफ़ीस गृहिणियाँ हैं। माँ का कैरेक्टर अब निरूपा राय नहीं, पैंतीस साल तक की जवान, हसीन और साबुत चमकीले दाँतों वाली छम्मकछल्लो करती हैं जिनकी अपनी सेक्स अपील होती है। ढेर सारी पत्र-पत्रिकाएँ यही काम कर रही हैं। यानी कि घोषित किया जा रहा है कि वैभवपूर्ण एवं भोगमय यह संसार ही असल हक़ीक़त है। आपके पास जो दुख, संघर्ष और असुंदर है, अपवाद है। नैतिकता, मूल्य परकता, सच्चाई तो फ़ैंटेसी है, स्वप्न है। यथार्थ केवल भोग है, आराम और विलास है यदि वह आपके पास नहीं है तो आप यथार्थ के लिए एक विसंगति हैं–एक बेसुरा राग।

हम दूसरों को कोसें लेकिन अपने साहित्य-संसार में भी झाँकें। जब से हमारे आसमान पर बाज़ारवाद ने उड़ान भरी यानी कि क़रीब एक दशक से, कहानियों-

उपन्यासों में मामूली आदमी की हाज़िरी क्षीण होती जा रही है। जब वे सब समाज में हैं तो साहित्य से क्यों ग़ायब हो रहे हैं ? ज़्यादातर रचनाओं में उच्च-मध्यवर्ग, नाटकीयता, चटख़ रंगों और चटख़ारों की प्रचुरता है। यहाँ तक कि यदि स्त्री विमर्श है तो अधिकांशतः बड़े शहर की धनाढ्य स्त्रियाँ केंद्र में हैं। दलित कथा-साहित्य में भी पढ़े-लिखे, शहरी नौकरीपेशा दलितों का प्रभुत्व है।

हमारे कथन से यह अनर्थ न निकाला जाए कि मैं शहरों के विरुद्ध हूँ और ग्राम जीवन मुझे बहुत रास आता है। सच्ची बात यह है कि शहर मुझे अत्यंत प्रिय हैं। बड़े और सुंदर शहर और ज़्यादा प्रिय हैं। मुझे आधुनिक स्त्रियाँ और रचनाएँ दोनों आकर्षित करती हैं। विकास का गोमुख शहर है तो पतन का चेहरा भी सबसे पहले शहर के दर्पण में दिखता है। एक लेखक के रूप में इन दोनों से संपर्क मेरी ज़रूरत है। क्योंकि विकास और पतन, इन्हीं दोनों की लीला से साहित्य रचा जाता है।

शहर से मैं प्यार करता हूँ लेकिन शहर के लिए मेरे मन में घृणा भी अपरंपार है। वे पतनोन्मुख विकास के प्रतीक हो चुके हैं। हर स्थल का समुचित विकास उसके भूगोल, समाजशास्त्र और संस्कृति के अनुरूप होना चाहिए। मगर सारा विकास इन तीनों की विनाश भूमि पर किया जा रहा है। वस्तुतः विकास नहीं विकास का भेड़ियाधसान हो रहा है। पूँजीनिवेश का क्षेत्र राष्ट्र की ज़रूरत नहीं तय कर रही है। समाज की स्थायी समृद्धि और रोज़गार के अवसर बढ़ाना अब उद्योग-धंधों की प्रतिज्ञा नहीं बची है। प्राकृतिक संपदा और मानव श्रम के समुचित उपयोग का इस विकास से कोई रिश्ता नहीं है। एक अंधी तरक़्क़ी है। अंधे ड्राइवर विकास का वाहन दौड़ा रहे हैं। सामाजिक दुर्घटनाएँ, सामाजिक मृत्यु और सामाजिक बीमारियाँ इसके उत्पाद हैं।

जैविक बीमारियाँ भी इफ़रात हैं। आनेवाले समय में—मौजूदा विकास के भविष्य में—सड़कों के किनारे दुकानें होंगी और सड़कों पर आदमी नहीं, केवल वाहन दिखेंगे। यदि आदमी दिखेंगे तो वाहन उनको कुचल देंगे और घरों, वाहनों और दुकानों में जो आदमी होगा, वह कई-कई बीमारियों से घिरा होगा। ज़्यादातर लोग गैस गिरा रहे होंगे। ढेर सारे लोग बहरे होंगे। कोई जर्जर फेफड़ा लिये खाँस रहा होगा। असंख्य लोग चश्मा लगाए होंगे, असंख्य पेस मेकर। हृदय रोग, उच्च रक्तचाप, एड्स, मधुमेह, एलर्जी जैसी बीमारियाँ उछल रही होंगी।

चिकित्सा विज्ञान अधिकतर को मरने नहीं देगा और विकास उन्हें जीने नहीं देगा।

मानसिक रोगियों में बेतहाशा वृद्धि होगी। अर्ध विकसित मस्तिष्क वाले

बच्चे, तनावग्रस्त, पागल, सनकी बड़ी तादाद में पाए जाएँगे। ऐसा समाज लिये हुए इक्कीसवीं सदी में लोग किसी दूसरे ग्रह पर बसने की तैयारी करेंगे।

मान लें कि उस ग्रह पर पहुँचने पर किसी कीमियागिरी के कारण सबके चेहरे थोड़े-थोड़े बदल जाएँ। तब निश्चय ही अधिसंख्य लोगों की शिनाख़्त मुश्किल हो जाएगी। क्योंकि इस सभ्यता के अनुचरों के पास अपने चेहरे के अतिरिक्त कुछ भी मौलिक नहीं है। चेहरे में भी केवल चेहरे की बनावट मौलिक है, चेहरे की अभिव्यक्तियों में तो नक़लचीपन है। जैसे सियार एक तरह से हुआ करते हैं, उसी तरह ज़्यादातर चेहरे एक तरह से मुस्कुराते हैं। एक ही तरह से शोक और एक ही तरह से खुशी प्रकट करते हैं। उनके आश्चर्य, उत्साह और अवसाद के इज़हार एक तरह से हैं।

ख़ास तरह के वस्त्र, ख़ास तरह के बाल, ख़ास तरह की वक्तृता, ख़ास तरह के शृंगार, ख़ास तरह की चिल्ल-पों और ख़ास तरह के शिष्टाचार में लोग एक ही तरह से मगन हैं। धनाढ्य देशों का चहेता भारतीय उपभोक्ता वर्ग एक ही प्रकार की इच्छाएँ, स्वप्न और कर्म लिये दौड़ रहा है। जबकि आत्यंतिक समरूपता किसी भी समाज की सांस्कृतिक मृत्यु का प्रमुख चिह्न है।

विडंबना यह है कि लोग विज्ञापनों की नक़ल कर रहे हैं या व्यक्तियों की लेकिन उनमें बोध यह है कि वे सबसे अलग हैं। क्योंकि इसी राजनीति से बाज़ार विकसित होगा। बाज़ार यही करता है। वह लोगों को गुलाम बनाता है, लेकिन अहसास देता है कि वह परम स्वतंत्र हैं। मूर्ख हैं, लेकिन समझदार का भ्रम पैदा करता है। वह आपको ठगता है, लेकिन आप खुद को फ़ायदे में समझते हैं। वह आपको दुख देता है, लेकिन आपको महसूस होता है कि आप सुख हासिल कर रहे हैं। वह आपको पराजित करता है, लेकिन आप मानते हैं कि आप जीत रहे हैं।

आज के समय के बारे में कहा जाता है कि यह टेक्नोलॉजी के नियंत्रण का युग है। टेक्नोलॉजी ही अब चक्रवर्ती है। आधुनिकता, प्रकृति पर मनुष्य की विजय की गाथा थी और उत्तर-आधुनिकता मनुष्य पर टेक्नोलॉजी की जीत है। मशीन की मदद से मनुष्य विजेता बना था, अब मशीन स्वयं विजेता बन गई है। किंतु वास्तविकता है कि यह वास्तविकता नहीं है। वस्तुतः यह विचार बाज़ार की शक्तियों का प्रचार है। असली बादशाह स्वयं बाज़ार है। इस ज़माने में वही टेक्नोलॉजी का निर्माता है और नियंता भी। जिस तकनीक को वह जब चाहेगा बरबाद कर देगा। अप्रासंगिक बना देगा। यदि ऐसा नहीं कर पाया तो वह उसे आपकी पहुँच से ग़ायब कर देगा। आज भारतीय समाज की कितनी उपयोगी और ज़रूरी तकनीकें बाज़ार की इसी दमन-शक्ति का शिकार बन कर दम तोड़ चुकी हैं या कारावास झेल रही हैं।

बाज़ार एक नए ढंग का तानाशाह है। वह आपको मारेगा और कहेगा कि आपकी भलाई के लिए मार रहा है। वह आपको बरबाद करेगा और कहेगा कि वह आपके हित में बरबाद हो रहा है। वह निरंकुश, क्रूर और आक्रामक होगा, लेकिन अभिनय लोकतांत्रिक, दयालु और विनम्रता का करेगा। वह घोषणा करेगा कि असली ताक़त वह नहीं टेक्नोलॉजी है। मनुष्य के वश में कुछ भी नहीं। वह कठपुतली, असहाय और निहत्था है। ऐसी समझ के प्रक्षेपण के पीछे यह कुटिल चालाकी है कि धारा के विरुद्ध समाज की संघर्ष क्षमता का विलोप हो जाए। तकनीक एक जड़ सत्ता है, उससे संघर्ष संभव नहीं है और कोई समाज उससे मुख़ालिफ़ हो करके ज़िंदा नहीं रह सकता है। इसलिए सत्ता का केंद्र तकनीक को बताओ जिससे बाज़ार सहित राजनीतिक, आपराधिक आदि सत्ताएँ सुरक्षित रहें। फिर, जब लोग अपने को टेक्नोलॉजी का यंत्रवत दास मानेंगे तो यह भी मानेंगे कि जो हो रहा है, वही उनकी नियति है, अतः विद्रोह, विरोध और प्रतिकार उनके लिए संभव नहीं है।

बाज़ार ने युद्ध का मैदान मनुष्यों के अंतस्थल को बनाया, जहाँ मनुष्य अकेला था, इसलिए बाज़ार जीत गया। उसने हमारी आत्मा और चेतना को सोते हुए में दबोचा और कुचल दिया।

बाज़ार का संदेश है कि सफलता ही असली मूल्य है, बाकी सारे मूल्य ढकोसले और बूढ़े हैं। उनमें सुंदरता नहीं, चमक नहीं, शक्ति नहीं। पाना ही मोक्ष है। क्या खोकर पाया जा रहा है, बाज़ार समाज से इस विवेक का अपहरण कर लेता है। इसके लिए वह सामूहिकता के रत्न को नष्ट करता है। बाज़ार के रक्षार्थ सबसे ज़रूरी तत्त्व है मनुष्य की सामूहिकता का विनाश। क्योंकि लोग सामूहिक होंगे तो ग़लत के विरोध में शक्ति बनेगी। समूह में रहने पर समूह के कुछ लोग आपको बता देंगे कि आप क्या-क्या खोकर कुछ पा रहे हैं। इसलिए बाज़ार का दर्शन आज की सभी राजनीतिक पार्टियों को प्रिय है। बाज़ार कहता है कि आपको समाज की, पड़ोसी देश की, क्या ज़रूरत है ? भाई की क्या ज़रूरत है, दोस्त की क्या ज़रूरत है, क्योंकि आपकी हर ज़रूरत का हल हमारे पास है। आप तो बस पैसा कमाओ और मस्त रहो। भारत में बाज़ार अगले चरण में कहेगा कि आपको परिवार की क्या ज़रूरत है। वह आपको ऐसे-ऐसे उपकरणों के संजाल में उलझा देगा कि आप पड़ोस, परिवार, समाज, देश, दुनिया को देखने का समय नहीं निकाल सकेंगे। केवल तसवीरें आपके निकट होंगी। आप प्रकृति नहीं, प्रकृति की तसवीर देखेंगे। आप ग़रीबी, दुख और तबाही नहीं, सिर्फ़ उनकी फ़ोटो देखेंगे। आप अपने प्रियतम, बच्चे, माँ, पिता नहीं, उनकी तसवीरें देखेंगे। आप रोज़-रोज़ आईने में कई-कई बार अपने

को देखेंगे, लेकिन आप केवल अपना प्रतिबिंब देखेंगे। सच्चाई यह होगी कि आप ख़त्म हो जाएँगे और अपने को देख नहीं पाएँगे।

बाज़ार यह भी करता है कि वह भ्रम फैलाता है कि उपभोक्ता वर्ग ही देश है।

अमरीका जैसे बाज़ार-व्यवस्था के मसीहा देश भारत के उपभोक्तावाद की रीढ़ उच्च वर्ग और मध्य वर्ग को ही असली भारत समझते हैं। उनका समस्त भारत प्रेम इसी को लुभाने के लिए हो रहा है। इसी प्रकार भारत का शासक वर्ग भी इन्हें ही असली और लगभग एकमात्र भारत मान रहा है। अब किताबों में भी नहीं मिलता कि भारत एक कृषि प्रधान देश है और किसान-मजूरों के श्रम से देश चल-पल रहा है। अब उपभोक्ता वर्ग को यह गौरव प्रदान किया गया है कि वह कहे कि देश दो कौड़ी के किसान-मजूर नहीं 'टैक्स पेयर्स' चलाते हैं।

लेकिन यह एक ठोस सच्चाई है कि बिल गेट्स, मर्डोक, पेप्सी, कोक, वग़ैरह के प्यारे भारत के अलावा एक बड़ा भारत, भारत में रहता है। यहाँ अब भी दो जून की रोटी कमाना, बेटी की शादी कराना, इलाज करना विकट है। यहाँ अब भी आँसू, चीख़ और कराह हैं। इसकी पीठ पर हंटर के निशान नहीं हैं, लेकिन इसकी दीवारों पर खून के धब्बे मिलेंगे और दुआर पर कारतूस के खोखे। इस भारत में अनगिनत बस्तियाँ ऐसी हैं, जहाँ इक्का-दुक्का छोड़कर केवल विधवाएँ बसती हैं।

इस भारत के लोगों की विपदा का अंदाज़ा इससे भी लगाया जा सकता है कि वर्तमान इन्हें इतना पीटता है कि ये भविष्य का अर्थ ही भूल चुके हैं और अतीत को ये याद नहीं करना चाहते।

'वर्तमानता' आज के समय का बीज तत्त्व है। इतिहास और भविष्य से विच्छिन्नता इस समय की ख़्वाहिश और नियति दोनों ही हैं। ग़रीब तबक़ा वर्तमान के बीहड़ के कारण इतिहास और भविष्य के रास्ते नहीं देख पाता है तो संपन्न तबक़े का वर्तमान इतना मस्त चमकीला है कि उसे इतिहास और भविष्य की याद नहीं आती।

इतिहास और भविष्य से असंपृक्ति आज के मनुष्य को स्मृति और कल्पना से वंचित कर रही है। क्योंकि इतिहास के अभाव में—स्मृति, और भविष्य के अभाव में— कल्पना की भूमि बंजर होने लगती है। जबकि स्मृति और कल्पना ऐसी नियामतें हैं, जिनकी वजह से मानव समाज पशु, प्रकृति, मशीन की तुलना में उच्चतर स्थान पर प्रतिष्ठित हो सका है। इन नियामतों से बेदख़ल मनुष्य पतन के किस गंदे अँधेरे गर्त में गिरेगा, यह सोचने का विषय है।

जब मैं लेखक होता हूँ तो, एक तरफ़ मैं होता हूँ और दूसरी तरफ़ यह समय। इस समय को मुझे जानना, समझना, चित्रित करना है। किसी हद तक बदलना भी है। मगर मेरा संताप यह है कि मुझको सूरते-हाल के बदलने की कोई उम्मीद नहीं दिखाई देती। एक समय ऐसा था कि जब भूमंडलीकरण यानी कि डालर का सर्वभक्षण, यानी कि अमरीकी सभ्यता यानी कि उपभोक्तावाद विश्वविजय पर था तो भारत की राजनीति में लालू यादव, मुलायम सिंह यादव, देवीलाल, रामविलास पासवान, काशीराम को नायकत्व प्राप्त हो रहा था। दलित पिछड़ी जातियों और अल्पसंख्यक समुदाय की एकजुटता की सफलता से लग रहा था कि मार्क्सवाद की मृत्यु के दौर में भी अग्रगामी शक्तियों का मक़सद ध्वस्त नहीं हुआ है। लेकिन इन नेताओं ने ऐतिहासिक परिवर्तन के लक्ष्य की पीठ में लंबी फालवाला छुरा भोंका। बाज़ार इन्हें भी लील ले गया है। दूसरी तरफ़ भाजपा जैसी घोर सांप्रदायिक, जघन्य और जाहिलों की पार्टी केंद्र में सत्तारूढ़ हो गई है। हम ऐसा समय देखने की त्रासदी से गुज़र रहे हैं, जिसमें उत्तर- आधुनिक संवेदनहीनता और आदिम बर्बरताएँ एक साथ हाज़िर हैं। यदि नहीं मिलती है तो पवित्र नफ़रत और गुस्से से भरी सामूहिक गतिविधि। ये दोनों चीज़ें सर्वाधिक वामपंथी प्रगतिशील ताक़तों में व्याप्त थीं, लेकिन कितनी अवधि बीत गई, उन्होंने हस्तक्षेप की कौन कहे, नई सामाजिक स्थितियों में एक नया नारा तक नहीं गढ़ा।

मैं उम्मीद के लिए अपने क़स्बे में गया, गाँव गया। वहाँ से मैं जल्दी ही भागा। मुझे लगा था कि कम-से-कम मेरे गाँव में कुछ सच्चाइयाँ, ईमानदारी और ढेर सारी निश्छलताएँ मिलेंगी। लेकिन पाया कि वहाँ भी दो दूना आठ का पहाड़ा कम परिश्रम से नहीं रटा जा रहा था।

मैं सोचता था कि स्त्रियों और बच्चों में असली हँसी और आँसू बचे हैं। जब सभी हिंसक हो जाते हैं, तब भी स्त्रियों के पास बहुत सारी करुणा और हिचकियाँ सुरक्षित रहती हैं। इसी तरह जब समूचे समाज में अँधेरा फैल जाता है, उस समय भी बच्चों के होंठों और आँखों में हँसी बिछी होती है। लेकिन, मैं आपको डराने के लिए नहीं कह रहा हूँ, मैंने ऐसा महसूस किया, इसलिए कह रहा हूँ कि संवेदनशीलता का यह क़िला भी अभेद्य नहीं रहा। बाज़ार ने इसी क़िले को सर्वाधिक शक्ति से घेरा। स्त्रियों और बच्चों को अपनी गिरफ़्त में लेना बाज़ार की शक्तियों का पहला लक्ष्य था। इसमें वे कामयाब भी रहीं। स्त्रियाँ और बच्चे ही सबसे बड़े उपभोक्ता समुदाय हैं।

एक लेखक के लिए यह समय असह्य है और यह भी हक़ीक़त है कि इस समय के लिए लेखक भी असह्य है। इस समय के अनुयायी चकित होते हैं कि

ये कैसे लोग हैं जो अलग डफ़ली बजाते हैं। संवेदना, सरोकार, विचार, ज्ञान, रचनात्मक रूपांतरण...क्या-क्या बकते हैं ये लोग।

दूसरी तरफ़ एक लेखक के लिए वह समय कैसे सह्य हो सकता है, जिसमें समाज की आत्यंतिक सुंदरता तबाह हो रही है। ऐसे हथियारों के बारे में विदित है कि उनका हमला मनुष्यों को ख़त्म कर देगा, लेकिन संपत्तियाँ बची रहेंगी। क्या इस बाज़ार ने कई लाख ऐसे हथियारों को क़त्लेआम के काम में नहीं लगा रखा है ? मनुष्य ख़त्म हो रहे हैं और वस्तुएँ खिली हुई हैं। कई लाख हथियार मनुष्यता को बड़ी कलात्मकता से ख़त्म कर रहे हैं। ये मनुष्यों को वस्तुओं में तब्दील कर दे रहे हैं। मनुष्य की आत्मा को, उसकी इच्छाओं को, खुशियों और आँसुओं को, उसके साहस और शौर्य को सभी को वस्तु में बदल दे रहे हैं। इसी कार्रवाई में जो कुछ इंतहाई खूबसूरत है, वह नष्ट हो रहा है। उसके विनाश की झड़ी लग गई है। आत्यंतिक सुंदरताएँ चेतना और हृदय में बसती हैं और आँखों, होंठों और माथे पर दिखाई देकर विचारों और भावनाओं में प्रकट होती हैं। लेकिन बाज़ार बताता है कि सुंदरता क्रीम, साबुन, पाउडर, बॉडी लोशन, तेल, बाल सफ़ा में बसती है। यह उसी तरह है जैसे बाज़ार उपदेश देता है कि दुख स्त्री, दलित और ग़रीबी में नहीं है। मृत्यु और वियोग में नहीं है। वह आपके पास रेफ्रिजरेटर या लक्ज़री कार या चाकलेट न होने में है। बाज़ार की वशीकरण विद्या कमाल दिखाती है और लोग समझने लगते हैं कि ज्ञान चेतना में नहीं इंटरनेट में ही बसता है। कर्म मनुष्य नहीं, कंप्यूटर ही करता है।

लेखक के रूप में इसी झूठ और सौंदर्य हत्या के विरुद्ध संघर्ष मेरा मंतव्य है।

●●●